KB262296

바다는
태양이
지지 않는다

2

바다는
태양이
지지 않는다

제2권 나는 바다에서 하늘로 전역한다
초판 1쇄 인쇄 2010년 7월 14일 | 초판 1쇄 발행 2010년 7월 22일
지은이 박철주
펴낸이 최종숙
책임편집 이태곤
편집 추다영 · 임애정 · 권분옥 · 이소희 · 박선주
총괄진행 이홍주 | **디자인** 안혜진 | **마케팅** 문택주 · 안현진 | **관리** 이희만
펴낸곳 글누림출판사
등록 제303-2005-000038호(등록일 2005년 10월 5일)
주소 서울시 서초구 반포4동 577-25 문창빌딩 2층(우137-807)
전화 02-3409-2055 | **FAX** 02-3409-2059
홈페이지 http://www.geulnurim.co.kr
이메일 nurim3888@hanmail.net
ISBN 978-89-6327-076-0 04810
     978-89-6327-074-6(전3권)

정가 12,000원
* 잘못된 책은 교환해 드립니다.

The sun never goes down at the ocean

바다는 태양에 지지 않는다

박철주 장편소설 **2**

나는 바다에서 하늘로 전역한다

The sun never goes down at the ocean

작가의 말

　필자가 소설 '후지산은 태양이 뜨지 않는다'를 출간한 지 만 10년이 넘었다. 10년이란 세월이면 강산도 변한다고 하듯이 필자가 해군에 복무하던 시절 인천 해역방어사령부에서 같이 출동을 뛰던 참수리 고속정들이 지난 10년간 세 차례에 걸쳐 격렬하게 해전을 치렀다. 모두 승리로 끝났지만 그중 한 척이 참혹하게 침몰하였다. 필자가 시간 날 적마다 틈틈이 놀러가서 선배하고 동기들과 함께 둘러앉아 따뜻한 커피와 아울러 진한 전우애를 마시던 그 고속정들이다. 그리고 필자가 초임 장교로서 한 달간 실습을 했던 초계함 천안함도 격침되었다. 천안함은 필자에게 함상 생활의 첫 경험과 더불어 해군으로서의 자부심을 심어주었던 함선이다. 이런 소식을 들을 때마다 필자의 마음은 참으로 형용할 수 없으리만큼 슬프고 또한 아려온다. 끝까지 장렬하게 전투를 치르며 침몰해 들어간 참수리 고속정과 국가를 수호하다가 떠나간 천안함 승조원들을 생각하면 타는 듯한 분노와 슬픔을 참으로 억누르기 힘들다. 그런데도 필자는 게을러서인지 변함이 없다. 이에 반성하는 의미에서 그들의 의기와 용기 그리고 국가에 대한 사랑에 대해 조금이나마 호응하기 위하여 그동안 게으름으로 미루어 오고 있던 '후지산은 태양이 뜨지 않는다'의 속편을 다듬어 '바다는 태양이 지지 않는다'를 출간한다.

　그간 '후지산은 태양이 뜨지 않는다'를 출간한 이후 이의 속편격인 '바다는 태양이 지지 않는다'를 출간하라는 말을 여러 차례 들어왔었다. 그러나 필자가 작가의 길이 아닌 학자의 길을 걷는 외도를 하고 있어서 이의 속편은 이미 완성되어 있었지만 이에 대한 출간은 차일피일 미루어 오고 있었다. 그렇게 한 해 두 해 보내던 것이 어느덧 10년이란 세월이 되었다. 순간 정신이 번쩍 든다. 그런데 마침 필자의 '바다는 태양이 지지 않는다'를 '글누림출판사'에서 출간하자는 제의가 들어와서 필자의 10년간 게으름을 깨고 또한 국가를 수호하다 스러져간 젊은 영령들에 대해 산자로서 그들의 거룩한 뜻을 조금이나마 받들고 위로하기 위해 '후지산은 태양이 뜨지 않는다'의 속편격인 '바다는 태양이 지지 않는다'를 조심스레 세상에 내놓게 되었다.

'후지산은 태양이 뜨지 않는다'에서 주인공인 '박준영'은 해군 정보부 장교이자 첩보원이다. 그는 냉철하며 쉽게 감정을 가지지 않는 차가운 인물이다. 그러나 그도 한때는 따뜻하고 여린 마음을 가졌던 아름다운 한 젊은이였다. 그러던 그가 해군 장교로 입대하면서 피로 맺어지는 동기들을 만나고 자신과 그들의 뜨거운 사랑과 슬픈 사랑을 겪게 된다. 사관후보생 시절 동기들과 누리던 기쁨과 애환 그리고 여인들과의 애증은 이제 박준영의 실체가 아닌 그림자로 사라졌다. 그러나 그 그림자는 오늘날의 '박준영'과 여전히 점철되어 있다. 여기 '바다는 태양이 지지 않는다'는 바로 이 이야기들을 다루고 있다.

이 소설에서는 '박준영'이 해군 장교로 임관하기까지의 온갖 에피소드들이 펼쳐진다. 그리고 임관한 후 초급 해군 장교시절 그가 겪어야 했던 모진 고난과 쓰리고 아린 슬픔들을 다루었다. 이러한 과정을 거쳐 그는 마침내 차갑고 냉철한 첩보원이 되었다. 여기서는 그가 어떻게 해서 '후지산은 태양이 뜨지 않는다'에서의 '박준영'과 같이 그런 차갑고도 냉철한 첩보원이 되었는가를 보여준다.

이제는 하나의 그림자가 되어 버린 군과 군인 그리고 이들과 얽힌 여인들의 애증과 슬픈 사랑을 보여주고 있는 이 소설에서의 이야기들은 실화를 바탕으로 각색되었다. 다만, 여기서는 개인의 사생활 보호를 위해 가명을 사용하였다. 그리고 군사비밀에 관여된 것은 다소 다르게 표현하였다. 해군 장교의 훈련과정 또한 군사비밀의 하나이므로 있는 그대로 밝히지는 못하고 조금 다르게 나타냈다.

　본 소설은 고려대 안암동 의과대학에 재직 중이신 김명곤(피부과) 교수님, 김동식(일반외과) 교수님, 홍순철(산부인과) 교수님의 조언을 받았다. 그리고 현역으로 있는 해군 장교들(중령, 대령)의 조언을 참조하였다. 교육과 진료에 바쁘신 와중에도 필자를 위해 조언을 아끼지 않으신 김명곤 교수님과 김동식 교수님 그리고 홍순철 교수님께 이 자리를 빌어 진심으로 감사의 인사를 드린다. 아울러 필자에게 선배와 동기로서 기꺼이 조언을 해준 해군 장교들에게도 깊은 감사의 인사를 드린다. 본 소설에서 보이는 의학과 군에 대한 내용은 필자에 의한 창작적 의도에 따른 것으로서 전적으로 필자에게 책임이 있다.

　본 소설에 있어서 제3권 제3장 '약속과 데자뷰'가 가장 내용이 짧다. 그러나 조국이 남북으로 양분된 이 시기에 있어서는 제3권 제3장 '약속과 데자뷰'가 아직도 끝나지 않은 가장 긴 내용이 될 것이다.

　끝으로 사랑하는 조국과 민족을 위하여 영원히 지지 않는, 바다의 뜨거운 태양으로 승화한 순국 영령께 이 소설을 바친다.

박철주

바다는 태양이 지지 않는다 차례

사랑하는 조국과 민족을 위하여 영원히 지지 않는,
바다의 뜨거운 태양으로 승화한 순국 영령께 이 소설을 바친다.

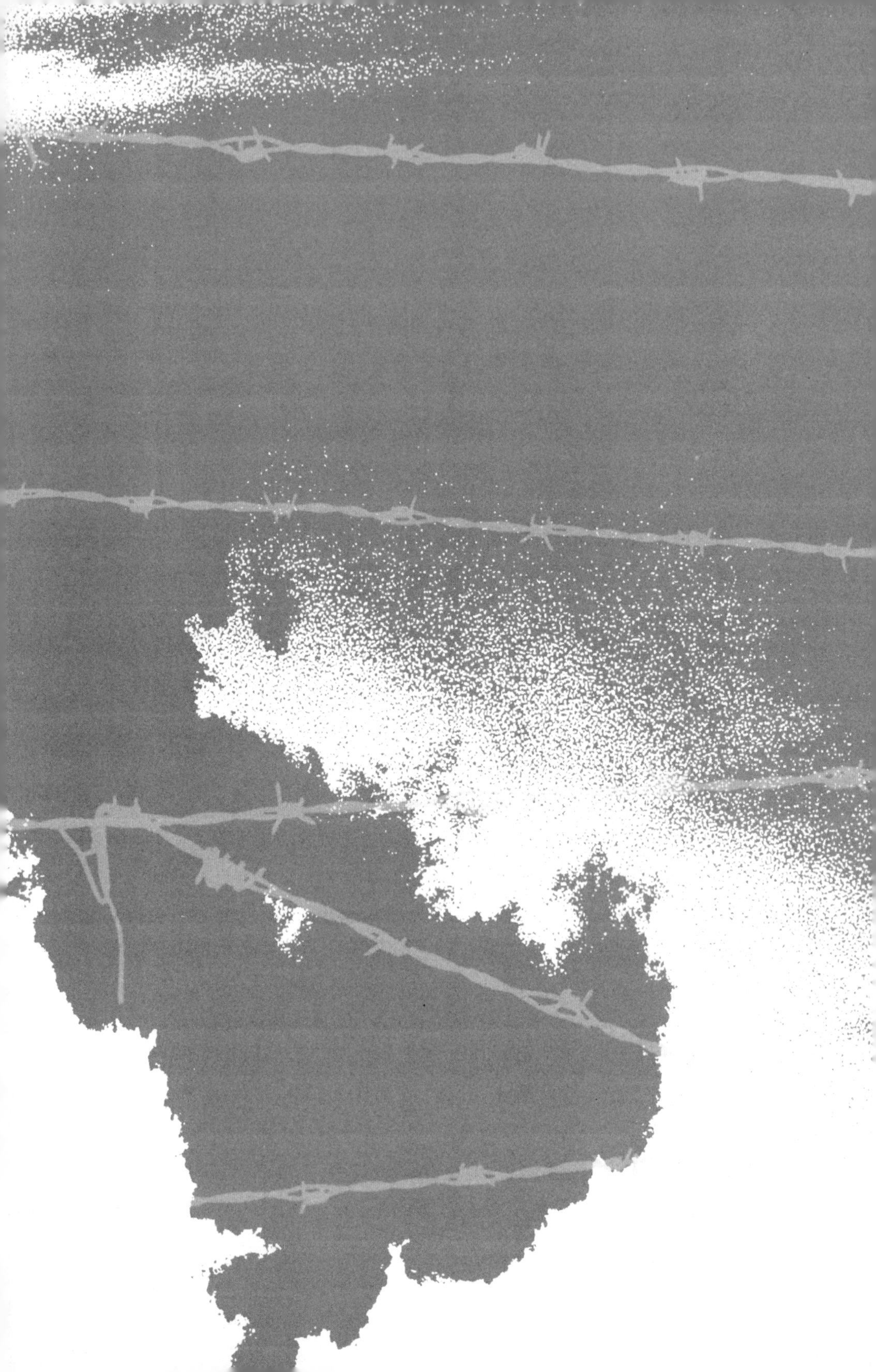

제2권
나는 바다에서 하늘로 전역한다

제1장

여인의 여인

문규현을 인천 앞바다에 뿌리고 온 뒤로 박준영과 김현태 그리고 최태훈과 홍윤진은 매주 금요일마다 가져오던 술 먹는 모임을 더 이상 가지지 않았다. 문규현에 대한 충격의 여파 때문이다. 그들은 금요일을 조용히 보내고 다음날 토요일에 각자 자기 집으로 흩어졌다. 그런데 김해공항으로는 오직 박준영과 김현태만 같이 갔고 홍윤진은 가지 않았다. 홍윤진이 토요일마다 무슨 뚜렷한 이유도 대지 않고 온다간다 없이 사라져버리고 있었기 때문이다. 8월 들어 세 번째 토요일인 오늘도 홍윤진은 오전 교육이 끝나자마자 연기처럼 사라져버렸다.

"현태야! 윤진이 못 봤냐?"

박준영은 외박 준비하러 BOQ로 돌아가면서 옆에서 같이 걷고 있는 김현태에게 물었다.

"몰라! 그놈 요즘 영 넋이 나가 보이는 게 정상이 아닌 것 같더라."

김현태도 홍윤진의 갑자기 달라진 태도에 궁금해지기는 박준영과 마찬가지였다.

“그런데 문규현 때문만은 아닌 것 같아! 규현이 일 때문이라면 우리하고 같이 술도 마시며 이야기했겠지?”

김현태의 옆에서 걸어가던 최태훈이 고개를 갸웃거리며 말해왔다.

“음-! 이 녀석도 우리 모르게 무슨 사고 칠 준비하고 있는 것 아냐?”

박준영이 은근히 걱정된다는 듯이 말한다.

“에이! 설마 그럴 리가 있겠어? 농담이라도 그런 말은 마라!”

최태훈이 펄쩍 뛴다.

“글쎄-! 그런데 무슨 문제가 생기긴 생긴 모양이야!”

박준영이 걱정스럽다는 듯이 말하고는 최태훈과 김현태를 번갈아 본다.

“나도 그렇게 생각이 드는데……, 당최 뭐 말을 해야 알지! 그렇다고 주말에 우리하고 같이 서울로 올라가기라도 하나. 같이 간다면 그 시간에 물어보기라도 하지. 에잉!”

김현태는 쓸데없이 땅바닥에 있는 돌부리를 걷어찬다.

“어이쿠 아야! 저거 꽉 박혔네!”

“하하! 임마! 척보면 모르냐? 깊이 박혔는지 얕게 박혔는지! 이그 미련하기는!”

박준영은 발가락이 아파서 펄쩍거리는 김현태를 핀잔주며 그들과 함께 BOQ로 걸어갔다. 같은 시각 홍윤진은 택시타고 내달린 마산 고속버스터미널에서 오후 1시 30분에 출발하는 경상북도 포항행 버스에 오르고 있었다. 이번 포항행까지 치면 홍윤진은 벌써 3번째 포항 방문이었다. 그는 8월에 들어서면서 매주 토요일마다 오후 1시 30분에 출발하는 포항행 버스를 타왔던 것이다. 그래서 요즘 3주 동안 박준영과 김현태 그리고 최태훈이 매주 토요일마다 그를 볼 수 없었던 것이다. 단, 이들 중에서 집이 부산이라서 마산에서 고속버스를 타왔던 최태훈만은 김해 공항에서 비행기를 타는 박준영과 김현태와는 달리 마산 고속버스터미 널에서 홍윤진을 볼 가능성이 높았지만 최태훈은 요즘 들어 진해 시외 버스터미널에서 시외버스를 타고 부산의 집으로 갔다. 이렇게 가는 것이 더 편하고 가깝다는 것이다. 때문에 최태훈도 더 이상 마산 고속버스터 미널로 가지 않아서 홍윤진이 토요일마다 어디로 가는지 이들 중 어느 누구도 알 수 없었다.

홍윤진은 8월 2일 첫째 주 목요일 오후 2시에 누군가로부터 핸드폰 문자를 받았었다. 발신번호는 찍혀 있지 않았다. 그러나 문자의 내용으로 보아 누가 보냈는지는 짐작할 수 있었다. 보낸 사람은 바로 정미연의 여동생 정이현이었다. 홍윤진은 교육 중에 날아온 한 통의 문자 메시지를 보고 깜짝 놀랐다. 그것은 그동안 소식이 뚝 끊겼던 정미연에 대한 정보였다.

'언니는 미쳤어요. 언니 좀 구해주세요. 경북 포항시 남구 연일읍 오천리'

문자 메시지 내용은 이것이 다였다. 홍윤진은 장난질 문자로 생각할 수도 있었다. 그러나 왠지 장난이 아닐 것이라는 느낌이 더 강했다.

임관한 이후 홍윤진은 자신이 임관하기 2주 전에 갑자기 연락이 뚝 끊겨버린 정미연을 찾아 그동안 주말마다 서울에 올라가서는 그녀의 집으로 학교로 다 찾아다녔다. 그러나 그 어느 곳에도 그녀는 없었다. 심지어 학교 친구들조차도 그녀를 안 본지 꽤 여러 달 되었다는 것이다.

시간이 갈수록 그는 속이 타들어갔다. 그녀의 집에서는 무엇인가 알고 있는 듯한 눈치였으나 그녀의 어머니는 끝내 모른다는 말만 되풀이 할 뿐이었다. 그리고 예전에는 그렇게 살갑게 대해주던 그녀의 어머니가 무엇인지 모를 원망의 눈초리를 보여 왔다.

홍윤진이 임관한 후 그녀의 집에 세 번째 찾아갔을 때 홍윤진은 그녀의 여동생 정이현을 보았다. 마침 토요일이라서 집에 있었던 것이다. 홍윤진은 중학교 3학년인 정이현과 눈이 마주쳤을 때 그녀가 무엇인가 말하려는 듯한 강한 눈짓을 받았다. 그러나 그녀의 어머니가 마치 쫓듯이 방으로 들여보내는 바람에 아무 말도 듣지 못했다. 그날 정미연의 어머니는 홍윤진에게 다시는 우리 집에 찾아오지 말라고 말해왔다. 그리고 그 다음부터는 그녀의 어머니는 홍윤진에게 일절 문을 열어주지 않았다.

이에 홍윤진은 자신이 아는 한 사방팔방으로 그녀를 찾아다녔다. 그러나 그 어느 곳에도 그녀의 흔적은 없었다. 홍윤진은 답답했다. 그렇지만 동기들에게 자신의 처지를 속 시원히 털어놓고 의논을 같이 할 생각은 없었다. 훈련받는 동안 내내 동기들에게 정미연은 오직 나 하나만을 위해서 천상에서 내려온 선녀라고 자랑을 해놨기 때문이다. 그래서 그를 아는 다른 동기들은 지금도 가끔 그에게 부러운 시선을 보내오고 있다. 그리고 지금 현재 BOQ에서 같은 침실을 쓰고 있는 박준영과 김현태 그리고 최태훈조차도 매주 토요일마다 홍윤진이 서울에서 정미연과 데이트를 즐기고 내려오는 것으로 알고 있었다. 때문에 속 타는 심정을 말도 못하고 속으로만 앓다보니 그렇게 매주 금요일마다 독한 술을 찾게 된 것이다. 그래서 문규현을 한 모금에 가게 만들어버렸던 스피리투스 보드카 사건도 홍윤진에 의해 벌어지게 된 것이다. 홍윤진은 계속 독한 술을 찾다보니 폴란드로 여행을 떠나는 후배에게 스피리투스를 주문하기에까지 이르게 되었다. 그리고 그것을 홍윤진이 아닌 문규현이 마셔버린 것이다. 이러한 사정을 알 리 없는 박준영과 김현태 그리고 최태훈은 그동안 독주만 찾아대는 홍윤진에게 무수히 핀잔을 주어왔었다.

홍윤진은 8월 2일 문자를 받고 나서 8월 4일 토요일부터 매주 토요일마다 포항으로 갔다. 그리고 이번 세 번째 토요일에도 역시 포항에 도착한 홍윤진은 남구 연일읍 오천리로 택시를 타고 달렸다. 그는 그곳에서 하도 많이 돌아다녀서 이제 그 일대의 지리는 눈을 감고도 훤히 다 꿰고 있을 정도가 되었다. 하지만 여전히 정미연의 소식은 들을 수 없었다. 그래서 이번에는 오천동 주민센터로 바로 향했다. 지난주까지만 해도 오천동 주민센터 앞은 제일 나중에 들려보는 곳이었으나 지금은 오천동 일대의 주택에서 더 이상 뒤져볼 곳이 없기 때문에 여기 오천동 주민센터로 바로 온 것이다. 오천동 주민센터는 비록 문을 닫았지만 그래도 그 앞으로 사람들이 제법 많이 지나다니기 때문에 그나마 그곳은 아직 홍윤진이 만나보지 못한 새로운 사람들을 만날 수 있는 최적의 장소가 되었다. 그래서 홍윤진은 여기 오천동에 올 적마다 매번 주민센터 앞에 서 있다가 처음 보는 사람이 지나가면 쫓아가서 정미연의 사진을 보이곤 했다. 이날도 홍윤진은 처음 본 듯한 중년 남자가 주민센터 앞을 지나가가자 얼른 그에게 다가갔다.

"저, 사람을 찾는데 혹시 이 사람을 본 적이 있으십니까?"

홍윤진은 공손하게 사진 한 장을 꺼내 중년 남자에게 보였다. 그러나 중년 남자는 홍윤진이 내민 사진은 보지도 않고 그의 얼굴만 한 번 힐끗 쳐다보고는 아무 대답도 않은 채 그를 밀치고는 담배를 사려는 듯

주민센터 앞에 있는 작은 상점으로 걸어갔다. 홍윤진은 그래도 단념하지 않고 그의 뒤를 따라갔다. 예상했던 대로 그는 담배를 사고 있었다. 홍윤진은 그가 상점에서 담배를 사가지고 나올 때까지 상점 밖에서 가만히 서 있었다. 그러나 상점에서 밖으로 나온 중년 남자는 홍윤진은 보지도 않고 저쪽 골목길로 걸어가 버렸다.

"하이고 마 저 사람 쪼매 봐주면 어때서 그라노?"

상점 안에서 홍윤진을 계속 지켜보던 상점주인 할머니가 그 사람을 향해 힐난을 해 댔다. 그리고는 상점을 나와 홍윤진에게 다가와 걱정스레 물어왔다.

"그랴 여적 그 샥시는 못 찾았능교?"

"예, 아직은……."

"우야꼬! 에그, 쯧쯧쯧!"

경상남도 김해에서 시집왔다는 상점주인 할머니는 혀를 차며 안타까운 듯 홍윤진을 바라보았다. 그 할머니는 홍윤진이 연속 3주째 여기에 오고 그동안 적어도 4시간 이상은 서 있다 가곤 해서 이제는 그의 사연과 더불어 그를 익히 알고 있었다. 그래서 어느 때는 오렌지 주스나 자기 상점 밖에 있는 자판기에서 커피를 뽑아 그에게 슬쩍 건네주기도 하였다.

"아-! 왔능교!"

상점주인 할머니는 홍윤진과 이야기하다가 상점 안으로 30대 초반의 한 여인이 들어가자 반갑게 인사하며 따라 들어갔다.

"네, 할머니 미원 있어요?"

"미원? 저짜 오리짝으로 들가믄 우에 있을 끼다."

여인은 상점주인 할머니 말대로 오른쪽으로 들어갔다가 잠시 후 미원 한 봉지를 들고 나왔다.

"이거 얼마에요?"

"그기? 천원!"

여인은 말없이 지갑에서 천 원짜리 지폐 한 장을 꺼냈다. 그때 상점주인 할머니는 그 여인을 부르며 사진 한 장을 꺼내 보인다.

"손님! 혹시, 이 샥시 본 적 있능교?"

홍윤진이 지난주 토요일에 주고 갔던 사진이다. 여인은 그 사진을 힐끗 보더니 고개를 가로젓는다.

"아뇨, 본 적 없어요."

여인은 고개를 젓고는 남의 일에는 관심 없다는 듯이 돈을 계산대 위에 내려놓고 돌아섰다. 그러나 곧 다시 돌아서서는 재차 사진을 들여다보았다.

"할머니! 이 사진, 밖에 있는 저 사람이 준 거죠?"

"야, 맞슴더."

상점주인 할머니는 고개를 끄덕였다.

"지난주 토요일에 저 사람이 저에게 이 사진을 보이더니 할머니도 그러시네. 저, 이 여자 누군지 몰라요. 아이, 이젠 짜증나려하네!"

여인은 사진을 신경질적으로 치워버리고는 상점 밖으로 나가버렸다.

"머꼬? 와 내게 화를 내제?"

이유 없이 여인의 신경질을 받은 상점주인 할머니는 영문을 몰라 하며 당황해 했다. 상점 밖으로 나간 여인은 홍윤진에게 눈길 한 번 주지 않고 그대로 지나쳐 총총걸음으로 사라졌다.

“아유, 할머니 죄송합니다. 저 때문에 괜히……”

상점 앞에 서 있던 홍윤진은 할머니가 젊은 여인에게 무안을 당하는 것을 보자 상점 안으로 얼른 들어와 미안해하며 계산대 앞에 섰다.

“괜찮습더. 그나저나 퍼뜩 샥시를 찾으믄 좋겠네예. 우짜고! 욕보이소!”

상점주인 할머니는 오히려 홍윤진을 위로하였다. 홍윤진은 그후로도 1시간 정도 더 있다가 서울로 올라갔다.

홍윤진은 이번에도 아무 소득 없이 주말을 보내고 다시 진해로 내려왔다. 그리고 또 다시 새로이 주말이 다가오고 있었다. 홍윤진은 8월 24일 금요일 오후 교육이 끝나자 사진관으로 향했다. 으레 그러하듯이 내일 토요일 오전 교육을 마치자마자 또 포항으로 가서 사람들에게 사진을 나누어 줄 것인데 지금 그 사진을 찾으러 가는 것이다. 그가 지난 주말 집에서 가져온 사진첩을 어제 오후에 정리하다가 정미연에 대한 좋은 사진을 하나 더 찾아낸 것이다. 이를 어제 저녁에 사진관에 맡겼는데 지금은 현상이 다 되어있을 것이다. 동기들보다 먼저 **BOQ**에 온 그는 사복으로 갈아입고 나갈 채비를 하였다. 그리고 수업을 받느라고 지금까지 꺼 놓았던 핸드폰을 켰다. 그런데 바로 그때 핸드폰이 삐삐거리며 울었다. 그동안 핸드폰으로 문자가 하나 들어와 있었던 것이다. 시간을 보니 오전 7시 18분에 들어온 것이었다.

‘우리집 앞 제과점 저녁 8시 30분. 빨리 오세요. 급함. 현’

이번에도 번호는 찍혀 있지 않았다. 그러나 이름은 한 글자 찍혀 있었다. 홍윤진은 글귀 맨 끝에 ‘현’이라 찍힌 글자를 보았다. 그것은 정미연의 동생 정이현의 이름이 틀림없었다. 홍윤진은 순간 정신없이 밖으로 뛰쳐나갔다. 그리고는 어떻게 김해공항까지 왔는지 기억이 나지 않을 정도로 택시로 달렸다. 다행히 서울행 비행기 표는 있었다. 그는 비행기를 타고 서울로 올라와서는 택시로 정미연의 집을 향해 곧장 달려갔다. 정미연 집 앞의 제과점이라면 홍윤진도 잘 알고 있었다. 그가 정미연을 그녀의 집 앞까지 데려다 주고는 항상 그 제과점에서 그녀가 좋아하는 크림빵을 한 봉지씩 사주곤 했었기 때문이다. 빵을 유난히 좋아했던 그녀는 그때마다 어린 아이처럼 좋아하며 크림빵 봉지를 받아들고 집으로 들어가곤 했었다. 그런데 그 제과점은 이전부터 홍윤진의 단골이기도 하였다. 홍윤진의 집은 정미연의 집을 지나 다음 블록에 있었다. 물론 그의 집 근처에도 제과점이 있었지만 그 제과점의 빵이 정미연 집 앞의 제과점 빵보다 맛과 품질 면에서 수준이 많이 떨어졌다. 그래서 홍윤진은 빵이 먹고 싶으면 집으로 가기 전에 정미연 집 앞의 제과점에서 빵을 사든가 아니면 일부러 차를 몰고 와서 사들고 가곤 했었다. 그러다가 정미연을 사귀게 되면서부터는 아예 거의 매일 출근도장을 찍듯이 그 제과점을 들락거렸다.

홍윤진은 제과점에 지정 시간보다 5분 늦은 8시 35분에 다다랐다. 그는 제과점에 이르자 곧바로 제과점 안으로 뛰어들려고 하였다. 그러나 이내 자세를 추스르고는 조용하게 제과점 안으로 들어갔다. 그가 제과점 옆을 지나가다가 정이현이 제과점 안에서 누군가와 만나 이야기하고 있는 것을 제과점의 유리벽을 통해 보았기 때문이다. 홍윤진은 정이현의 자리와 멀찍이 떨어진 곳에 자리 잡고 앉았다. 그는 힐끗거리며 정이현의 맞은편에 앉은 사람을 보았다. 그 사람은 긴 머리를 한 30대 초반의 여인이었다. 그들과 조금 뒤쪽에 위치한 자리에 앉은 홍윤진은 그 여인의 얼굴이 잘 안 보였다. 홍윤진은 몸을 이리저리 살살 움직여가며 그 여인의 얼굴을 보려했다. 그러다 마침내 그 여인의 얼굴이 눈에 딱 들어 왔다. 순간 홍윤진은 몸이 굳었다.

'저 여자는!'

정이현과 만나고 있는 30대 초반의 여인은 다름 아닌 포항에서 만났 던 여인이었다. 포항에서 사진을 보여주는 상점주인 할머니에게 신경질 을 부리며 나갔던 바로 그 여인인 것이다. 그 여인은 홍윤진은 물론 상 점주인 할머니에게도 정미연을 모른다고 분명하게 대답했었다. 그런데 지금 정미연의 동생인 정이현과 만나고 있는 것이다. 홍윤진은 손이 떨 리고 있었다. 저 여인은 지금 정미연이 어디에 있는지 알고 있는 것이 다. 홍윤진은 진정을 하며 그들의 대화가 끝나기를 기다렸다.

"언니는 정말 괜찮아요?"

정이현은 여인에게 걱정스러워 못 견디겠다는 듯이 물었다.

"어머! 너 몇 번을 묻니? 애! 언니가 괜찮다고 얘기했잖니! 아무렴 나 하고 같이 지내는데 네 언니가 행복하면 했지 무슨 일이 있겠니?"

여인은 자꾸 정미연의 안부를 묻는 정이현에게 화가 났는지 언성을 높이며 미간을 찌푸렸다.

"그나저나 네 언니가 가지고 오라고 한 것은 다 가지고 나왔니?"

"네, 여기 있어요. 이것이 언니가 사두었던 것 모두에요."

정이현은 여인에게 무엇인가 잔뜩 들어간 종이 쇼핑백을 건넸다. 여인 은 종이 쇼핑백을 받자 손으로 이리저리 뒤적거리며 확인을 해 댔다.

"응-! 다 있네. 수고했어. 그럼 난 갈 테니 넌 여기 있는 빵 천천히 마 저 다 먹고 가아!"

여인은 종이 쇼핑백을 들고 바삐 일어섰다. 그리고는 곧장 제과점 밖으로 나갔다. 정이현은 여인이 나가자마자 자리에서 벌떡 일어나 제과점 안을 두리번거렸다. 그러다가 곧 정이현은 손을 재빨리 흔들며 밖으로 나가라는 신호를 보냈다. 홍윤진에게 보내는 신호였다. 홍윤진은 그녀가 일어서자 얼른 몸을 돌리는 바람에 그녀가 밖으로 나가는 것을 미처 보지 못하고 있었다. 그런데 정이현이 자신에게 손짓을 다급하게 하며 빨리 나가라는 신호를 보내자 황급하게 자리에서 일어나 밖으로 뛰어나갔다.

"저-, 여보세요!"

홍윤진은 앞서 가고 있는 여인을 불렀다. 여인은 바삐 걷던 걸음을 멈추고 뒤돌아보았다. 거리가 어두워서 잘 보이지 않았다.

"저를 불렀어요?"

"예!"

"왜 그러시죠?"

여인은 무슨 일인가하며 홍윤진에게 다가왔다. 그러나 곧 멈칫하며 걸음을 멈추었다.

"다-당신은!"

"예, 홍윤진입니다. 설마 저를 모른다고 하지는 않겠지요! 포항에서 두 번이나 만났는데!"

"……."

여인은 아무 말 없이 잠시 제자리에 서 있었다. 그러다 갑자기 몸을 돌려 뛰기 시작했다.

"이봐요! 이봐요! 나 좀 봐요!"

홍윤진은 급히 달려갔다. 그는 얼마 가지 않아 여인의 팔을 낚아챘다.

“악!”

여인은 외마디 비명을 지르며 바닥에 주저앉았다. 이때 종이 쇼핑백이 바닥에 떨어지며 터졌다. 순간 종이 쇼핑백에서는 여러 옷가지들이 바닥으로 쏟아져 나왔다.

“어? 뭐야?”

홍윤진은 순식간에 바닥에 흩어진 옷가지들을 보며 놀랐다.

“이- 이건!”

그는 종이 쇼핑백에서 나온 옷을 하나 집어 들고는 눈이 휘둥그레지며 쳐다보았다.

“이리 내놔요!”

여인은 날카로운 음성으로 외치며 홍윤진의 손에서 옷을 빼앗으려 하였다. 그러나 홍윤진은 옷을 빼앗기지 않은 채 여인에게 다그쳤다.

“이게 뭡니까!”

“이리 내놔!”

“이거 임신복 아니에요?”

“이리 내!”

여인은 필사적으로 그의 손에서 옷을 빼앗으려 하였다. 그러나 그의 힘을 당해낼 수 없자 여인은 비명을 질러대기 시작했다.

“악-! 악-! 사람 살려요! 악-! 누구 좀 도와주세요! 악-! 악-!”

여인의 비명 소리 작전은 주효했다. 순식간에 사람들이 몰려들었다.

“무슨 일이세요?”

“왜 그러세요?”

“뭐지?”

호기심 많은 남자들이 다가와서 저마다 여인과 홍윤진을 번갈아 쳐다보며 물어왔다. 이때 그들 뒤로 거친 말이 들려왔다.

"뭐야! 저 자식! 저거 순 강도 새끼 아냐!"

40대 중반쯤 된 남자 한 명이 사람들을 헤치며 홍윤진 앞으로 쑥 나섰다.

"젊은 새끼가 할 일 없어 거리에서 아가씨나 희롱해! 에라이 나쁜 자식!"

40대의 남성이 순간적으로 주먹을 날렸다. 그러나 홍윤진을 맞추지는 못했다. 홍윤진이 재빨리 피했기 때문이다.

"이 새끼가 피해!"

40대 남성은 자신의 주먹이 빗나가자 흥분하며 발길질을 해 댔다. 그러나 역시 한 대도 홍윤진을 때리지 못했다. 그러자 주위에 모여 있던 사람들이 웃음을 터뜨렸다.

"이 새끼가! 이 새끼가!"

사람들이 웃자 40대 남성은 약이 바짝 올라서 주먹질과 발길질을 연속 해대었다. 그렇지만 허사였다. 그자는 재빠른 홍윤진을 한 대도 맞출 수 없었다.

"너 죽었어!"

극도로 흥분한 40대 남성은 돌연 바닥에 주저앉더니 보도블록 하나를 빼내어 손에 들었다.

"어! 어! 저 사람 왜 저래!"

바닥에서 일어선 40대 남성이 눈을 희번덕거리며 보도블록을 높이 쳐들자 사람들이 기겁을 하며 자리를 피했다. 이때 한 중년 여인이 비명을 지르며 홍윤진의 등 뒤로 숨었다.

"에잇!"

40대 남성은 홍윤진을 향해 있는 힘껏 보도블록을 던졌다.

"악!"

홍윤진의 등 뒤로 숨었던 중년 여인이 비명을 질렀다. 하지만 그녀는 멀쩡했다. 대신 홍윤진의 머리에서 붉은 피가 줄줄줄 흘러내리고 있었다. 홍윤진은 그자의 보도블록을 피할 수 없었다. 자신이 피해버리면 자기 뒤에 숨었던 중년 여인이 맞기 때문이었다.

"어머나! 어머나! 악!"

홍윤진의 등 뒤로 숨었던 중년 여인은 홍윤진의 얼굴을 시뻘겋게 만들며 흘러내리는 핏물을 보며 계속 비명을 질러 댔다. 홍윤진은 흘러내리는 피 때문에 앞이 잘 보이지 않았다. 그는 손으로 흘러내리는 피를 훔쳤다. 그때 홍윤진은 그자가 재차 다른 보도블록을 집어 들고 있는 것을 얼핏 보았다.

"에익!"

그자는 또 다시 보도블록을 내던졌다. 그러나 그 보도블록은 앞으로 힘없이 떨어졌다. 그 대신 그자가 요란하게 바닥에 나동그라지고 있었다. 홍윤진의 뒤돌려 차기가 그자의 면상을 정확히 가격했기 때문이다.

"어! 어! 이거 피 아냐! 이 새끼 넌 오늘 제삿날인 줄 알아!"

바닥에 쓰러진 40대 남성은 자신의 코에서 피가 흘러나오자 얼굴이 시뻘게지며 자리에서 일어났다. 그때였다. 경찰의 호각 소리가 다급하게 들려왔다.

"호르르르륵! 호르르르륵!"

정이현에게서 종이 쇼핑백을 받았던 여인이 그 사이에 경찰에 신고를 한 것이다. 경찰이 오자 그 여인은 사지를 부들거리면서 홍윤진을 가리키며 경찰에게 소리쳤다.

"저-! 저 자가 보도블록으로 저 아저씨를 때렸어요!"

"예?"

경찰은 코피를 흘리고 있는 40대 남성과 머리가 피투성이가 된 홍윤진을 번갈아 쳐다보다가 홍윤진에게 수갑을 채웠다.

"어? 이봐요! 경찰! 보도블록은 저 사람이 던진 거예요!"

"왜 엉뚱한 사람에게 수갑을 채웁니까!"

"저 아저씨가 보도블록을 던져서 저렇게 피가 나는 거예요!"

경찰이 홍윤진에게 수갑을 채우자 주위에 있던 사람들이 일제히 경찰에게 항의를 해대기 시작했다. 그러자 경찰은 당황하며 여인을 돌아다보았다.

"이 사람이 보도블록 던진 게 맞습니까?"

"네! 맞아요."

여인은 표독스런 표정을 한 채 홍윤진을 손가락으로 다시 가리켰다. 그러자 경찰은 홍윤진의 팔을 뒤로 꺾으며 경찰차로 끌고 갔다.

"경찰 아저씨! 그놈 아주 생양아치입니다! 단단히 혼내주쇼!"

홍윤진에게 보도블록을 던졌던 그자가 근처 가판대의 생활정보지를 찢어 코피를 막은 채 경찰 뒤에서 소리쳤다.

"아저씨도 경찰서에 같이 가셔야 합니다."

홍윤진을 체포한 경찰과 같이 왔던 다른 경찰이 그자에게 다가오며 말했다.

“어? 이보슈! 난 저 새끼가 던진 보도블록을 맞은 피해자란 말이요! 이거 코에 피난 것 안 보여요?”

그자는 코에 틀어막았던 생활정보지 조각을 끄집어내고서는 콧구멍을 벌렁거리며 경찰에게 얼굴을 들이대었다. 그사이 피는 멎어 콧구멍은 멀쩡했다.

“예, 알겠습니다. 그래도 경찰서에 가서야 합니다!”

경찰은 그자의 얼굴을 피하며 그자를 잡아끌었다.

“어! 어! 허참! 민주경찰이 사람을 막 끈다!

그자는 경찰의 손을 강하게 뿌리쳤다.

“이봐요! 아가씨! 경찰에게 뭐라 말 좀 해줘요! 제가 피해자라고!”

그자는 여인을 보고 다급하게 말했다.

“전 아저씨 몰라요!”

여인은 냉정하게 말하고는 그사이 도로 다 챙긴 옷가지를 가슴에 안고는 뒤돌아서버렸다.

“아니! 아니! 저 이봐요! 아가씨! 아가씨!”

40대 남성은 당황하며 그 여인을 불러 댔다. 그러자 경찰이 그 여인을 불렀다. 여인은 어느새 택시를 잡아 올라타려는 중이었다.

“아가씨! 아가씨는 이 사람들과 어떻게 됩니까?”

“저요? 전 몰라요. 저는 그냥 신고만 했을 뿐이에요.”

“아, 예! 알겠습니다.”

“그럼, 수고하세요.”

여인은 다시 건성으로 인사하고는 택시에 올랐다. 그리고는 곧바로 어디론가 사라져갔다. 홍윤진은 경찰차 안에서 사라져가는 그 여인을 가만히 바라보고만 있었다. 그 여인에 대해 현재로서는 아무 것도 아는 것이 없었기 때문이다. 그래서 경찰에게도 뭐라 말을 못하고 가만히 있을 수밖에 없었다.

홍윤진은 경찰서에 있지는 않았다. 대신 헌병대로 이첩되어 갔다. 하지만 40대 남성은 경찰서에 있었다. 헌병대에서는 홍윤진이 피해자이고, 40대 남성을 때린 것은 자기방어인 것으로 조사를 끝내고 혐의 없음으로 하여 내보내었다. 반면 40대 남성은 상습 폭행으로 인해 구속되었다. 그자는 크고 작은 폭행으로만 이미 전과가 8범에 이르고 있었다.

홍윤진은 그날 진해 BOQ로 돌아가지 못했다. 헌병대에서 치료와 함께 조사를 끝내고 무혐의 처분을 받고 나니 이미 때가 밤 11시를 넘긴 시간이었기 때문이다. 그렇다고 집으로 들어가지도 못했다. 이마를 동여맨 붕대를 보고 식구들이 놀랄까봐 집으로 들어갈 수가 없었다. 결국 서울 경부고속버스터미널로 가서 새벽 1시발 심야 우등고속을 타고 내려갔다. 고속버스는 새벽 5시 조금 넘어 마산에 도착하였다. 아직 2시간 정도의 여유가 있었다. 그는 근처 심야 식당에 들어가서 동태찌개를 시켜먹고 신문을 보다가 아침 7시가 되자 식당을 나섰다. 그리고 버스를 타고 진해로 넘어갔다. 그는 토요일 오전 교육이 시작되기 전에 느긋하게 들어갈 수 있었다. 문제는 그 다음이었다. 홍윤진의 머리에 처매진 붕대를 보고 교육이 끝나자 동기들이 몰려든 것이다. 하지만 그는 넘어져서 다친 것이라며 얼른 자리를 피했다. BOQ 침실로 도망치듯이 와버린 홍윤진은 급히 침실 문을 닫았다. 그러나 침실 문은 이내 활짝 열렸다.

"이눔아야! 니 어데갔다가 마빡은 깨쳐먹고 왔노?"

최태훈이 침실 문을 벌컥 열며 들어왔다.

"야! 임마 조용히 해라!"

"얼씨구 이눔아야! 조용히 있게 생겼냐?"

최태훈이 핀잔을 주며 홍윤진에게 다가왔다. 그때 또 다른 핀잔이 들려왔다.

"잘 한다! 잘 해! 어디에다가 헤딩한 거야?".

박준영이었다. 그런데 홍윤진에게 퍼부어지는 핀잔은 박준영으로 끝나지 않았다.

"내 언젠가는 저렇게 터져가지고 오리라 생각했다!"

이번에는 김현태였다.

"아! 이것들이 정말! 자꾸 떠들래!"

홍윤진이 화를 내며 침실 문 쪽으로 얼른 가서는 문을 다시 꼭 닫는다.

"야, 훈육관이 너 경위서 써가지고 오란다. 어제 무단 외박한 거에 대해서 무슨 처벌을 줄 것 같더라."

박준영이 다소 걱정스런 표정으로 말해왔다.

"그래? 할 수 없지. 뭐."

홍윤진은 의외로 담담했다.

"처벌이 뭘까?"

최태훈이 궁금한 듯 말했다.

"글쎄? 아마 오늘 외박 금지겠지. 이전에도 다른 애들 보니까 그렇게 하더라."

김현태가 갸웃거리며 말을 받았다.

"에구 그러면 어떡해 윤진이는? 그럼 오늘 외박 못하겠네?"

최태훈이 안타까운 표정으로 홍윤진을 보았다.

"괜찮아! 그러면 난 여기 우리 침실이나 사수하고 있어야지."

홍윤진은 싱긋 웃으며 자기 걸상에 앉았다.

"자식! 속으로는 나가고 싶어 죽겠으면서 느긋한 체 하기는!"

박준영은 홍윤진의 뒤통수를 한 대 툭 친다.

"아야! 임마 아프다!"

홍윤진이 미간을 찌푸리며 머리를 치운다.

"엇! 미안!"

박준영이 움찔 놀라며 손을 치운다. 그리고는 홍윤진의 붕대를 가리키며 물었다.

"야, 너 이거 어떻게 된 거야?"

"응? 이거?"

홍윤진은 손으로 자기 머리의 붕대를 만졌다.

"이거 밖에서 후배 만나서 새벽까지 술 먹고 오다가 가로수 뿌리에 걸려 넘어지면서 입간판에 부딪혀 찢어진 거야."

홍윤진은 머리를 긁적였다.

"하이고! 마 내 저 자슥 독주 타령 해댈 때부터 저렇게 될 줄 알았다!"

최태훈이 그의 말을 듣자 펄쩍 뛴다.

"야! 암만 술이 좋더라도 시간 내에 들어와야지! 임마 너 오늘 외박 못 나가잖아!"

이번에는 김현태가 그의 처사가 답답하다는 듯이 말한다.

"에이씨! 나가지 말라면 안 나가지. 그게 뭐 대수냐?"

홍윤진은 의외로 외박금지에 대해 그렇게 큰 반응을 보이지 않고 있었다. 그런 그를 가만히 쳐다보던 박준영이 홍윤진의 붕대를 보며 물어왔다.

"그래 얼마나 꿰맸나?"

"이거? 가만 몇 바늘이랬더라? 아, 23바늘이다."

"뭐? 23바늘?"

박준영이 깜짝 놀란다.

"하이고 내 몬 산대이! 23바늘? 하이고 마! 몬 산대이"

최태훈은 아예 넋두리를 한다.

"야! 그래 지금 괜찮냐?"

마음이 여린 김현태가 걱정스레 묻는다.

"응, 아침까지만 해도 조금 어지러웠지만 지금은 괜찮아!"

홍윤진이 빙긋 웃으며 말을 받는다.

"야, 난 사유서 써서 훈육관에게 갈 테니까 내 걱정 말고 너희들 빨리 빨리 외박준비해서 나가라!"

홍윤진은 자리에서 일어나 자기 책상으로 가면서 동기들을 둘러보며 말했다.

"그래! 그럼 우리 먼저 준비해서 나간다! 내일 보자!"

박준영이 군복을 벗으며 말했다.

"어씨, 우리만 나가려니까 미안하네."

김현태가 홍윤진에게 미안해하는 표정을 지으면서 캐비닛에서 사복을 꺼내들었다.

"야야! 그라믄 내 먼저 가꾸마!"

어느새 사복으로 갈아입은 최태훈이 침실 문 쪽으로 걸어가면서 말해왔다.

"그래! 그래! 내 걱정 말고 어서들 가!"

홍윤진은 책상에서 사유서를 쓰다가 고개를 들고 동기들에게 손을 흔들어 댔다. 그런데 홍윤진은 동기들의 걱정과는 달리 그날 오후에 외박을 허락받았다. 자기에게 보도블록을 던진 사람에게 합의를 해주기 위해 나가야 한다고 말했기 때문이다. 훈육관은 홍윤진이 허락 없이 진해를 벗어난 것은 징계감이지만 그래도 가해자가 아닌 피해자인데다가 합의를 해주기 위해 나가야 한다고 하기에 외박을 허락해주었다.

홍윤진은 부대 밖으로 나오자 또 다시 마산 고속버스터미널로 달려갔다. 그리고는 포항으로 올라갔다. 홍윤진은 포항에 도착하자 곧바로 오천동 주민센터로 갔다. 그는 주민센터에 오자 그 앞에 있는 상점 문을 열고 들어섰다.

"할머니 안녕하세요!"

홍윤진은 상점주인 할머니에게 꾸벅 인사했다.

"아, 총각 왔능교? 하이고 마! 그 대갈빼이는 뭐꼬?"

상점주인 할머니는 홍윤진의 인사를 무심히 받다가 그의 머리가 붕대로 처매져 있는 것을 보자 화들짝 놀란다.

"아, 이거요? 아무 것도 아니에요. 가다가 어디에 좀 부딪혀서."

홍윤진은 쑥스럽게 웃으며 아무렇지도 않다는 듯이 말했다.

"우야노! 아이고 마! 조심해야제!"

상점주인 할머니는 혀를 끌끌 찼다. 그러다가 문득 생각이 났는지 홍윤진을 쳐다보며 물었다.

"총각! 소식 들었능교?"

"예, 소식이라니요?"

"그 와 지난번에 총각 있을 때 사진 보여줘도 모른다카던 그 가스나 안 있나?"

"아, 예!"

홍윤진은 귀가 번쩍 튀었다. 그 여인에 대해 상점주인 할머니가 얘기하려는 것이다.

"예! 그 여자에 대해 뭐 할 말씀 있으세요?"

"그 가스나가 오늘 오전에 이사 갔는데 그때 총각이 들고 댕기던 사진 속의 가스나가 그 가스나가 하고 함께 가드라 카이!"

"예?"

역시 예상했던 대로였다. 그 여인은 여기 이곳에서 정미연과 같이 살고 있었던 것이다.

"내는 몬 봤고 다른 사람들이 그러케 말하더라카이."

"그래요? 그래 어디로 이사갔대요?"

"기는 아무도 모른다카이! 그 여시같은 가시내가 말하고 갔겠능교? 걍 가뿌렸다 아이가!"

낭패였다. 혹시나 하는 염려는 하고 있었지만 역시 그 여인은 홍윤진의 염려대로 거주지를 옮긴 것이다. 그 여인이 자취를 감추었다면 정미연을 찾기는 더더욱 어려워진 셈이다. 그 여인이 자신의 거처에서 홍윤진을 보았기 때문에 서둘러 이사 갈 수도 있을 것이라고 예감은 했었다. 그런데 그 예감대로 실제로 그 여인은 거처를 옮겨버렸다. 이렇게 된 이상 여기에 머물 필요는 없었다. 홍윤진은 상점주인 할머니에게 인사하고 곧바로 서울로 향했다. 아무래도 정미연의 행방은 그녀의 집에서부터 다시 찾아나가야 될 것 같아서였다. 즉, 원점부터 다시 시작하는 것이다.

다음날 8월 26일 일요일 오전 10시. 홍윤진은 단독주택인 정미연의 집 앞에 섰다. 그는 대문 틈을 통해 잠시 안을 살펴보고는 인터폰의 초인종을 눌렀다. 아무 대답이 없었다. 홍윤진은 다시 한번 더 초인종을 눌렀다. 역시 인터폰에서는 아무런 대답도 들리지 않았다. 그는 재차 초인종을 누르려고 손을 들었다. 그때였다. 대문이 살짝 열리며 한 사람이 빠져나왔다. 정이현이었다. 인터폰에 달린 화면으로 홍윤진을 본 것이다.

"오빠! 저를 따라오세요. 지금 엄마는 교회 가서 안 계세요."

정이현은 홍윤진의 손을 잡아끌며 재빨리 걸음을 옮겼다. 정이현은 홍윤진을 데리고 거의 한 블록이나 걸어가서야 걸음을 멈추었다.

"오빠, 우리 저기 버스 정류장 벤치로 가서 이야기해요."

정이현은 홍윤진을 보고 이야기하고는 근처 버스 정류장으로 걸어갔다. 그녀는 버스 정류장 벤치에 앉자 얼마동안은 가만히 앉아만 있었다.

"오빠!"

마침내 정이현이 입을 뗐다.

"오빠! 우리 언니 용서하세요!"

그녀는 다짜고짜 홍윤진에게 사과를 해왔다.

"응? 내가 미연이를 용서하고 말고 할 일이 뭐 있어?"

홍윤진은 영문을 몰라 하며 그녀의 얼굴을 쳐다보았다. 그녀는 뭐라 말하려다 이내 고개를 돌렸다. 그리고는 또 그렇게 한참 동안을 가만히 앉아 있었다.

"이현아!"

홍윤진이 조심스레 그녀를 불렀다. 그러나 그녀는 대답이 없었다. 홍윤진은 그녀가 말을 하고 싶을 때 하게끔 더 이상 그녀를 부르지 않았다. 정이현은 족히 20분은 가만히 앉아 있었다. 그러다 다시 홍윤진을 바라보았다.

"우리 언니 말에요. 오빠를 사귀기 전에 다른 사람과 사귀고 있었어요."

전연 뜻밖의 말이었다. 홍윤진은 깜짝 놀랐다.

"뭐? 그런 소리는 처음 듣는데?"

홍윤진은 진정 몰랐다는 표정으로 그녀를 보았다.

"죄송해요. 그동안 알면서도 말씀드릴 수가 없었어요."

정이현은 고개를 숙였다.

"괜찮아! 말해도 돼! 그리고 하지 않아도 되고. 마음대로 해. 오빠는 속 좁은 사람이 아니야. 다 이해해!"

홍윤진은 정이현의 어깨를 다독이며 차분한 음성으로 말했다.

"그게 아니에요. 오빠가 알면 언니를……."

정이현은 차마 말을 못하겠다는 듯이 말끝을 흐렸다.

"정말 괜찮다니까! 오빠는 그렇게 속 좁은 남자가 아니야!"

홍윤진은 진심으로 말하면서 정이현의 어깨를 다독였다.

"그게 아니라니까요. 오빠는 지금 몰라서 그래요!"

"내가 몰라? 왜 뭔데 그래?"

"오빠!"

"응?"

"오빠! 내 말을 듣고도 언니를 사랑해줄 거죠?"

"응?"

"약속해줘요! 그렇지 않으면 저 말 안 할래요!"

"응! 약속해! 오빠는 마음이 변치 않아! 걱정 마!"

“정말이죠?”

“그럼 정말이야! 자, 약속!”

홍윤진은 새끼손가락을 내밀었다. 하지만 정이현은 그의 눈만을 가만히 바라보고 있었다. 그러다 조심스레 입을 열었다.

“오빠!”

“응?”

“언니는…… 여자와 사귀고 있어요.”

“…….”

홍윤진은 무엇이라고 대답을 해야 할지 생각이 나지 않았다. 정이현의 말은 꿈에도 생각지 못했던 말이었다.

“으-응! 응! 그래도 괜찮아! 뭐 같은 여자끼리인데!”

홍윤진이 할 수 있는 말은 이 말이 다였다.

“그게 아니에요. 언니는 그 여자 때문에 다시는 오빠에게 돌아가지 않아요!”

정이현은 답답하다는 듯이 음성을 높였다.

“응? 왜? 내가 사랑하고 기다려주면 되잖아?”

홍윤진은 잘 이해가 가지 않는다는 듯이 말했다.

“오빠! 금요일에 봤던 그 여자 있죠?”

“응!”

“그 여자가 바로 언니의 여자에요!”

“…….”

홍윤진은 순간 말문이 막혔다. 그 여자가 자기 여자의 여자일 줄은 정말 생각지도 못했다. 그저 서로 비밀을 같이 하는 친구 정도로만 생각했었다.

"오빠! 미안해요!"

정이현은 고개를 푹 숙였다. 홍윤진은 넋 나간 사람처럼 가만히 앉아 있었다.

"그럼…… 어떻게 해서 날 만나게 된 거야?"

홍윤진은 이해가 가지 않았다. 자기를 만나기 전에 이미 그 여자와 사귀고 있었다면서 어찌 해서 자기와 또 사귀었는지 알 수가 없었다. 하지만 정이현은 설명 대신 영문 모를 사과만 그에게 다시 할 뿐이었다.

"오빠! 정말 미안해요!"

"……."

홍윤진은 묵묵히 앉아 있었다.

"오빠!"

정이현이 조심스레 그를 불렀다. 하지만 홍윤진은 전혀 반응 없이 가만히 앉아만 있었다.

"오빠, 실은…… 우리 엄마가 의도적으로 오빠와 사귀게 만들었어요."

"……?"

홍윤진은 정이현으로부터 또 뜻밖의 말을 듣자 꿈쩍 놀라면서 그녀를 바라보았다.

"우리 엄마가…… 언니가 여자와 사귄다는 것을 알고서 자살 소동까지 벌였어요. 그런데…… 언니는 눈도 깜짝 안 했어요."

"……."

정이현은 홍윤진이 미동도 않은 채 앉아있자 그의 눈치를 슬쩍 살펴보았다. 그리고는 낮은 음성으로 다시 말하기 시작했다.

"오빠에게는 미안한 말이지만 엄마와 언니가 서로 내기를 했었어요."

정이현은 또 이상한 말을 꺼냈다. 홍윤진은 그녀의 계속되는 이상한 말에 마침내 입을 열었다.

"내기? 무슨 내기? 너는 도대체 알아들을 수 없는 말만 계속 하는구나!"

"죄송해요, 오빠. 다 말씀드릴게요. 엄마가 언니의 핸드폰 요금이 4월 이후부터 10월까지 계속해서 40만원 넘게 나오자 애인이 생긴 것으로 생각하고 야단도 칠 겸 확인도 할 겸 해서 11월 초에 언니의 핸드폰 통화를 엿들었어요. 언니는 항상 새벽 1시 경에 핸드폰 통화를 하기 시작해서 새벽 5시에 끝내곤 하니까 엄마가 그 시간을 기다렸다가 언니의 핸드폰 통화 내용을 엿들었어요. 문밖으로 잘 들리지는 않았지만 띄엄띄엄 사랑한다느니 보고 싶다느니 하는 말들이 간간이 들려왔어요. 그때 저도 엄마에게 혼나가면서 같이 몰래 들었어요."

"음-!"

홍윤진은 자기 외에 다른 사람에게 정미연이 사랑한다는 고백을 했다는 사실에 기분이 좋지 않은지 신음 소리를 내며 미간을 찌푸렸다.

"그런데 이해 못할 말을 언니가 하는 것이었어요. 언니가 사랑한다고 고백하는 대상이 바로 여자였던 것이에요."

"흠-! 그런데 그걸 어떻게 알아?"

홍윤진은 도저히 믿을 수 없다는 듯이 물었다.

"언니가 핸드폰 통화에서 계속 사랑을 고백하고 없으면 죽을 것 같다고 말하면서 언니라고 불러댔거든요."

"음-"

홍윤진은 낮은 음성으로 신음 소리를 냈다.

"그래서 엄마가 너무 놀래서 언니가 학교 간 사이에 언니의 일기장과 편지를 모두 뒤져 보았어요. 그런데 엄마의 예감대로 언니는 여자를 사귀는 동성애자였어요. 언니의 일기장에 있는 모든 하트와 꽃무늬 속에 적혀 있는 것은 오직 여자 이름 하나 뿐이었어요. 그리고 노트에 적힌 낙서에서도 온통 그 여자 이름뿐이었어요. 바로 천민혜. 언니의 대학 선배에요. 그리고 오빠가 제과점에서 보았던 그 여자에요."

"대학 선배? 천민혜? 그 여자의 이름이 천민혜였어?"

"네, 언니의 여자에요."

"아니야! 그럴 리가 없어. 니 언니는 나를 사랑했어! 천민혜? 그 여자가 뭔데? 그 여자를 사랑할 리가 없어!"

홍윤진은 손을 크게 흔들어대며 강하게 부정했다.

"우리도 믿지 못했어요. 그런데 그 여자가 언니에게 보내 온 편지도 언니가 쓴 표현과 다를 게 없었어요. 너 없으면 난 죽는다느니 나의 뜨거운 사랑을 기억하라느니, 이거는 그냥 동성 친구 간에 쓰는 표현들이 아니었어요."

"그래도! 그래도 정말 아주 친하면 그렇게도 충분히 쓸 수 있지 않아? 난 그렇게 쓸 수도 있다고 봐. 난 니 말을 믿을 수 없어! 나를 속이려고 하지 마!"

홍윤진은 소리를 버럭 질렀다. 그는 정이현의 말을 믿고 싶지 않았다. 그래서 그 심정을 그녀에게 화를 내는 것으로 표현하고 있었다.

"오빠! 오빠가 믿고 싶지 않을 거라는 거 이해해요. 처음에는 우리도 그랬으니까요. 저-, 이 사진 보세요."

정이현은 들고 나온 핸드백에서 사진 한 장을 꺼내 홍윤진의 무릎 위에 살짝 올려놓았다. 홍윤진은 사진을 슬쩍 바라보다가 눈이 커지면서 사진을 획 들어올렸다. 사진은 셀프로 찍은 것 같았다. 그는 사진을 보고 또 보고 하다가 마침내 힘없이 사진을 내려놓고는 머리를 감쌌다. 사진 속에는 두 여인이 들어 있었다. 하나는 정미연이었고 또 다른 하나는 천민혜였다. 그런데 그 사진 속에서 두 여인은 서로 깊은 입맞춤을 나누고 있었다.

"엄마가 언니의 핸드백에서 찾아낸 사진이에요. 엄마는 그 사진까지 보자 그날로 앓아누우셨어요."

"우-"

홍윤진은 머리를 감싼 채 신음 소리만을 냈다.

"오빠!"

홍윤진은 머리를 움켜 쥔 채 아무 대답도 하지 않았다.

"오빠!"

정이현이 두 번째로 그를 부르자 홍윤진은 고개를 들어 그녀를 보았다.

"그런데 왜 나하고 사귀었지?"

홍윤진은 도저히 이해할 수 없다는 표정을 하고 정이현에게 물었다.

"그건 아까 얘기했듯이 엄마와 언니하고의 내기 때문에요."

"내기?"

"네, 엄마는 언니가 학교에서 돌아오자 사생결단 내듯이 야단치셨어요. 심지어 바로 죽어버리겠다고까지 하셨어요."

"그런데?"

"그런데 언니는 눈 하나 깜짝 안 했어요."

"뭐?"

"그건 그 언니하고 너무나 친해서 그런 것이고 그 이상은 아니라는 것이었어요."

"그럼 뭐야?"

홍윤진은 정미연이 어머니에게 한 해명이 예상 밖이라는 듯이 놀랐다. 그러면서 한 편으로는 안도하는 기색도 내보였다.

"그것 봐! 내 말이 맞잖아! 정말로 친한 친구끼리는 그럴 수도 있어!"

"네, 그래서 엄마는 언니더러 정말로 그냥 친구 사이일 뿐이라는 것을 증명해보라고 했어요."

"증명해?"

홍윤진은 또 무슨 소린가 하는 표정으로 정이현을 쳐다보았다.

"네."

"어떻게?"

"엄마가 언니에게 이성 친구를 사귀면 언니 말을 인정하겠다고 말하셨어요."

"그랬더니?"

"언니는 엄마가 만일 근사한 남자를 데려오면 사귀어 증명해 보이겠다면서 한 번 데리고나 와 보라며 소리질러대면서 엄마랑 싸웠어요."

"그래서 나를?"

"네, 죄송해요."

정이현은 고개를 푹 숙였다. 홍윤진은 고개 숙인 그녀를 바라보며 말없이 앉아있었다. 그러다 힘이 다 빠진 조용한 음성으로 물었다.

"그럼?"

정이현은 그가 맥없이 물어오자 잠시 주춤하다가 말을 하기 시작했다.

"언니는 만약에 엄마가 근사한 남자를 데려오지 않으면 자기가 그 언니랑 사귀는 것에 대해서 앞으로 간섭하지 말라고 했어요. 그래서 엄마는 언니가 동성애자가 아니라는 것을 확인하고 싶어서 그리고 여자와 사귀는 것을 막기 위해서 언니가 다른 말하지 못할 정도의 남자를 찾기로 했어요."

"허-! 그게 난가?"

홍윤진은 허탈하게 웃으며 물었다. 정이현은 대답 대신 고개만 끄덕였다.

"그래 왜 하필이면 나야?"

홍윤진은 기가 막히면서도 한편으로는 궁금했다. 그는 실로 궁금하다는 듯이 정이현을 바라보았다. 하지만 정이현은 선뜻 대답을 못 하고 있었다.

"왜 난데? 괜찮아! 말해 봐!"

홍윤진은 정이현이 말하기 어려워하자 음성을 부드럽게 하며 그녀를 안심시켰다.

"실은…… 제가 엄마에게 오빠를 추천했어요."

"뭐?"

홍윤진은 깜짝 놀랐다. 그동안 정미연의 집에 그토록 많이 가서 놀았지만 자신을 정이현이 천거했으리라고는 꿈에도 몰랐었다.

"네가 어떻게 알고 나를?"

홍윤진은 자세를 바로 하고 정이현을 보았다. 하지만 정이현은 고개만 푹 숙인 채 아무 말도 하지 않았다.

"아! 정말 궁금하다. 이현아! 오빠가 뭐 그리 대단하다고 오빠를 엄마에게 말했니? 응?"

홍윤진은 이해가 안 간다는 듯이 물었다. 그러자 정이현이 고개를 똑바로 들고 단호한 음성으로 항의하듯이 말해왔다.

"아니에요! 오빠가 왜 대단하지 않아요? 오빠는 제가 본 남자 중에서 제일 멋있었어요! 저에게는 최고에요!"

"뭐……?"

홍윤진은 잠시 말이 없었다. 그러다 다시 입을 열었다.

"그래 우리 이현이가 나를 그렇게 봐주었다니 정말 고맙다. 그런데 이현이는 나를 어디서 봤기에 그렇게 생각했니?"

"……."

정이현은 또 말이 없어졌다. 그런데 말하기가 어려워서가 아니었다. 그녀는 부끄러워하고 있었다.

"저-, 실은 오빠를 언니보다 제가 먼저 알고 있었어요."

정이현은 말을 마치자 얼른 고개를 숙였다. 어느새 그녀의 얼굴은 빨갛게 변해 있었다.

"네가? 나를?"

홍윤진은 눈이 둥그레지며 물었다. 정이현은 모기만한 소리로 겨우 대답했다.

"네."

"어디서?"

"우리 집 앞 제과점에서요."

여전히 그녀의 음성은 작았다.

"뭐? 제과점?"

"네!"

정이현이 홍윤진을 처음 본 것은 그녀가 이제 막 중학교에 입학해서 1학년에 다니고 있을 때였다. 그녀는 본래 빵을 별로 좋아하지 않았으나 중학교에 들어가고 사춘기에 접어들자 이상하게 식욕도 변해 빵을 좋아하게 되었다. 그러자 정이현에게는 없던 즐거움이 하나 새로이 생겼다. 그것은 대학에 막 입학한 언니의 빵 심부름이었다. 언니의 빵 심부름을 해주면서 그 대가로 소라빵을 얻어먹는 것이었다. 그래서 그 재미로 정이현은 언니의 예정에도 없던 빵 심부름을 언니에게 자청하기도 하였다.

그런데 그러던 어느 날 정이현은 대학교 3학년이던 홍윤진을 제과점에서 처음 보게 되었다. 이유는 몰랐다. 그를 처음 본 순간 정이현은 그가 너무나도 좋았다. 너무나도 멋있어 보였고 너무나도 잘생겨 보였다. 음성도 멋있었고 학력도 들고 다니는 책을 보니 대학생이어서 멋있었다. 그를 생각하노라면 그가 자신을 그 넓은 가슴 안에 포근히 감싸줄 것만 같았다. 정이현은 자신이 세 살 때 아버지가 이혼을 해서 아버지의 사랑을 항상 상상으로만 그려왔었다. 그래서인지 홍윤진을 생각하기만 하면 그가 자신을 굳건하게 지켜주고 자상하게 보살펴줄 것 같은 느낌이 들곤 했었다. 그래서 정이현은 언니의 심부름이 없는 날이면 자기 용돈을 꺼내어 그 제과점에 가서 빵을 사고는 무작정 홍윤진이 오기를 기다리며 하염없이 제과점의 걸상에 앉아 있다가 오는 짓도 수없이 하였었다. 그렇게 그를 그리면서 그녀의 사춘기는 깊어갔다. 그런데 정이현이 중학교 2학년이 된 올해 늦가을인 11월 8일, 언니의 동성애 사건이 터진 것이다. 정이현은 이 기회에 자신에게 있어 항상 남모르는 제3자로 맴돌던 홍윤진을 자기 세계의 사람으로 완전히 끌어들이고 싶었다. 그러나 자기 처지로는 할 수 없었다. 이에 동성애자인 언니를 이용하기로 했다.

'그래, 언니는 여자를 좋아하니까 내가 그 오빠를 소개해도 될 거야. 설사 오빠가 언니와 잘 되더라도 어차피 언니는 사귀는 척만 할 테니까 괜찮을 거야.'

정이현은 혹시라도 그 오빠를 언니에게 소개시켰다가 그 오빠를 언니에게 빼앗길지도 모른다는 불안감이 마음 한편에는 있었다. 그러나 그렇다고 언니에게 그 오빠를 소개시키지 않으면 자기 세계에 그 오빠를 끌어들일 수가 없다. 결국, 정이현은 불안하기는 했지만 홍윤진의 존재를 엄마에게 이야기하기로 하였다. 그리고 그를 엄마에게 이야기하는 것에는 또 다른 이유가 하나 더 있었다. 그것은 홍윤진에 대해 자신이 내린 평가를 다른 사람에 의해서도 확인받고 싶었던 것이다. 결국 그를 향한 자신의 감정을 남에게서도 인정받고 싶은 것이었다.

정이현은 엄마가 언니와 내기를 한 날 엄마에게 홍윤진에 대해 이야기를 하고 그 다음날 11월 9일에 엄마를 이끌고 제과점으로 갔다. 그리고 엄마와 함께 제과점 안에서 그리고 제과점 밖에서 홍윤진을 기다리며 반나절을 보냈다. 하지만 그날 두 모녀는 홍윤진을 만나지 못했다. 그리고 그 다음날도 역시 두 모녀는 허탕을 쳤다. 마찬가지로 그 다음날도 다름 없었다. 그렇지만 두 모녀는 홍윤진을 기다리는 것을 포기할 수 없었다. 정이현의 엄마는 맏딸의 동성애를 막기 위하여 그리고 정이현은 자신의 세계로 그를 초대하기 위하여 그들은 진득하게 매일 나와서 그를 기다렸다. 그렇게 하기 8일째, 11월 17일 금요일 오후 제과점 안에서 여러 가지 시시한 이야기로써 일부로 수다를 떨어가면서 기다리던 그들 앞에 마침내 홍윤진이 나타났다. 정이현은 자기 앞에 너무 늦게 나타난 홍윤진이 원망스럽기보다는 너무나도 반가웠다.

"엄마! 왔어!"

정이현은 하마터면 소리를 지를 뻔 했다. 그녀는 반가움에 자신도 모르게 외칠 뻔 했던 입을 두 손을 꼭 틀어막았다가 그 상태로서 손가락들만 벌리고는 그 사이로 나지막한 음성으로 말했다.

"엄마! 엄마! 어떡해! 어떡해!"

"애! 이년아 흥분하지 말고 말해!"

정이현의 어머니는 정이현이 얼굴까지 상기되면서 흥분하며 말을 제대로 하지 못하는 것을 보자 답답한지 핀잔을 주었다.

"엄마! 저 오빠야! 저 오빠!"

정이현은 낮은 음성으로 속삭이듯이 재빨리 말하면서 자신의 입을 막고 있는 손에서 손가락 하나를 빼어 움직이며 살짝살짝 가리켰다.

"어디?"

정이현의 어머니도 덩달아 낮은 음성으로 말하고는 정이현이 가리킨 방향으로 살짝 고개를 돌려 홍윤진을 보았다. 순간 그녀의 어머니는 자신도 모르게 홍윤진 쪽으로 몸을 획 돌려 앉았다. 그리고는 넋이 나간 듯이 그를 쳐다보았다.

"엄마아! 엄마아!"

정이현은 어머니가 홍윤진을 정신없이 쳐다보고 있자 불안해져서 낮은 음성으로 어머니를 불러 댔다.

"애! 애! 잠자!"

정이현의 어머니가 그녀에게 한 말은 이 말이 다였다. 비록, 홍윤진이 키에서 다소 작은 편이고 마른 형이었지만 정이현의 남자 보는 안목을 엄마가 100% 인정한 것이다. 그녀의 어머니는 정이현은 쳐다보지도 않은 채 말하고는 마치 무엇에 홀린 듯이 자리에서 일어섰다. 그리고는 제과점을 나가 제과점 밖에 주차해놓았던 자신의 승용차에 올랐다. 그로부터 10분 후. 정이현의 어머니는 홍윤진의 승용차를 뒤에서 들이박고 있었다.

"쿵!"

제과점에서 빵을 사들고 나온 홍윤진은 집으로 가기 위해 자기의 차에 올랐다. 그런데 시동도 걸기 전에 그는 누군가 뒤에서 자기 차를 박는 것을 느꼈다.

"윽! 뭐야?"

다행히 충격은 그리 크지 않았다. 홍윤진은 안전벨트를 풀고 차 밖으로 얼른 나왔다. 자기 차의 뒤에는 빨간 승용차가 서 있었다. 그런데 운전자가 보이지 않았다. 홍윤진은 어떻게 된 일인가 하고 빨간 승용차 쪽으로 다가가다가 갑자기 황급히 뛰기 시작했다. 운전자가 운전대에 머리를 박은 채 혼절해 있었던 것이다.

"여보세요! 여보세요!"

홍윤진은 빨간 승용차의 운전석 문을 재빨리 열고 운전자를 흔들었다. 운전자는 짧은 치마의 양장을 한 40대 초반의 여인이었지만 늘씬한 몸매에 갸름한 얼굴을 한 미모의 여인이었다. 바로 정이현의 어머니이다. 이때 정이현이 제과점에서 뛰쳐나왔다.

"엄마! 엄마!"

정이현은 운전석으로 뛰어가 홍윤진을 제치면서 엄마를 소리쳐 불렀다.

"으-, 으-"

다행히 운전자는 의식이 있었다.

"엄마! 정신 들어?"

정이현은 어머니를 마구 흔들어 대면서 물었다. 그러자 그녀의 어머니는 눈도 뜨지 못한 채 신음 소리를 내면서 겨우겨우 말을 해왔다.

"으-! 이현아! 엄마 좀! 엄마 좀 집에 가서 눕자!"

"오빠! 우리 엄마 좀 집에 모셔다 주세요! 우리 엄마가 오빠 차를 박았으니까 오빠 차는 우리가 다 책임질게요. 그리고 오빠 치료도 우리가 다 책임질게요. 오빠! 우리 엄마 좀 집에 모셔다 주세요!"

정이현은 마구 울면서 홍윤진에게 매달렸다.

"어-? 어-! 어, 그래! 그런데 집으로 모시는 것보다 병원으로 빨리 모셔야 하지 않을까?"

홍윤진은 정이현의 어머니를 안아 올리려다 말고 바지주머니에서 핸드폰을 꺼냈다. 그때였다.

"이현아! 엄마 괜찮다. 저분 모시고 얼른 집으로 가자!"

어느새 정이현의 어머니는 눈을 번쩍 뜨고 운전석에서 윗몸을 일으켰다.

"와아! 우리 엄마 살아났다! 엄마! 얼른 이 오빠 데리고 집으로 가자!"

정이현은 만세를 불러대며 기뻐서 어찌할 줄 몰라 했다.

"어? 괜찮으세요?"

홍윤진은 핸드폰으로 119를 부르려다 말고 눈의 휘둥그레지며 정이현의 어머니를 보았다.

“네, 덕분에 괜찮아요. 조금 어지럽기는 한데 집에 가면 금방 괜찮아질 거예요.”

정이현의 어머니는 홍윤진의 부축을 받으며 차 밖으로 나왔다.

“그래도 병원에 가보셔야······.”

홍윤진은 정이현의 어머니가 차 밖에 나와 서자 다시 핸드폰을 집어 들었다.

“아니에요! 아니에요! 집에 가면 다 나아요.”

정이현의 어머니는 다급하게 홍윤진의 핸드폰 뚜껑을 닫아버렸다. 그리고는 홍윤진에게 안기듯이 쓰러지면서 힘없이 말했다.

“저, 죄송한데요. 제가 좀 어지럽거든요. 저, 미안하지만 저를 제 집에다 좀 데려다 주시겠어요?”

“아, 예! 그러죠! 그런데 댁은 어디시죠?”

홍윤진은 당황하며 정이현의 어머니를 번쩍 들어 안았다. 그러자 정이현의 어머니는 홍윤진의 목덜미를 꽉 끌어안은 채 얼굴을 바짝 들이대고는 속삭이듯이 말했다.

“바로 저기 저 파란 대문 집이 우리 집이에요!”

40대 초반의 여인 입에서는 뜨거운 입김과 함께 향긋한 복숭아 향이 흘러나왔다.

‘엄마는! 난 몰라! 몰라!’

정이현은 홍윤진의 목덜미를 꽉 끌어안은 채 그의 품안에 안겨 집으로 들어가는 엄마를 보면서 속으로 애를 태우며 발을 동동거렸다. 정이현은 처음에 엄마가 홍윤진의 차를 박았을 때 사전에 계획했던 것보다 너무 세게 박아 오빠가 조금이라도 다쳤으면 어떡하나 걱정을 했다. 그러다 엄마가 연기를 너무 실감나게 하자 정말로 엄마가 다쳤나 하여 걱정했다. 그러나 지금은 세상에서 엄마가 제일 미웠다. 정이현은 마치 엄마를 감시하기라도 하듯 부리나케 홍윤진의 뒤를 쫓아 집으로 따라 들어갔다.

“이거 딸기하고 요구르트하고 섞어서 간 것인데 드세요!”

집으로 들어온 정이현의 어머니는 식탁으로 홍윤진을 안내해 의자에 앉히고는 내가 언제 혼절이라도 했었느냐는 듯이 싱크대에서 딸기 쥬스를 한 잔 만들어서 가져왔다. 하얀색 블라우스의 앞자락에서 단추 두 개가 풀린 그녀의 가슴은 40대 초반의 부인에게서 느껴지는 풍만함이 흐르고 있었다. 그때 홍윤진의 뒤에서 날카로운 여자 아이의 음성이 들려왔다.

“엄마!”

정이현이었다. 그녀는 뿌루퉁한 얼굴로 엄마를 보고 있었다.

“응? 호호호!”

정이현의 어머니는 잠깐 그녀를 보고는 이내 재미있다는 듯이 큰소리로 웃고는 블라우스 앞자락에서 단추 하나를 잠그고는 옷을 여미었다.

“콩!”

정이현은 엄마에게서 놀림을 받은 것이 화가 났는지 아니면 자신의 몸매가 아직 엄마에 비해 형편없는 것에 화가 났는지 그녀는 자신의 방문을 세게 닫으며 들어가 버렸다.

“호호호!”

정이현의 어머니는 다시 한번 재미있게 웃었다. 그리고는 웃음을 그치자 홍윤진에게 걱정스런 표정으로 입을 열었다.

“저, 학생! 미안하지만 비밀 좀 지켜줄래요?”

“예?”

“조금 있다 큰딸이 올 건데 실은 저 차가 내 차가 아니라 큰딸 차에
요.”

“예? 아! 예!”

“그래서 말인데 제가 저 차를 망가뜨린 것을 알면 우리 큰딸이 어미
에게 생야단을 칠 거예요. 그 애 야단은 못 견뎌요. 전 큰딸에게 차를
주차시켜놨더니 누가 박고 도망갔다고 거짓말로 둘러댈 거예요. 그러니
까 학생도 저 좀 도와줘요!”

“예? 예! 예! 도와드리지요. 그런데 어떻게……?”

“학생은 차사고 때문에 여기에 들어왔다고 하지 말고 우리 교회에 새
로 선출된 청년회 회장이라고 해주세요. 제가 큰딸에게 그렇게 소개할게
요.”

“아- 예! 좋으실 대로 하세요.”

홍윤진은 흔쾌히 허락하며 딸기 쥬스를 마셨다. 정이현의 어머니는 홍
윤진이 쥬스를 마시는 것을 보고는 안방으로 들어가서 어디인가에 전화
를 다급하게 하는 것 같았다. 홍윤진은 다만 정이현의 어머니가 다소 높
은 음성으로 누군가를 빨리 오라고 계속 재촉하는 소리만 들을 수 있었
다. 정이현의 어머니는 전화를 마치자 잠시 후 마치 아무 일도 없었다는
듯이 안방에서 나와 식탁으로 와서는 홍윤진과 마주하여 의자에 앉았다.
그녀는 의자에 앉자 홍윤진을 가만히 쳐다보았다. 홍윤진은 정이현의 어
머니가 자기를 쳐다보자 자신도 멀뚱히 그녀를 보았다. 그녀는 큰 눈에
쌍꺼풀이 진 눈이 예뻤다. 그런데 그녀의 옷은 하얀색 블라우스가 아닌

분홍색 미니지퍼탑이었다. 안방에 들어간 사이 블라우스를 벗고 미니지퍼탑으로 갈아입고 나온 것이다. 그녀는 미니지퍼탑을 살짝 아래로 당겨 입은 상태였다. 그동안 블라우스에 가렸던 그녀의 가슴 중 일부가 활짝 드러나 있었다.

"저 어때요?"

그녀는 장난스럽게 물어왔다.

"예? 뭐가요?"

홍윤진은 당황하며 되물었다.

"저 말에요."

그녀는 두 손으로 자신을 가리키며 살짝 웃었다.

"예? 아! 예! 아름다우십니다!"

홍윤진은 그제서야 알아들었다는 듯이 대답했다. 그러나 그의 음성은 여전히 당혹감에 젖어 있었다. 그의 대답을 듣자 그녀는 한 손으로 입을 살짝 가리고는 재미있다는 큰소리로 웃었다.

"호호호호!"

어깨를 들썩이며 웃는 그녀의 가슴에서는 코코샤넬 마드모아젤 오드 퍼퓸 향이 물씬 풍겨 나오고 있었다. 장미향이 흘러나오는 그녀의 가슴은 40대의 여인답지 않게 탄력이 넘쳤다.

"정말이에요?"

그녀는 다시 장난기어린 음성으로 물어왔다.

"예! 정말입니다."

홍윤진은 고개를 끄덕이며 힘주어 말했다. 그러자 그녀는 활짝 웃으며 말했다.

“다행이네요. 실은 큰딸애가 저를 꼭 닮았거든요.”

“예?”

“학생이시죠?”

“예? 예!”

“제 큰딸도 학생이에요. 약대 다니는데 이제 2학년이에요.”

“아-! 예!”

“어때요? 한번 사귀어 볼래요?”

“예?”

홍윤진은 순간 당황하며 큰소리를 내었다.

“댁도 대학생이시고 우리 큰애도 대학생이니까 서로 잘 어울릴 것 같네요. 어때요? 사귀어 보실래요?”

그녀는 탁자 위로 몸을 숙이면서 홍윤진의 얼굴 앞으로 바짝 다가왔다. 그녀의 가슴에서는 장미향이 더욱 강하게 풍겨 나왔다.

“어? 예? 예! 예! 허락만 하신다면!”

그녀의 하얀 가슴이 살짝 흔들리면서 눈앞으로 다가오자 홍윤진은 자신도 모르게 대답을 해버렸다.

“그럼 약속하시는 거예요.”

“예? 예!”

“무조건 제 딸하고 사귀시는 거예요!”

“예!”

“자! 그럼, 우리 약속해요!”

그녀는 새끼손가락을 내밀었다.

“예? 아! 예!”

홍윤진도 자기의 새끼손가락을 내밀었다.

"자! 약속!"

"예! 약속!"

그녀의 돌발적인 행동에 넋이 나간 홍윤진은 한 번도 본 적 없는 여인과 사귀겠다는 약속을 얼떨결에 하고 있었다. 슬며시 미소 지은 그녀는 홍윤진과 새끼손가락으로 약속을 하면서 득의만만하면서도 안도하는 듯한 묘한 표정을 짓고 있었다.

"자, 이제 이렇게 약속까지 했으니 나중에 딴 말하기 없기에요! 꼭 사귀는 거예요!"

"예! 예!"

그녀는 재차 다짐을 받았고 홍윤진도 재차 확답을 해주었다. 그런데 홍윤진은 대답을 하면서 한편으로는 뭔가 당했다는 듯한 느낌을 지울 수 없었다. 그때였다. 여자의 새된 고함소리가 들려왔다.

"엄마!"

정이현이었다. 정이현이 청바지와 티셔츠를 벗고 대신 가느다란 끈이 달린 파란색 민소매 원피스로 갈아입고 거실로 나오다가 얼굴을 홍윤진에게 바짝 갖다 대고 새끼손가락을 걸고 있는 엄마를 본 것이다.

"오! 내 딸아! 왜 그러니?"

정이현의 어머니는 상체를 일으키며 장난스레 말했다. 그러나 새끼손가락은 여전히 풀지 않았다. 순간 얼굴이 빨개진 정이현은 가쁜 숨을 몰아쉬며 눈물까지 글썽이고 있었다. 그녀는 그렇게 씩씩거리면서 엄마와 새끼손가락을 번갈아 쳐다보다가 획 돌아서더니 자기 방으로 뛰어 들어갔다.

"쾅!"

자기 방으로 두 번째 사라지는 정이현.

"호호호!"

정이현의 어머니는 또 재미있다는 듯이 큰소리로 웃었다. 홍윤진은 그저 당황스럽기만 했다. 그는 영문을 몰라 하면서 굳게 닫힌 정이현의 방문을 보다가 정이현의 어머니를 보다가 하며 쩔쩔 맸다.

"아, 저 그만 가볼게요."

홍윤진은 새끼손가락을 풀면서 자리에서 일어섰다.

"어머! 저랑 방금 약속했잖아요! 조금만 기다리세요. 곧 큰애가 올 거예요."

정이현의 어머니는 얼른 따라 일어서면서 홍윤진을 다시 자리에 앉혔다. 홍윤진은 마지못해 자리에 도로 앉았다. 그는 약속도 약속이지만 다른 한편으로는 정이현의 어머니와 꼭 닮았다는 큰딸이 도대체 어떻게 생겼나 궁금하기도 했다. 홍윤진은 아까 다 마셔버려 지금은 빈 잔이 되어버린 쥬스 잔을 자리에 앉은 채 만지작거렸다. 그런데 그는 그 빈 잔을 오래 만지지는 못했다. 빈 잔을 만지작거리며 그 잔을 두 바퀴째 돌렸을 때였다. 현관문이 벌컥 열렸다. 드디어 그녀의 큰딸이 들어선 것이다.

"넌 왜 이렇게 늦게 오니!"

정이현의 어머니는 큰딸이 들어오자 늦게 왔다고 역정부터 냈다.

"엄만! 미장원에서 머리하다가 왔단 말야!"

큰딸 역시 짜증을 내며 맞받아쳤다. 그녀는 금요일은 수업이 없어서 미장원에 머리하러 오전부터 가 있었다. 그러다가 엄마로부터 긴급 호출을 받고 온 것이다.

"얘! 인사해라! 내가 너에게 말했던 남학생이다."

정이현의 어머니는 자리에 일어나서는 엉거주춤하게 서 있는 홍윤진을 가리켰다.

"아- 안녕하세요?"

큰딸은 어색하게 인사를 해왔다.

"얘! 여기 이 학생은 우리 교회 청년회 회장님이시다. 잘 모셔라!"

정이현의 어머니는 왼팔을 뻗어 홍윤진의 어깨를 끌어안으며 말했다.

"청년회장?"

"아, 이번에 새로 선출되었어. 넌 교회에 안 나가니까 모르겠구나. 이번에 새로 선출된 청년회 회장이야."

정이현 어머니는 큰딸이 자신의 얼굴을 못 보게끔 살짝 돌리고는 홍윤진을 보고 슬쩍 윙크를 해보였다.

"아, 예! 이번에 회장이 된 홍윤진입니다. 만나서 반갑습니다!"

홍윤진은 급히 어깨를 쭉 펴고는 손을 내밀었다.

"아! 그러세요! 반가워요! 전 정미연이라고 해요!"

정미연은 살짝 웃으면서 손을 내밀었다. 자그마하고 가냘픈 손을 가진 그녀는 정이현의 어머니 말대로 자신의 엄마를 그대로 쏙 빼닮은 모습이었다. 갸름한 얼굴에 하얀 피부 그리고 커다란 눈망울에 쌍꺼풀진 것까지 그녀는 엄마를 그대로 닮았다. 또한 풍만한 가슴에 날씬한 몸매도 역시 그녀의 어머니를 꼭 빼닮고 있었다. 모르고 보면 둘이 자매지간인 것으로 오해를 할 정도로 그렇게 정미연은 어머니와 닮아 있었다. 이런 이상 홍윤진은 그녀와 사귀는 것에 대해 더 이상 망설일 필요가 없었다. 그리고 정미연이 다른 말하기 전에 얼른 그녀와 시간을 갖고 싶어졌다.

“저, 오늘 시간이 어떠세요? 날씨도 좋은데……!”

홍윤진은 기회를 놓칠 새라 그리고 그녀가 다시 나가버릴 새라 바로 데이트를 신청했다.

“저요? 전 괜찮아요. 정말 오늘은 날씨도 좋네요.”

예상 외로 정미연은 빼지 않고 순순히 그의 데이트를 받아들이고 있었다. 그녀도 그가 마음에 드는 눈치였다.

“그래! 얘! 날씨도 좋은데 둘이 밖에 나가서 놀다 오렴! 오늘은 엄마가 알고 있으니까 밤늦게 들어와도 된다! 어서 나가렴!”

그녀의 어머니는 홍윤진의 어깨에 올렸던 팔을 내리고는 두 손으로 박수를 치며 좋아했다.

“엄마는! 밤늦게는 뭐가 밤늦게야!”

정미연은 뽀로통해진 얼굴로 어머니를 흘겨보았다.

“오냐! 오냐! 밤을 새지만 말아라!”

정미연의 어머니는 정미연과 홍윤진의 등을 현관문 쪽으로 떼밀었다.

“엄마는 자꾸 이상한 소리할 거야?”

정미연은 화를 내며 몸을 돌려 어머니의 손길을 뿌리쳤다. 하지만 얼굴을 비록 찌푸리기는 했어도 그녀는 손을 내밀어 홍윤진의 손을 꼭 잡고 있었다. 홍윤진이 마음에 든 것이다. 정미연은 홍윤진의 손을 잡아 이끌며 몸을 획 돌려 현관문을 나섰다. 그녀의 이러한 행동을 본 정미연의 어머니는 흡족한 미소와 함께 이제는 안심해도 되겠다는 표정을 지으며 정미연의 등 뒤에다 대고 큰소리로 외쳤다.

“얘! 안 들어와도 엄마 안 기다린다!”

“쾅!”

정미연은 어머니의 말에 대답도 않은 채 현관문을 닫아버렸다. 현관문 밖에서는 정미연이 홍윤진을 데리고 밖으로 걸어 나가는 소리만 들려오고 있었다.

정미연의 어머니는 정미연이 그렇게 홍윤진과 함께 밖으로 나가자 무엇이 그리 즐거운지 아까 홍윤진이 만지작거렸던 빈 주스잔을 싱크대에서 씻으면서 혼자서 노래를 흥얼거렸다. 이때 정이현은 자기의 침대에 엎어진 채 엉엉 큰소리를 내면서 울고 있었다.

정미연은 그날 그녀의 어머니 말과는 달리 비록 밤을 새지는 않았지만 밤늦게 들어왔다. 정미연의 어머니는 내색은 안 했지만 속으로는 은근히 걱정하며 그녀의 눈치를 살폈다. 그런데 그녀는 홍윤진과의 데이트가 정말로 즐거웠는지 연신 싱글거리는 표정이었다.

"애! 미연아! 어땠니? 좋았어? 어때?"

정미연의 어머니는 데이트가 어땠는지 알고 싶어 안달이 난 듯 했다.

"음-! 뭐 그 정도면 괜찮았어!"

정미연은 눈을 지긋이 깔며 고개를 끄덕였다.

"어머머! 애! 그 정도면 괜찮다니! 어머머! 애 좀 봐!"

정미연의 어머니는 기가 막히다는 듯이 펄쩍 뛰었다. 그리고는 은근히 자신의 속마음을 드러내는 협박을 딸에게 했다.

"애! 니가 싫으면 엄마가 할런다! 허이구 참! 그 정도면 괜찮다니!"

정미연은 엄마의 협박에 정색을 하며 펄쩍 뛴다.

"어머머! 엄마! 날 줬으면 그만이지 엄마가 왜 가져가?"

"니가 안 가지면 엄마가 가져야지!"

"어머머! 엄마! 내가 언제 안 가진다고 했어?"

“그 정도면 괜찮다가 안 가질 생각도 있다는 말 아니냐?”

“엄마! 그런 억지가 어딨어! 내 말은 좋다는 뜻이지 싫다는 뜻이야?”

“그럼 좋다는 년이 그렇게 말하니?”

“흥! 어떻게 말하든 그건 내 맘이야! 어쨌든 엄마가 가질 생각은 꿈에도 말아! 그 사람은 내꺼야!”

정미연은 단호하게 말하고는 몸을 획 돌려 자기 방으로 들어갔다.

“저년은……!”

그러나 정미연의 어머니는 더 이상 말을 하지 않았다. 그녀는 큰딸의 닫힌 방문을 바라보며 안도의 한숨과 함께 흐뭇한 미소를 짓고 있었다. 반면 자기 방에서 숨죽이며 엄마와 언니의 대화를 엿듣던 정이현은 억장이 무너지고 있었다.

정미연은 그날 이후 거의 매일같이 홍윤진과 만났고 홍윤진은 틈나는 대로 정미연의 집에 놀러왔다. 그리고 그때마다 정미연의 어머니는 극진하게 그를 대접해줬다. 다만, 정이현만은 예외였다. 그녀는 홍윤진을 볼 적마다 찬바람이 일도록 몸을 돌려 자기 방으로 문을 힘껏 닫으며 들어가 버렸다.

정미연이 홍윤진을 만난 것이 가을 끝자락이었는데 지금은 어느덧 겨울 초입이다. 12월 17일인 오늘 이틀 전에 이미 방학을 맞이한 정미연은 오늘도 역시 홍윤진과 데이트를 즐기고 저녁때에 들어왔다. 마침 저녁때라서 식사를 차리던 정미연의 어머니는 큰딸이 들어오자 식사를 하자고 불렀다.

“미연아! 밥 먹자!”

“아냐, 엄마 먹고 들어왔어!”

정미연은 밥은 먹지 않겠다고 말하면서도 식탁에 와서 앉았다. 동생 정이현은 이미 식탁에 앉아 밥을 뜨고 있었다. 그런데 식사도 하지 않는 정미연이 은근히 왼손을 자꾸 식탁 위에 올려놓고 움직였다. 그런데 그녀의 왼손 약지에서 무엇인가 반짝였다. 예쁘게 생긴 반지였다.

"어머! 얘! 그거 무슨 반지니?"

정미연의 어머니가 정미연의 왼손 약지에 끼워져 있는 반지를 가리켰다. 이제야 정미연이 왜 식탁 위에 손을 올려놓고 자꾸 움직여댔는지 이유를 안 것이다.

"응? 이거 오빠가 나에게 30일 기념으로 사줬어!"

"어머! 그럼 커플링이니?"

"뭐-! 그렇다고 봐야지?"

정미연은 활짝 웃으면서 왼손을 얼굴 가까이 들어 올려 빙글빙글 돌려보였다.

"어머머! 얘! 오래 살고 볼 일이다. 우리 딸내미가 커플링을 끼는 걸 다 보다니!"

정미연의 어머니는 진정으로 기뻐하고 있었다.

"어디 한번 보자!"

정미연의 어머니는 정미연의 커플링을 만지작거렸다.

"응!"

정미연은 흔쾌히 반지를 빼서 그녀의 어머니에게 건넸다.

"아이구 이뻐라! 우리 딸내미도 이거 끼네!"

정미연의 어머니는 자기 손가락에도 끼어 보고 빼서 돌려보고 하며 기뻐했다.

“그럼 끼지! 내가 왜 못 껴?”

“그럼! 그럼! 우리 딸이 못 끼면 세상 사람들도 다 못 끼지!”

정미연의 어머니는 반지를 정미연에게 돌려주며 대견하듯이 그녀를 바라보았다. 그때였다. 정이현이 갑자기 숟가락을 식탁 위에다 탁 내려놓으며 의자에서 벌떡 일어났다. 그리고는 휙 돌아서며 자기 방으로 방문을 세게 닫으며 들어가 버렸다.

“어머? 얘! 밥 먹어!”

“……”

그러나 정이현의 방에서는 아무 대답도 들리지 않았다.

“저년은 언니가 잘 되면 기뻐해야지 저게 무슨 심사야!”

정미연의 어머니는 언성을 높이며 정이현을 나무랬다. 그러나 그녀는 여전히 자기 방에서 묵묵부답이었다.

정이현은 이날 이후로 어머니와는 물론 언니와도 일절 이야기를 나누지 않고 지내기 시작했다. 하지만 정이현의 애끓는 마음에는 아랑곳없이 시간은 계속 흘러 어느덧 해가 바뀌어 벌써 1월 6일이 되었다. 정미연은 이날 저녁에 홍윤진이 자기에게 펼쳐 보일 깜짝 이벤트를 기대하며 하루 종일 들뜬 기분으로 보냈다. 오늘이 바로 홍윤진과 정미연이 사귄지 50일째 되는 날이기 때문이다. 정미연은 50일째의 깜짝 이벤트를 기대하면서 오늘 내내 들뜬 기분으로 어서 저녁이 되기를 기다렸다. 그렇지만 정미연은 해가 다 진 저녁 7시가 넘도록 홍윤진에게서 아무 전화 연락도 받지 못했다. 그녀는 홍윤진의 연락을 기다리면서 자기 방에서 책을 보며 시간을 보냈다.

정미연은 여태 자신에게 아무 연락도 하지 않는 홍윤진에게 화도 났지만 다른 한편으로는 그에게 무슨 일이 생겼나 하는 걱정도 있어서 속으로는 은근히 안절부절 못하고 있었다. 그러다 마침내 그녀는 연락을 받았다. 그런데 정미연이 연락을 받긴 받았는데 홍윤진이 아닌 그의 친구로부터 대신 전화 연락을 받았다. 홍윤진이 엉망으로 취했는데 집으로 택시 태워 보내주려는 것도 한사코 마다하며 정미연만을 찾더라는 것이었다. 그래서 그가 불러주는 전화번호로 전화를 거는 것이라고 하였다. 정미연은 기가 막혔지만 그가 걱정되는 마음이 앞서서 그녀는 홍윤진의 친구가 일러준 장소로 택시를 타고 급히 달려갔다. 홍윤진은 선술집의 식탁 위에 엎어진 채 의식을 잃은 상태였다. 그의 주위에는 5명의 친구들이 앉아 있었다.

"어떻게 된 거예요?"

정미연은 홍윤진을 보자 황급히 달려가 그를 가슴에 끌어안으며 주위의 친구들에게 물었다. 그런데 친구들이 대답은 않고 그녀의 정체부터 확인을 해왔다.

"혹시, 정미연씨 됩니까?"

"정미연씨지요?"

"저-! 정미연씨 되시죠?"

홍윤진이 식탁 위에 쏟아 낸 토사물을 처리하던 친구 셋이 거의 동시에 물어왔다. 그들은 정미연에 대해서 이미 알고 있는 듯 했다.

"네!"

정미연은 대답을 하며 그들을 보았다.

"역시! 대단히 이쁘십니다. 우리 윤진이가 자랑할 만하네요."

식탁 옆에서 커다란 호랑이 탈을 손에 들고 있는 한 친구가 고개를 끄덕이며 말했다.

"네?"

정미연은 무슨 소리인지 몰라 눈이 동그래졌다.

"실은 윤진이가 오늘 정미연씨와의 만남 50일째라고 한턱 낸다고 해서 이 자리를 가졌거든요."

이번에는 곰 탈을 손에 들고 있는 친구가 말을 해왔다. 이 자는 호랑이탈을 들고 있는 친구의 옆에 서 있다가 말을 꺼내고 있었다.

"네?"

"아직 해가 지지 않아서 해가 떨어지기를 기다리는 동안 먼저 간단히 식사 겸 한잔 걸치고 50일째 깜짝 이벤트 하러 가기로 하고 여기에 왔거든요. 우리가 배고프다고 윤진이에게 먼저 뭐 좀 먹자고 했어요."

마침내 식탁 위의 토사물을 말끔히 치운 한 친구가 말했다.

"그런데 윤진이가 평소에는 술이 세던 앤데 오늘은 영 이상하네요."

"네?"

도대체 영문을 모르는 정미연은 그들의 말을 들으며 계속 묻기만 했다.

"아마, 빈속에 갑자기 술을 들이켜서 그런 것 같아요."

식탁을 치우다가 뒤돌아선 채 커다란 종이 박스를 챙기던 한 친구가 머리를 돌리며 말해왔다. 종이 박스 안에는 폭죽과 고깔모자 그리고 아직 불지 않은 각양각색의 풍선들이 가득 들어 있었다. 이때 정미연은 그가 요즘 겨울철 감기로 고생을 하고 있던 생각이 문뜩 떠올랐다.

"저-, 혹시 오빠가 술 먹기 전에 감기약을 먹었나요?"

"감기약이요? 아, 예! 먹었어요. 술 먹는 도중에 약 먹어야 하는 거 잊었다면서 먹었어요. 우리 미연이에게 감기 옮기면 안 된다면서 먹었어요. 그런데 왜요?"

"아- 아니에요. 오빠가 아무래도 감기약 때문에 이렇게 된 것 같아요."

정미연도 홍윤진이 술이 세다는 것은 그와 몇 차례 술자리를 함께 하면서 이미 잘 알고 있었다. 그런데 이번에는 빈속에 술을 먹은데다가 더구나 감기약까지 먹었다고 하니 알코올과 감기약 속의 항히스타민제가 복합됨으로써 일으킨 상승 작용에 의해 뇌중추신경계가 심각하게 마비되었을 것이다. 게다가 감기약의 아세트아미노펜 역시 알코올에 의한 상승 작용을 일으켰을 것이고 이로 인해 간을 손상시켰을 것이다. 그렇다면 술은 더욱 깨기 힘들었을 것이다. 정미연은 약대생으로서 약리학을 배웠기 때문에 홍윤진이 소주를 세 병도 채 안 마신 상태에서 그만 혼절해버린 이유를 알 수 있었다.

정미연은 이곳으로 오기 전에 슈퍼에 들려 미리 사가지고 온 일회용 물수건들을 꺼내 홍윤진의 얼굴과 손에 묻어 있는 나머지 토사물들을 하나하나 찾아가며 정성스레 닦아주었다. 그리고 자신의 손수건을 꺼내 얼굴과 손에 묻어 있는 일회용 물수건의 물기를 닦았다. 그의 토사물과 물기를 모두 닦아내자 그녀는 홍윤진을 뒤에서 힘껏 안아 올렸다. 이때 홍윤진의 몸에는 여전히 토사물들이 엉겨 있었다. 토사물들은 섬유 속으로 빨려 들어가 있어서 친구들이 열심히 제거하였어도 말끔히 제거되지 않았고 옷은 토사물의 물기를 이미 깊숙이 빨아들여 군데군데 축축하게 젖어 있었다. 때문에 홍윤진의 얼굴과 손은 비록 깨끗하게 되었어도 그의 옷은 여전히 더러웠다. 하지만 정미연은 전연 개의치 않았다. 그녀는 홍윤진이 쓰러질까봐 뒤에서 꽉 부둥켜안은 채 비틀거리며 일어섰다. 홍윤진이 지금 늘어져 있기는 하지만 그의 체중이 46kg대이므로 여자 혼자서도 충분히 감당할 수 있는 몸무게였다.

"저, 죄송하지만 택시 좀 잡아줄래요?"

정미연은 홍윤진을 있는 힘껏 끌어안고는 밖으로 걸음을 뗐다.

"어이구! 우리가 할 게요!"

"이리 나오세요. 우리가 데리고 나가겠습니다!"

"저희에게 맡기세요!"

친구들은 당황하면서 홍윤진에게 달려들며 정미연을 만류했다.

"아- 아니에요! 제 남자 친구는 제가 책임질 거예요. 더구나 저를 위해 준비하다가 이렇게 되었으니까요!"

정미연은 힘을 주느라고 얼굴이 빨개진 상태에서도 홍윤진을 친구들에게 넘기지 않고 혼자서 있는 힘을 다해 그를 끌고 밖으로 나왔다. 그녀의 고집에 친구들은 술집 바닥에 두었던 호랑이와 곰의 의상 그리고 행사용품이 든 종이 박스나 챙겨들고는 그녀를 따라 술집을 나왔다. 잠시 후 정미연은 홍윤진을 택시에 태우고는 그곳을 떠났다. 이날 이후 정미연은 홍윤진의 친구들 사이에 전설이 되었다. 정미연은 오직 홍윤진을 위해 천상에서 내려온 선녀로 소문이 난 것이다. 그리고 이날 이후 홍윤진은 아예 그렇게 믿었다.

그런데 그날 정미연은 홍윤진을 태우고 그의 집으로 가지 못했다. 홍윤진이 택시를 타고 가던 중 두 번이나 마구 토를 하면서 몹시 괴로워했기 때문이다. 취기에 의해 심하게 멀미를 하는 것이었다. 결국 정미연은 홍윤진의 집으로 가다가 그의 집보다는 더 가까이에 있는 자기 집으로 홍윤진을 데리고 들어갔다.

"어머나! 이게 웬일이야?"

늦은 밤에 정미연이 인사불성이 된 홍윤진을 끌어안은 채 집으로 들어서자 응접실에서 신년 특집 TV 드라마를 보고 있던 정미연의 어머니가 소스라치게 놀라며 그들을 맞아들였다.

"엄마, 오빠 좀 씻기고 옷을 갈아 입혀야 되는데?"

"어? 어-! 어, 그래!"

정미연의 어머니는 자초지종은 나중에 듣기로 하고 얼른 욕실에 들어가서 따뜻한 물을 욕조에 받기 시작했다. 그리고 집 안에 남자가 없는 관계로 할 수 없이 아쉬운 대로 정미연의 티셔츠와 체육복 바지를 꺼내왔다. 많이 작기는 하겠지만 홍윤진이 다소 왜소한 체형이므로 그럭저럭 입힐 수는 있을 것 같았다. 홍윤진의 겉옷은 정미연과 그녀의 어머니가 같이 힘을 합쳐 벗겼다. 그런데 겉옷을 벗기자 속옷은 더 엉망이었다. 소화가 전혀 되지도 않은 안주가 알코올 냄새를 지독하게 풍기면서 속옷 곳곳에 끼어 있었다. 정미연은 어머니와 함께 그를 들어서 욕실로 데려 들어갔다. 그녀의 어머니는 딸에 대해 거기까지만 도와주었다. 그 나머지 일은 정미연이 혼자서 욕실문을 잠그고 해내었다.

정미연은 그의 속옷을 모두 벗겨내고 그를 욕조 안에 살며시 뉘었다. 홍윤진은 욕조의 따뜻한 물속에 들어가자 매우 편안한 표정으로 깊이깊이 잠들어갔다. 정미연은 목욕타월로 부드럽게 그의 몸을 씻어 내렸다. 그는 몸에 비록 근육은 없었지만 하얗고 미끈한 아름다운 몸매였다. 정미연은 그의 몸을 씻기면서 사랑스런 부위마다 입을 살짝살짝 갖다 대며 입맞춤을 해대었다.

정미연은 속옷 대신 자신의 티셔츠와 체육복 바지로 갈아입힌 홍윤진을 욕실에서 데리고 나와 자기 방의 침대에 뉘었다. 그리고는 그의 가슴에 손을 가만히 얹고는 자신도 깊은 잠에 빠져들었다. 이때 정미연의 방 불은 그녀의 어머니가 대신 꺼주고 있었다. 한편, 정이현은 홍윤진의 옆에 잠들었을 언니를 생각하며 이불을 뒤집어 쓴 채 밤새 울고 또 울고 있었다.

보름 후 토요일 오전. 정이현은 언니가 욕실에서 목욕을 하고 있는 사이에 언니의 핸드폰을 몰래 들고서는 그 핸드폰에 저장된 전화번호를 탐색했다. 그리고는 한 전화번호를 보자 그 번호를 이내 자기 핸드폰에다 옮겨 저장하고는 잠깐 그 번호로 다시 무엇인가 확인하였다. 정이현은 자신도 모르게 입술을 깨물었다. 그 전화번호로는 언니가 홍윤진을 만난 이후 단 한 번도 걸지 않았기 때문이다. 그런데 그 전화번호로 언니에게 걸려온 전화는 매우 많았다. 이는 그동안 한쪽에서만 일방적으로 계속 전화를 걸어왔다는 것을 뜻하는 것이었다. 정이현은 이를 확인하자 얼른 핸드폰을 제자리에 두고 자기 방으로 들어왔다. 그녀는 앞이 캄캄해졌다. 언니는 정말로 엄마가 원하던 대로 동성 간의 애정 교제를 버리고 이성 간의 애정 교제를 하기 시작한 것이었다. 정이현이 언니의 핸드폰에서 확인한 전화번호는 바로 언니의 동성애자 상대인 천민혜였다.

그동안 정이현은 자신의 예상과 계획이 어긋난 것에 대해 심하게 자책을 해대며 지내왔었다. 그리고 어머니가 홍윤진을 언니의 침실에서 재운 이후부터는 정이현은 언니를 이전의 동성애자로 다시 되돌릴 방법을 날마다 골똘히 궁리하기 시작했다. 그런데 요즘 들어 정이현은 몹시 초조해졌다. 어머니가 어제 돌연 언니에게 홍윤진과의 만남 100일째 되는 날을 기념해 2박 3일 일정의 일본 온천관광 비행기 티켓을 주겠다고 선언했기 때문이다. 100일째 되는 날이면 2월 25일이다. 앞으로 열흘 남았다. 정미연은 학교의 개학이 3월 2일이므로 개학 전에 일본 온천으로 놀러갈 수 있으므로 학교 일은 걱정하지 않아도 되었다. 그리고 홍윤진은 3월 8일에 입대를 하므로 역시 홍윤진의 군 입대와도 아무런 문제가 없었다. 게다가 이번 여행은 홍윤진에게 입대 전 기념 여행이 되는 것이기도 하였다. 이에 정미연은 매일 콧노래를 부르며 그날이 빨리 오기를 기다렸다.

한편, 정이현은 홍윤진이 만취되어 집에 들어왔을 때 언니는 그날 얌전히 그의 가슴에 손만 얹고 잔 것을 간접적으로 확인했기에 안심할 수 있었다. 그날 정이현은 잠 한숨 안 자고 언니의 방에 대해 귀를 곤두세우고 있었다. 그런데 다행히 홍윤진의 코고는 소리가 한 번도 끊이지 않고 그 다음날 그가 깨어날 때까지 들려왔었다. 이를 근거로 정이현은 그들 간에 아무 일도 없었던 것으로 간접적으로나마 확신하고 있었다. 하지만 이번에는 경우가 다르다. 2박 3일 간 아무 일 없이 놀다오라고 엄마는 언니에게 당부하고 있지만 그것은 표면상의 말이고 둘이 반드시 사고치고 오라는 말 밖에는 되지 않았다. 엄마가 변덕스런 언니의 마음이 바뀌기 전에 아예 결혼까지 시켜버릴 작정으로 일을 밀고 나가고 있는 것이다. 따라서 이번에 언니가 홍윤진하고 같이 일본 온천으로 놀러가게 되면 자신으로서는 영영 그를 잃어버리는 것이 된다.

2월 20일, 겨울이었지만 날씨는 화창하였다. 정이현은 언니의 핸드폰에서 천민혜의 전화번호를 알아냈지만 걸지는 않았었다. 전화를 걸었다가 그로 인해 일이 어떻게 될지 알 수 없었기 때문이다. 그러나 이제 더 이상 망설일 수 없었다. 앞으로 5일 뒤면 언니는 홍윤진과 함께 일본의 온천으로 여행을 떠난다. 생각만 해도 속에 불이 나는 일이다. 정이현은 자기 대신 천민혜가 일을 처리해주기를 바라는 심정으로 핸드폰을 들었다. 그리고는 잠시 언니의 동태를 살폈다. 언니는 어느새 목욕을 마치고 홍윤진과 데이트를 즐기러 밖으로 나서고 있었다. 정이현은 잠깐 기다렸다가 마침내 언니가 밖으로 나가자 얼른 자신의 핸드폰에서 저장된 전화번호를 찾았다. 그리고는 입술을 꼭 깨물고는 언니 핸드폰에서 따온 전화번호를 눌렀다. 신호가 얼마간 가고나자 저쪽에서 곧바로 여자의 음성이 들려왔다.

"여보세요! 천민혜입니다. 누구세요?"

"안녕하세요? 저는 정미연 동생 정이현인데요."

"네?"

"언니가 지금 남자 친구랑 사귀고 있어요."

"네?"

"오후 5시에 석촌 호수의 분수 나오는데 가보시면 확인할 수 있을 거예요."

"네? 여보세요! 여보세요! 지금 무슨 소리하고 있는 거예요?"

천민혜는 황급히 물어왔다. 그녀의 음성은 분명 흥분으로 떨리고 있었다. 그러나 천민혜는 더 이상 말을 듣지 못했다. 발신 번호가 찍히지 않은 그 전화는 바로 끊어졌기 때문이다.

그날 저녁. 홍윤진으로부터 정미연의 집으로 전화가 왔다. 마침 정미연의 어머니가 저녁을 준비하다가 그 전화를 받았다.

"아, 윤진인가?"

"예, 어머니!"

"그런데 왜?"

"저, 혹시 미연이 집에 있습니까?"

"미연이가? 아니 윤진이 자네와 같이 있지 않나? 자네 만난다고 갔는데?"

"예, 저를 만났는데요. 미연이가 저와 같이 석촌 호수를 걷다가 누군가를 보더니 잠깐 만나고 오겠다고 하고 가고서는 지금 4시간째 돌아오지 않고 있네요."

"하이고 4시간이나? 거기 지금 어딘데?"

"여기요? 석촌 호수에요."

"뭐, 석촌 호수에서 4시간이나 기다리고 있다고? 그 추운데서? 아니, 이년이 어디로 간 거야? 그래 누구를 만나러 간 줄 아나?"

"모르겠습니다. 잔뜩 긴장돼서 가더니 안 오네요."

"그래? 누구지? 그럴 사람이 없는데? 아무튼 윤진아! 고생 말고 집에 들어가 있거라. 내 미연이가 집에 들어오거든 연락을 해줄게!"

"예! 어머니! 그럼 전화 기다리겠습니다."

홍윤진은 정미연 어머니와의 전화 통화를 끊고도 1시간을 더 석촌 호수에서 기다리다가 집으로 돌아갔다. 그런데 밤 11시 넘어서 정미연으로부터 핸드폰 연락이 왔다. 홍윤진은 정미연을 걱정하며 침대에 누워 있다가 얼른 일어나 핸드폰을 받았다.

"좀…… 나와 줘!"

홍윤진은 핸드폰을 끊자마자 곧바로 아파트 밖으로 뛰어나갔다. 정미연은 그의 아파트 동 입구에 쓰러질 듯이 서 있었다. 그녀는 홍윤진을 보자 안기듯이 쓰러졌다.

"미연아! 왜 그래? 어떻게 된 거야?"

홍윤진은 깜작 놀라며 그녀를 끌어안았다.

"일단, 우리 집으로 들어가자!"

홍윤진은 꽁꽁 언 정미연을 부축하며 동 입구 쪽으로 이끌었다.

"아냐, 아냐 나 안 들어갈래!"

정미연은 무슨 일인지 강하게 거부하였다. 그리고는 그의 목을 꽉 끌어안으며 나지막하면서도 힘들 듯이 말해왔다.

"나, 아무데나 데려다 줘! 사람들 없는 데로!"

"응? 응! 그래 잠깐 기다려!"

홍윤진은 바지주머니에 자동차 키가 들어 있는지 확인하고 곧바로 자기 차가 주차되어 있는 곳으로 뛰어갔다.

잠시 후 홍윤진은 정미연을 자기 차에 태우고 서울시 외곽을 빠져나가고 있었다. 그리고 20여 분 후. 그들이 탄 차는 어느덧 사방이 캄캄하고 고요한 곳을 지나고 있었다.

"오빠! 여기서 차 세워! 저기 저쪽 구석에 주차해 오빠!"

그동안 차창에 머리를 기댄 채 눈을 감고 아무 말 없던 정미연이 사방이 깜깜해지자 눈을 뜨고는 홍윤진에게 차를 멈추고 안전하고 외진 곳에다 주차하라고 말해왔다.

"응? 여기에? 으응! 그래 알았어!"

홍윤진은 영문을 모른 채 차를 구석진 곳에 안전하게 주차했다. 홍윤진은 차를 주차시키자 실내등을 켰다. 정미연의 상태가 어떤지 보기 위해서이다. 그런데 정미연이 돌연 몸을 벌떡 일으키면서 실내등을 황급히 꺼버렸다.

"응? 왜 그래?"

홍윤진은 정미연의 돌발적인 행동에 놀라며 그녀를 보았다. 헤드라이트를 끄고 실내등도 끄니 정미연의 모습이 어슴푸레하게만 보여 왔다. 더구나 차는 짙은 선팅을 해놓아서 그녀의 모습은 더욱 희미했다. 밖에는 달이 떠 있었으나 초승달이어서 사방이 캄캄했다. 그리고 한 달 전에 내린 눈조차도 이미 다 녹아서 차 밖이나 안이나 온통 깜깜했다. 정미연은 차가 어둠과 정적에 휩싸이자 갑자기 홍윤진의 목덜미를 끌어안으며 격렬하게 입맞춤을 해왔다. 얼마간 입맞춤이 끝나자 그녀는 입술로 홍윤진의 목젖 아래쪽을 향해 훑어 내려오기 시작했다.

"어? 미연아! 너 왜 그래?"

홍윤진은 몹시 당황하며 정미연의 머리를 양손으로 붙잡았다.

"쉿! 오빠! 오늘은 그냥 나하는 대로 가만히 내버려둬! 부탁이야!"

그녀의 음성은 떨리면서도 눈물에 젖어 있었다. 홍윤진은 가만히 있었다. 잠시 후 홍윤진은 운전석으로 건너 온 그녀를 맞이하고 있었다. 홍윤진은 정미연이 주는 강한 자극을 느끼며 그녀를 힘껏 끌어안았다. 이때 홍윤진은 어둠 때문에 정미연의 몸 구석구석에 멍이 들어 있었다는 사실을 전혀 몰랐다.

오늘 낮에 석촌 호수에서 홍윤진과 함께 거닐던 정미연은 핸드폰으로 걸려온 전화 한 통을 받았다. 그녀는 진동하고 있는 핸드폰을 핸드백에서 꺼내 들어보니 발신자가 천민혜였다. 잠깐 동안 그녀는 망설였다. 그러나 그녀는 홍윤진이 눈치 채지 못하게 이내 그 핸드폰에서 배터리를 분리한 후 도로 핸드백에다 집어넣었다.

"전화 안 받아?"

곁눈으로 정미연을 지켜보던 홍윤진이 물어왔다.

"응? 아냐! 보험 아줌마야. 보험 하나 더 들라고 자꾸 전화하네!"

"으응!"

홍윤진은 고개를 가볍게 끄덕이며 정미연의 허리를 끌어안았다. 그녀도 같이 홍윤진의 허리를 끌어안았다. 그리고 그녀는 앞으로 걸어가기 위해 무심코 정면을 보았다. 순간 그녀는 온몸이 굳어지는 것 같은 충격을 받았다. 정미연의 5미터 앞에 천민혜가 서 있었던 것이다.

"나- 나- 나 좀 갔다 올게!"

"응? 어디?"

"아- 아- 아냐! 그냥 누구 좀 만나고 올게!"

정미연은 몹시 긴장한 채 말을 더듬었다. 그녀는 홍윤진을 뒤로 두고 급히 앞으로 뛰어갔다. 그녀의 앞에는 천민혜가 천천히 걷고 있었다.

정미연은 허겁지겁 달려가 천민혜의 손을 잡았다.

"언니!"

그러나 천민혜는 그녀의 손을 획 뿌리쳤다. 그리고는 그대로 뚜벅뚜벅 걸어갔다.

"언니!"

정미연은 다시 그녀를 쫓아갔다. 천민혜는 정미연을 쳐다보지도 않고 그대로 걸어갔다. 정미연은 조금 거리를 둔 채 그녀를 따라갔다. 얼마간 그렇게 걷던 천민혜는 주차장에 이르자 어느 한 차로 다가가서 차문을 열며 정미연을 돌아다보았다.

"타!"

"언니!"

"어서 타!"

"언니! 나 그 사람 때문에……."

그러나 정미연은 더 이상 말하지 않고 운전석으로 순순히 올라탔다. 순간적으로 눈초리가 치켜 올라가는 천민혜의 얼굴을 보았기 때문이다. 천민혜는 정미연이 차에 오르자 바로 차를 출발시켰다.

"언니? 어디 가?"

정미연은 당황하며 물었다.

"언니?"

그러나 천민혜는 아무 말도 없이 사납게 차를 몰면서 석촌 호수를 벗어나 성남 방향으로 내달릴 뿐이었다.

"언니! 대답도 안 해주고 계속 가면 나 여기서 뛰어내릴 거야!"

정미연이 고함을 질렀다. 그러자 천민혜는 도로변으로 거칠게 차를 갖다 붙였다.

"철썩!"

차를 세우자마자 천민혜는 정미연의 뺨을 내갈겼다.

"어- 언니!"

갑자기 뺨을 맞은 정미연이 깜짝 놀라며 천민혜를 바라보았다. 이제껏 누구에게도 맞아본 적이 없었던 정미연은 너무 놀라 몸까지 덜덜 떨었다. 그리고 이내 눈물이 고였다. 천민혜는 그런 정미연을 잠시 노려보다가 다시 차를 출발시켰다. 그런데 천민혜는 성남으로 들어서지는 않았다. 그녀는 차를 성남방향으로 몰다가 팔당호 방면으로 빠졌다. 팔당호에 거의 다다르자 천민혜는 어느 펜션 앞에 차를 세웠다.

"내려!"

천민혜는 자신이 미리 예약해 둔 펜션에 도착하자 그녀에게 차에서 내릴 것을 명령했다.

"싫어!"

정미연은 단호히 거절했다. 순간 그녀는 눈앞이 번쩍했다.

"철썩! 철썩! 철썩! 철썩!"

정미연은 천민혜로부터 정신없이 뺨을 맞았다.

"아악! 언니! 내릴 게! 내릴 게! 그만 때려!"

정미연은 머리를 감싼 채 맞으며 비명을 질렀다. 그리고는 얼른 차문을 열고 내렸다. 그녀가 차에서 내리자 천민혜도 곧바로 따라 내렸다. 그리고는 정미연의 손목을 꽉 붙잡고는 거칠게 이끌며 펜션 안으로 들어갔다. 천민혜는 정미연을 데리고 펜션의 방으로 들어서자 정미연을 거칠게 방바닥으로 내리쳤다.

"어떻게 나에게 그럴 수 있어! 어떻게! 어떻게!"

천민혜는 악을 쓰며 고함을 쳤다.

"어- 언니!"

정미연은 바닥에 쓰러진 채 천민혜를 바라보았다. 그러나 더 이상 말을 하지 못했다. 천민혜가 그대로 달려들어 손으로 정미연을 마구잡이로 때리기 시작했기 때문이다.

"오늘 언니랑 같이 죽자!"

천민혜는 이미 이성을 잃고 있었다. 마치 사나운 짐승이 달려들 듯이 정미연을 때리고 또 때렸다.

"언니! 언니! 잘못했어! 언니!"

정미연은 온몸을 웅크린 채 울면서 빌었다. 정미연은 천민혜가 이렇게 나올 줄은 꿈에도 몰랐다. 정미연은 천민혜의 소개로 다른 동성애자 여자들을 몇 알고 있었다. 그런데 그들 쌍 중에는 자신처럼 한쪽 여자가 남자 친구를 새로이 사귀게 되어 동성애 여자들끼리 서로 헤어지게 되는 경우도 몇 있었었다. 하지만 남겨진 동성애 여자는 지금 천민혜와 같은 반응은 전혀 보이지 않았었다. 오히려 새로운 사랑을 찾아 떠나는 상대편 여자에 대해 진심으로 축복을 해주고 앞날에 사랑이 더욱 무르익기를 기원해주었었다. 물론 남겨진 여자는 괴로워하고 슬퍼했지만 그래도 떠나는 여자에 대해 새로운 사랑이 영원하기를 기원해주었다. 그래서 정미연도 천민혜가 비록 이 사실을 알게 되더라도 다른 동성애 여자들처럼 그녀도 자기에게 축복해줄 줄 알았다. 그러나 전혀 아니었다.

"이년아! 이 더러운 년아! 너 그 자식이랑 어디까지 갔어! 어디 좀 보자!"

천민혜는 갑자기 정미연의 옷을 벗기기 시작했다.

"언니! 왜 그래! 나 싫어!"

정미연은 결사적으로 저항하며 몸을 웅크렸다.

"이년아! 이 더러운 것아!"

천민혜는 정미연이 옷을 안 벗자 찢기 시작했다.

"언니! 그 사람이랑 나 아무 짓도 안 했어! 악!"

정미연은 비명을 지르며 몸을 최대한 오므렸다. 그러나 자기보다 키가 크고 억센 천민혜의 힘을 당해낼 수는 없었다. 얼마 안 가 정미연의 옷은 다 벗겨졌다.

"이 더러운 년아! 안 하기는 뭘 안 했어!"

"아냐! 언니 믿어줘! 나 아무 짓도 안 했어!"

"거짓말 마! 이 더러운 것아!"

천민혜는 그녀의 옷을 다 벗기자 사내의 흔적을 찾는다며 미친 듯이 정미연의 몸을 구석구석 살폈다. 그러나 천민혜가 찾던 흔적이 보이지 않자 다시 정미연을 때리기 시작했다.

"이년아! 죽어! 죽어! 어떻게 나에게 그럴 수 있어! 죽어!"

"악! 언니 살려줘! 살려줘! 언니! 잘못했어!"

정미연은 무릎을 꿇고 두 손을 비벼대며 용서를 빌었다.

"철썩!"

그러나 그녀에게 돌아온 것은 천민혜의 커다란 손이었다. 순간 정미연은 정신이 아득해지면서 의식을 잃었다. 얼마동안이나 정신을 잃고 있었는지 모른다. 정미연이 다시 눈을 떴을 때는 사방이 이미 캄캄해 있었고 천민혜는 침대 위에서 엎어진 채 잠이 들어 있었다. 정미연은 찢어진 옷을 추슬러 다시 입고는 살며시 방문을 열었다. 방 안에는 빈 소주병과 과자 봉지가 어지러이 널려져 있었다. 빈 소주병은 6병이나 되었다.

정미연은 분노로 입술이 부들부들 떨렸다. 순결한 자신을 모욕한 천민혜를 죽이고 싶었다. 그러나 그녀를 힘으로 이길 수는 없다. 정미연은 가만히 펜션을 빠져나와 그대로 차도로 달렸다. 그리고는 차를 얻어 타고는 시내로 들어온 뒤 택시로 다시 갈아타고 홍윤진에게로 달려갔다. 그날 밤 정미연은 홍윤진의 차 안에서 자신의 모든 것을 그에게 주고 있었다.

정미연은 그날 이후 천민혜와 관련된 것은 모두 버렸다. 사진, 일기, 편지, 선물 등 모든 것을 버렸다. 심지어 핸드폰에 저장된 그녀의 문자와 전화번호 그리고 통화내역까지 모두 삭제해버렸다. 하지만 정미연은 항상 불안했다. 언제 어디서 갑자기 천민혜가 나타날지 알 수 없었기 때

문이다. 그래서 정미연은 핸드폰을 거의 꺼놓고 지낼 뿐만 아니라 데이
트하러 나갈 때는 홍윤진에게 자신을 항상 집 앞에서 데려가고 집 앞에
서 내려주게 했다. 이외에는 정미연은 하루 종일 두문불출했다.

한편, 정미연은 궁금했다. 도대체 자신이 홍윤진과 사귀고 있다는 것
을 누가 천민혜에게 알렸는가 하는 것이 궁금했다. 의심이 가는 사람이
몇몇 있었다. 홍윤진의 남자 친구들과 자기의 여자 친구 몇 명 그러나
그들은 천민혜의 존재를 모른다. 그렇다면 천민혜의 존재를 아는 사람은
엄마와 동생 정이현뿐이다. 하지만 엄마와 동생은 천민혜의 연락처를 모
른다. 그럼 도대체 누가 이 사실을 천민혜에게 알렸다는 것인지 정미연
으로서는 답답하기만 한 노릇이었다.

그렇게 5일간을 마음 졸여가며 천민혜를 피해가던 정미연은 마침내
홍윤진과 만난 지 100일째를 맞이하고 있었다. 그러나 정미연은 그녀의
어머니가 마련해준 일본 관광 티켓으로 홍윤진과 함께 일본으로 놀러가
지 못했다. 그 전날 정미연은 비행기 티켓 문제로 관광회사에 전화를 걸
려고 핸드폰의 전원을 살렸다. 그리고는 관광회사에 전화를 걸기 전에
우선 그동안 자신에게 온 문자부터 검색하였다. 그런데 얼마간 핸드폰에
서 문자를 검색하던 정미연은 순간 손을 부들부들 떨었다.

'일본 가면 홍윤진은 죽는다!'

천민혜가 보내온 문자였다. 정미연은 세상이 하얗게 변하는 것 같았
다. 그녀는 가슴이 마구 쿵쾅거리며 뛰었다. 손에서는 식은땀이 배어 나
왔다. 정미연은 바로 홍윤진에게 전화를 걸었다.

"오빠! 내가 몸이 이상하게 너무 안 좋아! 일본 여행은 나중에 가도록
하자!"

“왜? 나 준비 거의 다 끝내고 있는데?”

홍윤진은 일본 갈 준비를 하고 있었는지 영문을 몰라 하며 물었다.

“아냐, 그냥 너무 안 좋아! 오빠 미안해! 나 끊을게!”

정미연은 아쉬워하는 홍윤진의 음성을 뒤로 하고 핸드폰을 끊었다. 그녀는 그대로 힘없이 풀썩 주저앉았다. 그리고 그 상태로 한참을 앉아있었다. 이제 정미연은 누가 천민혜에게 연락을 해주었는지 명백히 알 수 있었다. 그 사람은 바로 자기 여동생 정이현이었다. 100일째 되는 날 홍윤진과 정미연이 일본으로 간다는 것을 아는 사람은 정미연의 경우 어머니와 정이현뿐이었고 홍윤진의 경우는 그와 그의 부모뿐이었기 때문이다. 친구들에게는 괜히 소문만 무성해질 뿐이라면서 서로 알리지 않기로 했기에 그와 그녀의 친구들은 아무도 모르는 상태였다. 그러나 여전히 정이현에 대해서는 심증만 갈뿐 증거는 없다. 정미연은 당장이라도 정이현을 다그치고 싶었으나 정이현이 잡아뗄 것은 너무나도 분명한 일이다. 정미연은 어제 동생의 핸드폰을 빼앗아 통화내역을 보려고 시도했었다. 그러나 핸드폰이 비밀번호로 잠겨 있어서 핸드폰의 모든 기능 역시 잠겨 있었다. 결국 아무 것도 알아낼 수 없었다. 대신 발악발악 울어대며 대드는 정이현에게 30분 넘게 시달려야 했다. 이에 정미연은 분명한 증거를 잡을 때까지 참기로 하고 정이현이 눈치 못 채게 정이현을 감시하기 시작했다. 하지만 정미연은 시간이 가도 정이현에게서 어떠한 이상한 낌새도 찾지 못하고 있었다. 정이현도 언니가 돌연 일본행을 취소한 것으로 보아 천민혜로부터 어떠한 협박을 받았다는 것을 눈치 챘다. 따라서 이로 인해 언니가 자신을 더욱 의심할 것이라는 것도 눈치 챘다. 상황이 이렇게 되자 정이현은 태도를 바꾸었다. 그녀는 괜히 정미연에게 살갑게 굴면서 언니의 의심에서 벗어나려고 노력했다.

한편, 정미연은 일본 여행을 취소한 이후부터 천민혜에게서 더 이상 어떤 연락이나 문자도 받지 않았다. 정이현이 살갑게 굴고 천민혜로부터 어떤 접촉도 없자 정미연은 천민혜에게서 당했던 그날의 악몽에서 서서히 멀어져 가고 있었다.

어느 새 시간은 흘러 2월이 되고 마침내 홍윤진이 대학을 졸업했다. 그리고 예정대로 그는 해군 학사장교로 입대하였다. 정미연은 홍윤진이 하얀 제복을 입은 멋지고 늠름한 해군 장교로 자기 앞에 다시 나타나길 기대하며 지내다가 드디어 사관후보생에게 위문편지의 전달이 허용되기 시작하는 기간이 도래하자 매주 꼬박꼬박 그에게 편지를 보내기 시작했다. 그리고 그에게서 돌아오는 답장을 일주일 내내 손꼽아 기다리며 보냈다. 그러다가 그의 편지가 오면 그녀는 그 편지를 읽고 또 읽고 하다가 품에 안고 잠들곤 했다.

이제 대학 3학년이 된 정미연은 개강 초의 학교생활에 정신이 없었다. 그러면서도 한편으로는 홍윤진에 대한 위문편지 쓰기를 게을리 하지 않았다. 그렇게 지내던 4월 8일 화요일 이른 아침. 정미연은 학교에 가기 위해 욕실에서 양치질을 하다가 무엇인가 얹힌듯하더니 헛구역질이 나왔다.

"욱! 우욱! 욱!"

정미연은 눈물이 나올 만큼 헛구역질을 했다.

"언니! 뭐 해?"

정이현이 자신도 학교에 가기 위해 세수하러 욕실에 들어서다가 정미연이 헛구역질을 해대는 것을 본 것이다.

"아- 아냐! 욱! 우욱!"

정미연은 자꾸 헛구역질이 나오자 당황했다. 그런데 당황하기는 정이
현도 마찬가지였다.

"언니? 어디 아파? 체한 거야?"

"아니라니까! 욱!"

정미연은 짜증스럽게 말하고는 손으로 입을 틀어막고 얼른 자기 침실
로 들어가 버렸다. 정이현은 언니의 뒤를 멀뚱이 쳐다보다가 곧 물을 틀
고 세수를 하기 시작했다. 정미연은 침실에 들어가서도 얼마간 계속 헛
구역질을 했다.

그런데 그렇게 시작된 헛구역질이 멈추질 않고 계속 되었다. 이에 정
미연의 어머니는 병원에 가보자고 하였으나 어려서부터 병원이라면 학
을 뛰던 정미연이었기에 이번에도 당연히 펄쩍펄쩍 뛰면서 거부하였다.
대신 새 학기이고 3학년이 되어서 학업에 힘이 들어서 그런 것 같다고
말하고 넘어갔다. 정미연의 말에 그녀의 어머니도 일면 수긍을 하였다.
그래서 식단에 더욱 신경을 써서 음식을 차려내었다. 그래서인지 정미연
의 헛구역질은 차츰 수그러들었다. 하지만 5월이 거의 다 지나가도록 헛
구역질이 완전히 낫지는 않았다. 그래도 간혹 헛구역질이 나오곤 하였
다. 이번에도 정미연은 늦은 저녁을 먹다가 헛구역질이 나와서 식사를
중지하고 자기 침실로 들어갔다. 그녀는 헛구역질이 가라앉을 때까지 침
대에 가만히 누워 있었다. 이윽고 헛구역질이 가라앉자 그녀는 몸을 일
으켜 달력을 보았다. 이제 3주 남았다. 3주 뒤면 드디어 홍윤진이 하얀
제복의 해군 장교가 되는 것이다. 정미연은 침대 위에서 이불을 끌어안
고 혼자서 뒹굴어대며 웃었다. 해군 장교가 되는 홍윤진이 대견스러웠고

그것을 기다려준 자신이 대견스러웠다. 정미연은 자신만의 행복감에 젖어 혼자서 까르르 웃으며 좋아했다. 그때였다. 방문을 두드리는 소리가 났다. 정미연은 엄마인 줄 알고 얼른 문을 열었다.

"어? 왜?"

방문을 두드린 것은 엄마가 아닌 정이현이었다. 정이현은 언니의 물음에 대답도 않고 가만히 무엇인가를 들어 언니의 손에 몰래 쥐어주었다. 그리고는 얼른 방문을 닫고 가버렸다.

'뭐야?'

정미연은 정이현의 이상한 행동에 고개를 갸웃거리며 손에 쥐어준 것을 보았다. 그런데 그것을 본 순간 정미연은 굳은 듯 가만히 서 있었다. 그것은 임신 진단기였다. 자신이 한편으로는 의심을 하면서도 애써 외면했던 임신 가능성을 동생 정이현이 정면으로 제기한 것이었다.

'내 저년을!'

정미연은 당장에 뛰어 나가 정이현의 머리채를 잡아채고 싶었다. 그러나 그렇게 하지 못했다. 그동안 월경을 한 번도 하지 않았던 점을 보아 만에 하나라도 정말로 임신일 수도 있기 때문이다. 정미연은 분통을 꾹 참고 정이현이 준 임신 진단기를 들고는 살며시 방문을 열고 밖을 보았다. 정이현은 그 사이 자기 방에 들어갔는지 거실에서는 보이지 않았다. 그리고 어머니는 싱크대에서 저녁 식사 설거지하느라 분주했다. 정미연은 얼른 방에서 나와 욕실로 들어갔다. 이 기회에 자신도 분명히 확인을 하고 싶은 것이다. 정미연은 욕실의 문을 꼭 걸어 잠근 뒤에 임신 진단기로 테스트를 실시했다. 그리고 5분 뒤 정미연은 얼굴이 하얗게 변했다. 임신이었다.

　그 다음날 정미연은 학교에 가기 전 산부인과에 들렀다. 임신 5개월이었다. 그녀는 임신진단을 받자 학교에 가서는 가사사정을 이유로 휴학계를 냈다. 정미연은 불안했다. 자신에게 임신 진단기를 건네 준 사람이 정이현이었기 때문이다. 정이현이 오늘 아무 말 없이 학교에 갔지만 정말로 관심 없이 그냥 갔는지 아니면 모른 척하고 그냥 갔는지 알 수 없는 일이었다. 만일 모른 척하고 학교에 간 것이라면 언제라도 정이현은 언니가 홍윤진의 애기를 가진 것에 질투하여 또 다시 천민혜에게 이 사실을 알릴지도 모를 일이었다. 그렇게 되면 흥분한 천민혜가 자신을 잡아다가 또 어떻게 할지 알 수 없는 일이었다. 만일 천민혜가 예전과 같이 재차 그렇게 하면 자칫 유산을 할 수도 있을 것이다. 정미연은 생각이 여기에 미치자 가슴이 뛰고 식은땀이 나면서 어찌할지를 몰랐다. 그녀는 홍윤진의 애만은 지켜야 한다고 속으로 다짐했다.

　정미연은 그동안 천민혜를 스토커로 경찰에 고소할 생각도 해보았지만 그렇게 되면 자신이 동성애자라는 사실을 홍윤진이 알게 될 것이다. 때문에 경찰에 고소도 할 수 없는 상황이었다. 결국 정미연은 애기가 무사히 세상에 나올 때까지 외국에 나가 숨어있기로 했다. 한국에 있다가는 언제 어디서 천민혜로부터 무슨 일을 당할지 알 수 없기 때문이다. 그녀는 학교에서 휴학계를 처리하자 곧바로 학교 내의 유학센터로 갔다. 그리고는 6개월짜리 단기 어학연수를 알아보았다. 6개월 뒤이면 홍윤진이 이미 임관을 하고 난 뒤이고 자신도 벌써 출산을 마쳤을 것이기 때문이다. 그러면 홍윤진이 자신과 아기를 보호해줄 것이다. 정미연은 여러 연수 중에서 보름 안에 출발할 수 있는 호주행 영어 연수를 택했다. 정미연은 즉시 호주행 영어 연수를 신청하고 집으로 돌아왔다. 그리고 그날 이후부터 정미연은 이런저런 핑계로 식구들과는 같이 식사를 하지 않았다. 혹시라도 입덧에 의해 임신 사실이 들킬까 염려되어서였다. 그동안은 입덧인줄 몰랐으니까 입덧을 해대면서도 식구들과 같이 식사를 했지만 지금은 이 헛구역질이 입덧이라는 것을 아는 이상 식구들과 같이 대면하여 식사할 수가 없었다. 이제는 헛구역질을 하면 부끄러움에 얼굴이 빨개지기 때문이다. 그러면 자신이 임신했다는 것이 들통 나는 것은 시간문제가 될 것이다.

한편, 정미연은 호주로 출발하기 직전까지는 학교를 휴학하고 호주로 영어 연수 떠난다는 얘기를 식구들에게 하지 않기로 했다. 정이현이 이 사실도 천민혜에게 알릴까봐서였다. 정미연은 출국에 앞서 임산부 속옷도 충분히 준비해두었다. 외국에서는 돈을 최대한 아껴야 하기 때문에 여기서 살 수 있는 것은 다 사가지고 갈 생각이었다.

이제 홍윤진이 임관하기까지에는 보름 밖에 남지 않았다. 2주 뒤에는 임관이다. 따라서 보름 뒤에 출국한다면 홍윤진의 임관을 보고 갈 수 있다. 정미연은 그때 홍윤진에게 호주로 영어 연수 간다고 슬쩍 귀띔을 해주고 떠날 생각이었다. 다만 임신 사실은 숨길 것이다. 그러면 홍윤진은 자기 때문에 걱정하지 않은 채 자기가 무사히 출산하고 돌아올 때까지 군복무를 열심히 잘하고 있을 것이다.

정미연은 주말을 포함해 5일 동안 해오던 출국 준비를 모두 마치고 이제는 홍윤진이 임관하는 날이 오기만을 손꼽아 기다리고 있었다. 다만, 어머니에게는 학교를 휴학했다는 말을 하지 않았으므로 매일 학교에 가는 척 하며 집을 나서야만 했다. 정미연은 집을 나와 달리 갈 곳이 없었으므로 학교 도서관에 가서 책을 읽고 영어 공부하면서 시간을 보냈다. 비록 휴학은 했으나 아직 행정처리가 안 되어서 정미연은 자기 학생 증으로 계속 도서관에 출입할 수 있었다.

홍윤진이 임관하기까지는 이제 겨우 2주 남았다. 2주만 지나면 바로 임관이다. 정미연은 월요일에 도서관에서 홍윤진에게 남은 1주 동안 사고치지 말고 열심히 훈련을 잘 받아서 멋지고 아름다운 해군 장교가 되길 바란다는 편지를 썼다. 그리고 그 편지지에 연지를 색깔별로 무려 7개나 찍었다. 정미연은 그 편지지를 고이 접어서 우편 봉투에 넣고 편지를 부치려 도서관을 나섰다. 이 편지는 이번 주 토요일에 진해의 홍윤진에게 배달될 것이다. 이제 이 위문편지 쓰기도 앞으로 한 번만 남았다. 다음번에 한 번만 더 위문편지를 보내면 홍윤진은 그 편지를 받고 나서 바로 그 다음 주 월요일에 임관을 한다. 정미연은 자기 앞에 하얀 제복의 해군 장교 홍윤진이 나타날 것을 상상하면서 혼자서 싱글싱글 웃으며 학교 내 우체국으로 걸어갔다. 그러나 그녀는 우체국 안으로 들어서지 않았다. 다만, 굳은 듯이 우체국의 문 앞에 서버렸다. 천민혜였다.

정미연의 우려대로 동생 정이현이 또 천민혜에게 알린 것이다. 정미연이 욕실에서 입덧하는 것을 정이현이 처음 보았던 날 정이현은 언니 정미연이 입덧을 하고 있다는 것을 바로 알았던 것이다. 다만, 모른 척하고 그동안 지켜봐 왔었던 것이다. 정이현은 언니의 임신에 대해 확신은 있었으나 확실하지는 않았기 때문에 계속 언니를 살펴보고만 있었던 것이다. 그러다 언니가 점차 입덧을 멈추어 가자 임신 진단기를 내줄 기회를 놓칠 것 같아 날을 잡아 언니에게 임신 진단기를 건네 준 것이다. 이날 이후부터 학교에서 돌아온 정이현은 아직 언니가 학교에서 돌아오지 않았으면 언니의 방문을 비상 열쇠로 몰래 따고 들어가 혹시 임신에 대해 무슨 단서라도 있을까 해서 언니의 물품을 뒤져보곤 했다. 그러던 어느 날 정이현은 언니의 방에서 언니가 사놓은 임산부 속옷을 보았다. 그리고 아울러 휴학계도 보았다. 정이현은 속으로 미소를 지으며 언니의 방을 나갔다. 그리고 그 다음날 천민혜가 정미연을 잡았다.

천민혜는 전날 발신 번호가 없는 한통의 핸드폰 문자를 받았다. 하지만 비록 발신 번호는 없었으나 발신자는 분명 정이현이었다.

'언니 임신으로 휴학 중. 아마 도서관에서 시간 보낼 것임. 도서관에서 찾을 것.'

천민혜는 문자를 받고 나서 그 다음날 아침 일찍 곧바로 도서관으로 갔다. 그리고는 도서관 입구에서 계속 정미연을 기다렸다. 천민혜는 이미 졸업을 한 상태이기 때문에 도서관에 들어갈 수 없었다. 다만, 졸업생이라고 말하고 들어갈 수는 있으나 그렇게 해서 도서관으로 들어가 정미연을 설혹 보았다 하더라도 그녀를 강제로 끌고 나올 수는 없다. 정미연이 도서관 안에서 비명을 지를 것이 뻔하기 때문이다. 결국 천민혜는 도서관 입구에서 정미연이 나타나기를 기다렸다. 그러다 마침내 점심 때 편지 봉투를 손에 들고 도서관을 나서는 정미연을 목도했다. 천민혜는 흥분으로 손이 부들거렸다. 그러나 천민혜는 바로 정미연에게 달려가지는 않았다. 도서관의 입구에는 사람들이 너무 많았기 때문이다. 천민혜는 가만히 정미연의 뒤를 미행해 갔다. 그러다 정미연이 다소 인적이 뜸해진 우체국 앞에 이르자 마침내 모습을 드러내었다.

정미연은 순간 얼음처럼 굳어졌다. 천민혜는 얼음처럼 얼어버린 정미연을 향해 그대로 달려가 그녀의 손에 들린 편지 봉투를 단숨에 빼앗고는 그 자리에서 쫙쫙 찢어버렸다. 그리고는 정미연의 손목을 거칠게 틀어잡고 그녀를 질질 끌다시피 하여 주차장으로 갔다. 정미연은 처음에는 완강하게 저항을 해보았지만 이내 단념하고 조용히 천민혜를 따라갔다. 먼저 번처럼 반항하다가 또 천민혜에게 지난 때처럼 맞으면 자칫 유산을 할 수도 있기 때문이다. 천민혜는 정미연을 차에 태우고는 곧바로 출발했다.

"언니! 또 어디로 가는 거야?"

정미연은 천민혜에게 애원하듯이 물었다. 그러나 천민혜는 아무 말도 없이 차를 몰 뿐이었다. 정미연은 더 이상 천민혜에게 묻지 않았다. 그리고 그녀가 원하는 대로 해주기로 했다. 그렇게 하지 않았다가는 그녀가 어떤 폭력을 또 휘두를지 모르기 때문이다. 만일 다시 그런 폭력을 받게 되면 유산될 위험이 크다. 정미연은 가만히 눈을 감은 채 천민혜가 차를 모는 대로 그냥 실려 갔다. 정미연은 천민혜의 차를 탄지 5시간 30분 만에 어느 지방에 도착하고 있었다. 그곳은 바로 경상북도 포항시 남구 연일읍 오천리였다. 천민혜가 그동안 이곳에 집을 마련해놓고 정미연을 데려올 기회만 노리고 있었던 것이다.

정미연은 천민혜가 이끄는 대로 아무 저항 없이 천민혜가 마련한 집으로 들어갔다. 그 집은 원룸형 빌라로서 5평짜리였다. 방안은 깔끔하게 잘 정돈되어 있었다. 천민혜는 정미연을 방으로 데리고 들어오자 문을 걸어 잠갔다. 문이 잠기자 정미연은 순간적으로 자신도 모르게 극도로 긴장했다.

"미연아!"

"어- 언니!"

정미연은 깜짝 놀랐다. 천민혜가 갑자기 무릎을 꿇으며 두 손으로 정미연의 한쪽 발목을 붙잡았기 때문이다.

"언니가 이렇게 빌게, 제발 예전으로 다시 돌아가자! 응?"

천민혜는 눈물을 줄줄 흘리며 애절하게 정미연을 위로 올려다보았다.

"어- 언니! 왜 그래?"

정미연은 천민혜의 전혀 예상 밖 행동에 어쩔 줄 몰라 하며 얼른 자리에 앉아 천민혜를 일으켜 앉혔다. 그러나 천민혜는 정미연의 손길을 뿌리치며 다시 그녀의 앞에 엎어졌다.

"미연아! 제발 우리 예전대로 돌아가자!"

천민혜는 엎드린 채 애원해왔다. 그리고는 이내 큰소리로 울기 시작했다.

"으흑흑! 으흑!"

"언니! 언니!"

정미연은 당황하며 천민혜를 흔들었다. 그러나 천민혜는 계속 울기만 할 뿐이었다.

정미연이 천민혜를 처음 만난 것은 신입생 환영회 때였다. 정미연은 신입생이었고 천민혜는 4학년 과대표였다. 정미연은 키가 165cm로서 여자치고 큰 편인데다가 얼굴이 달걀형이면서도 약간 동그스름해서 귀엽게 보였다. 하얀 피부에 마치 송아지 눈처럼 크고 짙은 속눈썹을 가진 그녀는 대번에 남학생들 사이에 화제의 인물이 되었다. 때문에 신입생 환영회 때 그녀는 남학생들의 표적이 되어 펜션 내의 술자리에서 집중적으로 술공격을 받았다. 끊임없이 권해지는 술잔에 결국 정미연은 정신을 잃기 직전까지 갔다. 그러한 그녀를 남학생들로부터 구원해준 사람이 바로 천민혜였다. 천민혜는 키가 172cm였고 체중도 58kg이나 되었다. 천민혜는 짓궂은 남학생들을 제치고 술자리에서 정미연을 구출해 펜션 밖으로 데리고 나왔다.

"어- 어- 언니! 고- 고마워요!"

정미연은 말도 제대로 못할 정도로 취해 있었다.

"우- 우욱!"

밖에서 비틀거리던 정미연은 선 채로 토해대기 시작했다.

"애! 애! 괜찮아? 언니가 등 두드려줄게!"

천민혜는 정미연을 얼른 쪼그려 앉히고는 등을 두들기기 시작했다.

"우우욱!"

정미연은 계속해서 토를 했다. 그렇게 10여 분 동안 정미연은 토해 댔다. 그러다 지쳤는지 바닥에 털썩하고 주저앉아버렸다.

"이제 괜찮니? 여기는 안 되겠다. 언니하고 다른 곳으로 가자."

천민혜는 정미연을 부축하여 일으키고는 펜션을 벗어나 근처의 민박집으로 그녀를 데려갔다. 그리고는 방 하나를 얻어 정미연을 눕혔다. 자리에 눕자 정미연은 그대로 쭉 뻗었다. 천민혜는 쭉 뻗어버린 정미연을 선 채로 한참동안 물끄러미 내려다보았다. 그리고는 불을 끈 후 옷을 벗었다.

정미연은 얼마동안이나 정신을 잃고 있었는지 모른다. 그런데 그녀는 꿈결에서 야릇한 통증이 가슴에서 느껴졌다. 정미연은 무의식적으로 손으로 가슴을 쓸어내리려 했다. 그런데 무엇인가 손에 탁 걸렸다. 사람 얼굴이었다.

"엄마!"

정미연은 깜짝 놀라며 눈을 번쩍 떴다. 술기운이 순간 싹 달아났다.

"쉿! 언니야! 괜찮아!"

어둠 속에서 천민혜의 음성이 들려왔다.

"어- 언니!"

정미연은 여전히 소스라치게 놀라면서 두 손으로 가슴을 가렸다. 그런데 뭔가 이상했다. 가슴에 브래지어가 없었다. 아니 브래지어뿐만 아니었다. 그녀는 속옷을 하나도 걸치지 않고 있었던 것이다.

"엄마!"

정미연은 비명을 지르며 몸을 웅크렸다.

"애! 소리는 왜 그렇게 지르니! 같은 여잔데!"

순간 천민혜가 큰소리로 핀잔을 주었다.

"그- 그래도 언니!"

"애! 나도 벗었어! 왜 그러니 정말!"

"어머머머!"

정미연은 더욱 소스라치게 놀라며 몸을 아까보다 더 잔뜩 웅크렸다.

"호호호호!"

천민혜는 갑자기 큰소리로 웃어대기 시작했다.

"애! 너 보기보다 순진하구나!"

"네?"

정미연은 천민혜의 웃음소리에 조금 긴장을 풀면서 그녀를 바라보았다. 하지만 깜깜해서 여전히 천민혜의 얼굴은 잘 보이지 않았다.

"같은 여잔데 뭘 그러니? 자 이리와 자리에 편히 누워!"

천민혜는 정미연을 부드럽게 감싸 안으면서 자리에 편히 눕게 했다. 천민혜의 피부는 비누같이 매끄럽고 부드러웠다. 천민혜는 마치 아기를 가슴에 품듯이 정미연을 가슴에 가만히 품으면서 자리에 같이 누웠다. 천민혜는 손으로 아주 부드럽고 섬세하게 정미연을 쓸어내렸다. 정미연은 천민혜의 부드러운 손길에 자신도 모르게 신음 소리가 새어나왔다. 그러다 정미연은 정신이 아득해졌다. 천민혜의 혀가 정미연의 입속 깊숙이 들어가고 있었다. 몸이 뜨겁게 달아올랐다. 천민혜는 깊은 입맞춤에 이어 자신의 입술을 정미연의 목덜미 아래로 끌고 내려왔다. 정미연은 천민혜의 머리를 두 팔로 감싸 안았다가 밀쳤다가 다시 감싸 안았다가 또 밀쳤다가 해대면서 어쩔 줄을 몰라 했다.

이날 이후로 정미연은 천민혜의 애인이 되었다. 그리고 이들의 애정은 1년이 넘도록 지속되었다. 정미연이 홍윤진을 만나기 전까지 그렇게 계속되었다. 정미연은 천민혜와의 애정이 영원히 지속될 것으로 생각했다. 그리고 또 그렇게 믿었다. 그러나 홍윤진의 등장으로 말미암아 그것은 순전히 착각이었음을 깨달았다. 정미연은 곧바로 홍윤진에게 깊이 빠져들었다. 반면 천민혜와는 이에 비례하여 멀어져만 갔다. 정미연은 새로운 사랑 홍윤진을 얻어 기뻤으나 천민혜는 유일한 사랑 정미연을 잃어 비통했다. 결국 상반된 이 결과는 지금의 이 상황까지 몰고 왔다.

"제발, 우리 옛날로 돌아가자!"

천민혜는 방바닥에서 엎드린 채 흐느껴 울며 또 다시 정미연에게 간절히 애원해 왔다.

"어- 언니, 미안해! 정말 미안해!"

정미연은 진심으로 미안한 마음으로 천민혜에게 사과해왔다.

"언니 미안해! 하지만 난 다시 언니에게로 돌아갈 수 없어!"

정미연의 음성은 안쓰러워하면서도 단호했다.

“······.”

정미연의 단호한 말을 듣자 천민혜는 울음을 뚝 그쳤다.

“언니? 언니?”

정미연은 천민혜가 엎드린 채 가만히 있자 조심스레 천민혜를 불렀다. 그러다 정미연은 소스라치게 놀라며 뒤로 엉덩방아를 찧었다.

“어머나!”

천민혜가 품 안에서 자그마한 과도를 빼어든 것이다.

“니가 없는데 내가 살아 뭐하니!”

천민혜는 순식간에 자기의 왼팔 손목을 그었다.

“아악! 악-!”

정미연은 경악을 하며 비명을 질러 댔다. 천민혜의 왼팔 손목에서는 피가 순식간에 솟구쳐 올랐다. 동맥이 베어진 것이다.

“미연아! 언니는 죽는다!”

천민혜는 또 다시 칼을 들어 왼팔의 손목을 그었다. 그러자 또 피가 솟아나왔다.

“아악! 언니! 언니! 제발 그만해! 언니! 엉엉!”

정미연은 통곡을 하며 천민혜를 말렸다.

“언니! 알았어! 언니! 내가 언니 말 들을게! 그 사람 잊을게! 언니! 제발 좀 그만해! 엉엉!”

정미연은 천민혜의 팔목을 붙들고 몸부림쳐대면서 울었다. 천민혜의 몸과 정미연의 몸이 어느새 온통 피투성이가 되어 있었다. 손목에서는 피가 계속해서 분수처럼 솟아나오고 있었다. 방안은 이미 피바다를 이루고 있었다.

천민혜는 병원 응급실에서 응급처치를 받고 중환자실에 입원했다. 119 구급대가 늦지 않게 와줘서 천민혜는 별 탈 없이 무사할 수 있었다. 정미연은 천민혜가 병원에서 퇴원하는 3일 동안 꼼짝도 않고 곁에서 간병을 해주었다. 만일 도중에 올라와 버린다면 그때는 정말로 천민혜가 죽어버릴 것이라는 생각 때문이었다.

사실 정미연은 홍윤진을 만나기 전까지는 천민혜와의 만남이 세상에서 가장 즐거웠다. 그녀는 천민혜와 같이 있을 때 행복을 느꼈다. 그리고 사랑을 느꼈다. 때문에 지금은 비록 홍윤진에게로 마음이 떠났지만 천민혜에 대해서는 여전히 애정에 의한 연민이 남아 있었다. 천민혜는 3일간 병원에서 정미연의 극진한 간호를 받으며 지내다가 퇴원을 하였다. 정미연은 천민혜가 3일 동안만이라도 행복해 했으므로 이제는 천민혜가 그만 자기를 놓아줄 것으로 생각했다. 그리고 그것이 정미연의 행복을 위해 천민혜가 취해야 할 도리라고 생각했다.

"언니! 나 그럼 이만 올라가 볼게!"

정미연은 천민혜를 병원에서 원룸으로 데려와 침대에 눕히며 말했다.

"언니?"

정미연은 천민혜가 아무 말도 않고 가만히 누워 있자 다시 조심스레 그녀를 불렀다. 그러나 정미연은 곧 비명을 질렀다.

"어머나! 아악!"

천민혜가 갑자기 벌떡 일어나며 정미연의 머리채를 움켜잡은 것이다.

"이년! 이년! 이년!"

천민혜는 정미연의 머리채를 잡은 채 그녀의 머리를 마구 휘둘렀다.

"어- 언니! 아악!"

천민혜는 정미연의 머리채를 잡고 흔들다가 그대로 방바닥에 내동댕이쳤다. 정미연은 어찌나 세게 내동댕이쳐졌는지 그만 정신을 잃고 말았다. 정미연이 다시 정신이 든 것은 그로부터 20분이 지나서였다. 정미연은 침대 위에 이불을 덮은 채 누워 있었다. 정미연은 정신이 들자마자 얼른 벌떡 일어나 앉았다. 주위를 두리번거려보니 천민혜가 탁자 앞의 걸상에 앉은 채 정미연을 쳐다보고 있었다. 천민혜는 자신의 핸드폰을 말없이 정미연에게 건네주었다. 정미연이 의아하게 여기며 그 핸드폰을 받아보았다. 그러다 깜짝 놀라며 천민혜를 바라보았다. 순간 천민혜가 그 핸드폰을 도로 재빨리 빼앗았다.

"언니!"

정미연은 비명을 지르다시피 큰소리로 천민혜를 불렀다.

"어떻게! 그 오빠네 집 전화번호를?"

천민혜가 건네준 그녀의 핸드폰에는 홍윤진의 집 전화가 찍혀 있었던 것이다.

"현이가? 현이가? 어떻게? 어떻게 나에게?"

정미연은 기가 막혔다. 이는 분명 정이현이 천민혜에게 가르쳐 준 것이 틀림없었다. 정미연은 자리에서 벌떡 일어나 천민혜에게 달려들어 그녀에게서 핸드폰을 빼앗으려 들었다. 그러나 역부족이었다. 정미연은 천민혜의 힘을 당해낼 수가 없었다.

"아악!"

정미연은 다시 침대 위로 내동댕이쳐졌다.

"너는 가만히 듣고만 있어!"

천민혜는 핸드폰을 스피커에 연결한 후 얼른 발신단추를 눌렀다.

“안 돼! 오빠 집에는 왜? 언니가 왜?”

정미연은 다시 침대에서 후다닥 뛰어 내려와 핸드폰을 빼앗으려고 천민혜에게 달려들었다. 그러자 천민혜도 걸상에서 얼른 일어나 정미연을 막으며 소리쳤다.

“가만히 대화를 들어봐! 남자는 다 짐승이야! 더러운 것들이라고! 들어봐!”

“무슨 말이야? 오빠가 왜 짐승이야?”

“니 오빠는 남자 아니냐? 남자는 다 더러운 짐승이야!”

“언니! 그게 무슨 말이야! 남자가 왜 짐승이야!”

“내가 증명해줄 테니 들어봐!”

천민혜는 정미연을 강하게 뿌리치며 소리를 질렀다. 그때였다. 핸드폰에 연결된 스피커에서 중년 여성의 음성이 들려왔다. 홍윤진의 어머니였다.

“여보세요?”

“어머! 안녕하세요? 저 천민혜이에요! 기억하시죠?”

“아이구! 안녕하세요! 우리 미연이 선배님 아니세요? 제가 왜 기억 못해요?”

천민혜와 홍윤진의 어머니하고는 아주 다정한 음성으로 대화를 주고받고 있었다. 이미 천민혜가 홍윤진 어머니하고 통화하며 지낸지 오래인 것 같았다.

“그런데 어머니께서 저번에 말씀하셨던 것 때문에 전화 드렸는데요!”

“무슨 말……?”

“저기-, 홍윤진씨 결혼 말이에요!”

"아, 우리 윤진이! 윤진이는 임관하고 나면 곧 결혼하기로 했지! 그런데 왜요?"

"아니에요. 혹시 제가 제대로 기억하고 있나 해서요! 결혼 날짜 잡히면 꼭 연락주세요. 제가 미연이랑 갈게요!"

"그럼! 그럼! 그렇게 해야죠. 민혜씨하고 미연이는 우리 아들 결혼식에 꼭 와야 해요!"

"네! 꼭 갈게요!"

"네, 연락드릴 게요!"

"참! 어머니!"

"왜요?"

"이거 어쩌죠? 제가 윤진씨 애기를 가졌는데!"

"오호호호!"

홍윤진의 어머니는 천민혜의 느닷없는 농담에 약간은 당황하면서 재미있다는 듯이 웃어 댔다.

"그래도 안 돼요! 나는 결혼도 하기 전에 애부터 가지는 애는 며느리로 안 맞아들여요."

"어머! 어머! 왜요?"

"왜긴? 자기 몸도 제대로 간수 못하는 애를 어떻게 맞아들여?"

"그래도 사랑하면 그럴 수 있잖아요?"

"사랑한다고 해서 그러면 쓰나? 사랑하는 것 하고 애 갖는 것 하고는 다른 이야기지!"

"어머나! 그런 거예요?"

"그럼요! 호호호!"

"아이 난 그럼 큰일 났네! 호호호!"

"호호호!"

"어머니! 그럼 건강하시고요. 전화 끊을게요!"

"네! 그러세요!"

전화를 끊자 천민혜는 정미연을 한심스럽다는 듯이 쳐다보았다. 정미연은 굳은 듯이 서 있었다. 그러다 스르르 무너지듯이 방바닥에 주저앉았다. 그리고는 곧 방바닥에 고꾸라지듯이 엎어졌다. 그녀의 어깨가 격렬하게 떨려왔다.

"으으으으흑!"

정미연은 입술을 깨물어가며 슬프게 울었다. 천민혜는 몸을 떨어가며 슬피 울고 있는 정미연을 걸상에 앉은 채 얼마간 묵묵히 내려다보았다. 그러다 몸을 일으켜 정미연에게 다가가 그녀를 끌어안았다.

"울지 마라! 남자는 다 그런 동물이야! 언니가 얘기했었잖니?"

천민혜는 정미연의 등을 다독거렸다.

천민혜는 낙태의 경험이 있었다. 그녀가 대학 3학년일 때 10년 연상의 회사원하고 사귄 적이 있었다. 어느 날 그녀는 반강제적으로 그 회사원에게 몸을 허락했다. 그래도 결혼을 할 사이이기 때문에 그녀는 이를 그렇게 문제 삼지 않았다. 그래서 그 이후로는 종종 그 회사원의 요구에 따라 관계를 가져왔었다. 그러던 어느 날 토요일, 천민혜는 남자 친구인 회사원이 토요일로 미루어 놓은 생일 잔치에 초대되어 그의 집으로 갔었다. 그런데 그곳에서 밤늦게까지 술을 먹고 놀다가 그만 시간이 너무 늦은데다가 술까지 매우 취해버려서 그 회사원의 여동생 방에서 그의 여동생과 같이 자게 되었다. 침대 위에서 자던 천민혜는 목이 말라 도중에 잠이 깨었다. 그녀는 물을 먹으려 일어서다가 자기 옆에서 잠자고 있는 남자 친구의 여동생을 보았다. 이제 여고 2학년인 그의 여동생 얼굴은 달빛에 환히 드러나 있었다. 그런데 문득 여고생의 입술이 그렇게 예쁠 수가 없었다. 천민혜는 자신도 모르게 무의식적으로 그녀의 입술에 다가갔다. 살며시 그녀의 입술을 탐닉하던 천민혜는 그녀의 봉긋한 가슴이 보이자 슬며시 그녀의 브래지어 끈을 내리며 가슴이 드러나게 하였다. 그리고 살짝 그녀의 가슴을 만졌다. 이때 뭔가 이상한 느낌을 받은 여고생이 눈을 번쩍 떴다.

"악!"

여고생은 흘러내린 브래지어를 채 치켜 올리지도 않고 그대로 손으로 가슴을 가린 채 비명을 지르며 밖으로 뛰쳐나갔다.

"응? 뭐야? 뭐야?"

제일 먼저 여고생의 오빠가 방에서 뛰어나왔다. 그는 천민혜의 남자 친구이다.

"오빠! 저 언니가 나를 덮쳤어!"

"뭐?"

천민혜의 남자 친구는 눈이 휘둥그레지면서 자기의 여동생을 보았다. 여동생은 브래지어가 벗겨진 상태에서 두 팔로 가슴을 움켜쥐고 있었다. 그는 여동생의 방안을 쳐다보았다. 그곳에는 침대 위에서 어쩔 줄 몰라 하며 당황해하는 천민혜가 있었다.

그날 밤 천민혜는 남자 친구로부터 절교를 당했다. 그는 그녀가 임신 중이라는 사실을 알면서도 절교를 선언했다. 그리고 낙태비로 50만원을 강제로 쥐어주며 그녀를 밖으로 내쫓았다. 천민혜는 그날 정오가 되도록 그의 아파트 현관 앞에 울면서 오해하지 말아달라며 애원을 했다. 그러나 그녀의 남자 친구는 단호했다. 동성애자인 여자와는 사귈 수 없다는 것이었다. 천민혜는 동성애자라는 말을 그로부터 처음 들었고 자신이 그런 기질이 있다는 것도 그로부터 처음 알았다. 그날 오후 천민혜는 울면서 홀로 낙태 수술을 했고 한 학기 동안 휴학하여 학교에서 자취를 감췄다. 그리고 그녀가 다시 복학했을 때 그녀는 남성 혐오증을 가진 완전한 동성애자가 되어 나타났다.

"아냐! 아냐! 그럴 리 없어! 그럴 리 없어!"

정미연은 바닥에 엎어진 채 마구 소리쳐 울었다.

"미연아! 이게 현실이야! 남자는 짐승이라니까!"

천민혜는 정미연을 꼭 끌어안으며 계속 다독거렸다. 하지만 정미연의 울음은 그치지 않았다. 정미연은 천민혜의 사연에 대해서는 그녀로부터 들어 알고 있었지만 설마 자신도 그렇게 남자에게 배신을 당하게 되리라고는 정말 꿈에도 생각지 못했었다.

"자, 이제 그만 울고 앞으로 살아갈 길을 생각해보자!"

"언니! 나 어떡해! 어엉! 헝!"

정미연 잠시 울음이 잦아들다가 다시 큰소리로 펑펑 울며 천민혜를 끌어안았다.

"괜찮아! 괜찮아! 언니가 있잖아!"

"언니! 그래도 난 아기 안 지울 거야! 안 지울 거야!"

정미연은 고개를 마구 흔들며 소리쳤다.

"얘! 누가 애기 지우랬니? 우리 애기 누가 지우랬어! 이제 이 애기는 우리 애기야! 누구도 못 건드려!"

천민혜는 정색을 하며 큰소리로 말했다.

"어- 언니?"

천민혜의 말에 정미연은 울음을 그치며 천민혜를 쳐다보았다. 아직 천민혜의 말을 잘 이해하지 못한 표정이었다.

"미연아! 니 애기는 이제 우리 애기야! 내가 애기 아빠고 너는 애기 엄마고! 알겠지? 우리 애기!"

천민혜는 정미연의 얼굴을 가만히 들여다보았다.

"어- 언니!"

"내가 이제부터 니 애기의 아빠로 책임을 다할 거야! 언니만 믿어! 그리고 아무 걱정하지 마! 니 옆에 내가 있잖니! 애기는 내가 지켜줄게! 이 아빠가!"

"……."

정미연은 잠시 아무 말 없이 그녀에게 안겨 있었다. 그러다 갑자기 천민혜를 꽉 끌어안으며 울면서 말을 했다.

"언니! 언니! 고마워! 언니!"

정미연은 마구 흐느끼며 천민혜를 힘껏 끌어안았다.

정미연은 모든 것을 잊고 천민혜와 함께 지내면서 지금 있는 곳에서 애기를 출산할 생각이었다. 그리고 출산하고 나면 자신은 일단 집으로 돌아가 학교를 마저 다녀 졸업한 후에 다시 집을 나와 천민혜와 같이 새로운 보금자리를 마련해서 지내기로 하였다.

그런데 문제는 정미연의 집에서 일어났다. 정미연의 어머니는 정미연이 학교 갔던 그날 밤에 정미연으로부터 전화를 받았었다. 선배가 아파서 지금 선배 집에 있는데 이틀 있다가 곧 올라갈 것이니 걱정 말라는 전화였다. 하지만 정미연은 올라오겠다고 한 날이 벌써 이틀이나 지났는데도 아무 소식도 없이 나타나지 않았다. 물론, 정미연의 어머니는 정미연이 올라오기로 한 다음날 아침 일찍 전화를 받기는 받았었다. 그러나 그 전화의 상대방은 정미연이 아닌 다른 여자였다. 그런데 그 여자는 정미연의 어머니가 전혀 알지도 못한 사람이었다. 전화 속의 여자는 정미연의 어머니에게 정미연이 홍윤진의 애기를 임신했고 홍윤진이 정미연을 버리고 결혼한다는 얼토당토 않는 이상한 이야기만 하고 끊었다. 전날 정미연을 뜬 눈으로 기다렸던 정미연의 어머니는 이해 못할 이상한 전화에 어이가 없었다. 그런데 이상한 전화를 받은 그날도 역시 정미연은 들어오지 않았다. 정미연의 어머니는 이틀 동안 정작 정미연에게서는 어떤 전화도 못 받았고 또한 그녀가 아무 소식도 없이 계속 집으로 들어오지 않자, 그 괴전화를 받은 다음날 아침 날이 새자마자 더 기다릴 것 없이 곧바로 경찰서에 가서 어제 아침에 이상한 전화를 받았었다는 말과 함께 실종 신고를 냈다. 그리고 신고한 그 다음날 저녁, 경찰서로부터 바로 연락이 왔다. 어젯밤에 경상북도 포항시 남구 연일읍 오천리의 한 편의점 현금 인출기를 통해 정미연의 통장에서 현금이 인출되어 나갔다는 것이었다.

정미연의 집에서는 난리가 났다. 혹시 정미연이 유괴되어 살해되고 현금이 인출된 것이 아니냐는 추론에 정미연의 어머니는 울다가 그만 혼절해버리고 말았다. 현금이 인출된 지 이틀 후, 현금 인출기에 찍힌 용의자의 모습과 정미연의 얼굴이 나란히 인쇄된 전단지가 곧 전국에 나붙기 시작했다. 긴 머리카락에 얼굴이 가려진 사람은 다름 아닌 바로 천민혜였다.

정미연은 천민혜와 같이 아무 생각 없이 근처 재래시장으로 달걀과 파 그리고 마늘 등을 사러 나섰다가 슈퍼마켓 입구에 붙은 전단지를 보고는 경악을 했다. 그 전단지는 정미연을 찾고 천민혜를 수배한다는 내용이었다. 둘은 얼굴을 대충 가린 채 얼른 방으로 다시 돌아왔다.

"이게 어떻게 된 일이지?"

천민혜는 전혀 예상을 못했다는 듯이 약간은 두려운 음성으로 말했다.

"언니! 우리 전화했었잖아? 그지?"

정미연 역시 꿈에도 예상치 못했는지 긴장하기는 그녀와 마찬가지였다.

"응! 내가 전화하는 것 너도 옆에서 봤잖아!"

"응! 그런데 왜 그랬지?"

정미연은 천민혜가 홍윤진의 어머니에게 전화 건 날 자기 어머니에게 전화를 걸지 못했다. 그날이 바로 집으로 돌아가기로 한 날이었지만 홍윤진에 대한 충격이 너무 커서 올라가지를 못했다. 그리고 홍윤진이 이제 곧 결혼을 할 마당에 자신의 임신 사실을 어머니가 알면 너무도 상심이 클 것이기에 더더욱 올라갈 수가 없었다. 더구나 동생 정이현이 자신의 임신 사실을 알고 있는 이상 정이현이 가만히 있을 것 같지가 않았다. 자신의 임신 사실을 즉시 어머니에게 고해 바칠 것이 틀림없었다. 그렇게 되면 자신은 어머니의 손에 이끌려 강제로 낙태 수술을 당하게 될지도 모를 일이었다. 이런저런 이유로 정미연은 무사히 출산을 한 후 다시 집으로 들어가기로 마음을 먹었다. 하지만 그래도 집에는 당분간 집에 들어가지 않는다고 연락을 해주어야 했다. 그래야 어머니가 걱정을 하지 않고 자기를 기다리지 않을 것이기 때문이다. 그러나 정미연은 어머니에게 전화를 걸지 못했다. 아니 걸 수가 없었다. 그동안 너무 울어서 목소리가 부어버렸기 때문이다. 우는 듯한 음성으로 전화를 걸면 예민한 어머니께서 바로 의심을 해올 것이다. 그렇다면 아니 건 것보다 못한 것이 된다. 그래서 성대가 좀 가라앉은 다음날 걸기로 했다. 하지만 성대는 생각보다 쉽게 가라앉지 않았다. 너무 큰소리로 울었던 것이다. 결국 아침에도 여전히 성대가 부어서 우는 듯한 음성이 나오자 할 수 없이 천민혜가 정미연의 핸드폰으로 그녀의 집에 전화를 걸었다. 그리고는 정미연의 어머니에게 정미연이 지금 홍윤진의 아기를 임신한 상태이고 홍윤진은 곧 결혼을 하기 때문에 정미연이 마음을 추스르는 동안 집에는 당분간 들어가지 않을 것이라고 말했다.

정미연의 어머니는 천민혜의 이야기에 황당했지만 전화기에 찍힌 번호는 큰딸 정미연의 전화번호였다. 정미연의 어머니는 곧바로 정미연의 핸드폰에 전화를 걸었지만 핸드폰은 이미 꺼져버린 상태였다. 정미연의 어머니는 불안한 마음으로 전날에 이어 또 다시 밤을 꼬박 새고 그날 아침 일찍 경찰서에 바로 실종 신고를 냈다.

상황이 이렇게 되리라고는 정미연과 천민혜는 전혀 예상하지 못했었다. 정미연은 얼른 자신의 핸드폰을 켰다. 그리고는 곧바로 자신의 어머니에게 전화를 걸었다.

"여보세요? 여보세요? 미연이냐?"

핸드폰에서 어머니의 반가움과 두려움에 절인 음성이 들려왔다.

"응, 엄마 나야! 미연이!"

"아이고 이것아! 이게 어떻게 된 일이야! 응? 괜찮니? 괜찮아?"

어머니는 반가움에 음성이 금세 울음으로 바뀌었다.

"응, 엄마 나 아무 일도 없어!"

정미연은 자신도 모르게 눈물이 쏟아졌다. 그러나 애써 참으며 음성으로는 전혀 내색을 하지 않고 통화를 계속했다.

"엄마! 그런데 선배에게서 전화 받았지?"

"전화? 응! 그래 받았다! 뭐 니가 임신 어쩌고 하고 윤진이가 결혼한다는 말하고 뭐 그런 이상한 소리만 하더라!"

"엄마!"

"왜?"

"……."

전화기에는 잠시 동안 정미연의 음성이 들리지 않았다.

"미연아? 미연아? 여보세요? 여보세요? 미연아! 미연아!"

정미연의 어머니는 갑자기 정미연의 음성이 수화기에서 사라지자 정미연을 계속 불러 댔다.

"엄마! 나……."

수화기에서는 정미연의 음성이 다시 들려왔다. 하지만 그녀는 말을 끝맺지 못하고 있었다.

"엄마! 선배 언니 말이 모두 맞아! 사실이야!"

내뱉듯 말하는 그녀의 음성은 젖어 있었다.

"엄마! 으흑흑흑!"

마침내 정미연은 서럽게 울었다. 그동안 억지로 참았던 울음이 결국 터져버리고 만 것이다.

"미연아! 미연아! 그게 무슨 말이냐? 그 말이 다 맞다니? 미연아! 너 어디니? 지금 어디야?"

정미연의 어머니는 놀라움과 당황 속에 황급하게 물어왔다.

"엄마! 오빠는 하나도 몰라! 엄마!"

"무슨 소리니? 모르다니? 내 그 자식을 그냥 안 둔다! 내 딸이 어떤 딸인데! 내 그 쌍놈의 자식 그냥 못 둔다!"

"엄마! 엄마 제발 내 말 좀 들어봐!"

정미연은 소리를 질렀다.

"엄마! 오빠는 전혀 몰라! 내가 임신했다는 사실도 모르고 오빠네 집에서 결혼시킬 준비하고 있다는 것도 몰라! 그러니 제발 오빠 욕 좀 하지 마!"

말을 마치자 정미연은 또 서럽게 울었다.

"미연아! 그게 무슨 말이야? 모르다니? 모르다니? 그 자식이 모르다니 그게 말이나 되는 소리냐?"

"엄마! 제발 부탁이야 오빠는 정말 아무 것도 몰라! 그러니 제발 오빠 욕 좀 하지 마! 엄마!"

"미연아!"

"엄마! 미안 해! 하지만 엄마가 오빠 욕을 하면 내가 더 비참해져! 내가 더 괴롭다고! 그러니 엄마 오빠 욕 하지 마!"

"미연아!"

"오빠는 정말로 아무 것도 몰라! 그러니 나중에 오빠가 우리 집에 찾아왔더라도 제발 아무 말도 하지 말고 예전처럼 대해줘! 아무 말도 하지 말고 엄마!"

"뭐? 어떻게 그럴 수 있니?"

"엄마! 제발 부탁이야! 만일 엄마가 내 부탁을 안 들어주고 오빠에게 무슨 말이라도 하면 난-, 난 죽어버릴 거야! 죽어버린다고!"

"미연아!"

"엄마! 오빠에게 아무 말도 하지 마! 말하면 난 죽을 거야!"

"알았다! 미연아 엄마 아무 말도 안 할게! 어서 올라와라!"

"엄마! 미안해! 지금은 못 올라가겠어! 애기는 지웠으니까 엄마는 더 이상 애기 걱정은 하지 마! 엄마 미안해! 그리고 사랑해! 엄마!"

"미연아! 미연아! 미연아!"

정미연의 어머니는 송수화기에 대고 애타게 정미연을 불러 댔다. 그러나 그녀는 이미 전화를 끊어버린 뒤였다.

정미연이 어머니와 통화하고 난 후 며칠 뒤 정미연과 천민혜에 관한 수배 전단지는 모두 수거되었다. 정미연과 천민혜는 자신에 대한 전단지가 모두 수거되었다고 생각되는 때까지 방에 틀어박혀 며칠이고 꼼짝도 않고 지냈다.

어느덧 2주가 지나고 홍윤진은 해군 장교로 임관을 하였다. 그러나 홍윤진은 정미연을 보지 못했다. 그녀의 집에 갔어도 역시 정미연은 없었다. 그리고 왠지 모르게 정미연의 어머니는 쌀쌀맞게 그를 맞이했다. 그러다 마침내 집에 찾아오지 말라하고는 그 다음부터는 아예 문도 열어주지 않았다. 다만 정미연의 동생 정이현만 홍윤진을 보았을 때 무엇인가 말하려는 듯한 기색을 보였을 뿐이었다.

홍윤진은 갑자기 사라진 정미연과 돌변한 그녀의 어머니 태도에 답답했다. 미칠 것만 같았다. 도대체 무슨 일이 있었는지 알 도리가 없었다.

"엄마! 혹시 미연이에게서 무슨 연락 받은 거 없어?"

마침내 홍윤진은 답답하다 못해 자기 어머니에게까지 정미연의 소식에 대해 물었다.

"없었다. 왜? 무슨 일 있니? 싸웠니?"

"아니! 싸우기는! 그런데 정말 아무 것도 들은 것 없어?"

"뭐 말이니?"

"미연이 말이야!"

"응-! 미연이? 음-, 미연이에게서 들은 것은 없고 미연이 선배하고는 몇 번 통화를 했다."

"미연이 선배?"

"응, 너 모르니?"

"몰라!"

"그래?"

"응! 그런데 요즘도 그 선배라는 사람에게서 전화 와?"

"아니, 일전에 니 결혼에 대해서 다시 물어보고는 이후로 한 번도 전화가 없다."

"응? 내 결혼에 대해 물어?"

"그래 묻더라."

"그래서 뭐랬어?"

"왜, 니가 미연이에게 깜짝 청혼한다고 말했잖니!"

"응! 내가 미연이에게 깜짝 청혼한다고 했었지."

"그래서 니가 결혼식 준비가 다 끝나기 전까지는 미연이에게 절대로 비밀에 부치라고 했잖냐!"

"어! 그랬어. 엄마, 그래서 초군반 교육 끝나기 일주일 전후로 해서 미연이와 결혼하려고 지금 해군회관에 식장 예약 날짜 알아보고 있어. 그리고 교육 사령관님께 주례까지 부탁해놓았어.”

“어이구 그랬니?”

홍윤진의 어머니는 아들이 기특하다는 듯이 웃었다.

“엄마도 비밀 지키고 있지?”

“아이구 여부가 있겠습니까? 우리 아들님!”

홍윤진의 어머니는 아들이 벌써 장가갈 정도로 이렇게 컸나 하는 마음에 대견해 했다.

“우리 아들! 아무 걱정 마라! 그래서 엄마가 미연이 선배라는 사람에게도 시침 뚝 떼고 니 결혼하는 날 미연이도 꼭 초대하마고 얘기했다!”

“그랬어? 잘 했어 엄마!”

“엄마 잘 했지?”

“응! 잘 했어!”

홍윤진과 그의 어머니는 서로 활짝 웃으며 바라보았다.

하지만 홍윤진은 내심 답답하고 갑갑했다. 그는 자기 어머니를 통해서도 정미연에 대한 행방은 들을 수 없었다. 홍윤진은 그 답답한 심정을 진해에서 매주 금요일마다 초등 군사 교육반 교육이 끝나면 동기들과 함께 독주를 마시는 것으로 달래 왔다. 그러다가 어느 날 갑자기 정미연의 동생 정이현으로부터 문자를 받은 것이다.

정이현은 언니가 제거되면 홍윤진이 자기 사람이 될 것으로 생각했다. 그러나 막상 언니를 집에서 제거해냈지만 정작 홍윤진은 자기 사람이 되기는커녕 아예 자기 집에서 멀어진 제3자가 되어가고 있었다. 다시 예전의 남과 같은 상태로 되돌아가고 있는 것이었다. 이에 정이현은 매우 당황했다. 그렇다고 자기가 지금 당장 홍윤진을 어떻게 나의 남자로 만들 수도 없는 노릇이다. 정이현은 홍윤진을 그나마 자기의 테두리 근처에 두기 위해서는 어떻게든 언니가 필요했다. 그녀는 이제 반대로 어떤 수를 쓰든 언니를 다시 불러와야 했다. 그러나 자기로서는 능력 밖의 일이다. 할 수 있다면 홍윤진 밖에는 없다. 정이현은 홍윤진을 즉각적으로 움직이게 하기 위해 마치 언니에게 이상이 있는 것처럼 그리고 언니가 무슨 위험에라도 빠진 것처럼 자극적인 구문으로 8월 2일 목요일 그에게 핸드폰 문자를 보냈다. 이때 언니가 있음직한 곳으로 일전에 경찰서에서 알려주었던 주소를 적어 보냈다. 바로 그 주소는 경상북도 포항시 남구 연일읍 오천리였다. 즉, 천민혜가 정미연의 돈을 인출했던 현금 인출기가 있는 주소였다.

홍윤진은 정이현의 예측대로 즉시 움직였다. 그러나 그 주소에서는 정미연을 찾아낼 수 없었다. 만일 홍윤진이 정미연을 찾아냈다면 정미연은 집으로 돌아왔을 것이다. 하지만 그녀는 여전히 집으로 돌아오지 않았고 홍윤진 또한 연락이 없었다. 정이현은 서서히 초조해졌다. 그녀는 홍윤진이 나서면 얼마 안 있어 바로 언니 정미연을 데려올 줄로만 생각했었다. 그렇지만 그것은 어디까지나 정이현만의 생각이었다. 정이현은 초조하게 언니나 홍윤진이 오기를 기다렸다. 아니 소식이라도 들리기를 바라며 하루하루를 보내고 있었다. 그런데 8월 24일 금요일 오전 7시. 정이현이 학교 가기 위해 막 집을 나섰을 때였다. 핸드폰이 요란스레 울렸다. 정이현은 무심코 핸드폰을 보다가 발걸음을 딱 멈췄다. 그녀는 너무 놀라 하마터면 핸드폰을 떨어뜨릴 뻔 했다. 정이현은 그 상태로 얼마간 가만히 핸드폰만을 들여다보았다. 천민혜로부터 전화가 온 것이다. 아마도 언니 정미연이 그녀에게 전화번호를 가르쳐줬을 것이다. 정이현은 속으로 깜짝 놀라서 순간 아무 생각도 나지 않았다. 그녀가 설마 자기에게 전화를 걸어올 줄은 몰랐다. 그러나 정이현은 어느 정도 망설이다가 피한다고 될 일이 아닐 것 같아서 마음을 가다듬고 전화를 받았다.

"여보세요! 네, 제가 정이현인데요!"

"날 알지? 나 천민혜!"

"……!"

"여보세요! 듣고 있다는 것 알아! 내 말 잘 들어!"

"네! 언니 말씀하세요!"

정이현은 침착하게 그녀와 대화를 나누었다.

"언니가 임산부 옷을 준비해 놓은 게 있어."

"네!"

"언니 배가 많이 불렀으니까 그 옷을 좀 챙겨서 가져 나와야겠다."

"네?"

"오늘 오후 6시에 니네 집 앞에 있는 제과점에서 만나자!"

"네?"

"왜? 안 돼? 안 되면 할 수 없고. 새로 사지 뭐!"

"아니에요! 아니에요! 제가 다 가지고 나갈게요!"

"그래? 하지만 엄마에게는 절대로 얘기하면 안 된다! 혹시라도 아시면 쫓아 나와서 나보고 당장 데려와라 안 하면 신고한다 어쩐다 하며 일을 크게 만들 수도 있어!"

"네, 언니 그것은 걱정 마세요. 엄마 몰래 할 거예요."

"좋아! 꼭 그렇게 해야 돼!"

"네! 언니! 참 그런데 저……."

“왜? 뭐 문제 있어?”

“네! 저- 언니! 오후 6시로 하지 말고 저녁 8시 30분으로 하면 안 돼요?”

“응? 그건 왜?”

“제가 오후 6시부터 저녁 8시까지 학원 수업이 있거든요. 그거 빠지면 엄마가 난리 나요! 그럼 제가 학원에 가지 않고 다른 데로 빠졌다는 것을 엄마가 알거 아니에요?”

“음- 그래! 그럼 저녁 8시 30분에 보자!”

“네! 언니!”

정이현은 전화를 끊자 곧바로 홍윤진에게 문자를 넣기 시작했다. 정이현은 금요일에 학원 수업이 없었다. 그런데도 학원 수업을 핑계 댄 것은 홍윤진에게 진해에서 여기 서울의 자기 집 앞 제과점까지 오는 시간을 주기 위해서였다. 홍윤진이 천민혜를 직접 만난다면 그가 어떻게 해서든지 언니를 도로 데려올 것이다. 정이현은 이런 계산으로 홍윤진에게 핸드폰으로 문자를 보냈다. 그리고 그녀의 계획대로 홍윤진이 진해에서 단숨에 올라와 저녁 8시 35분에 천민혜를 보게 되었다. 그러나 천민혜는 경찰을 불러 홍윤진을 잡아두게 한 후 유유히 사라져버리고 말았다. 그리고 지금 이 시간 홍윤진은 서울로 다시 올라와 버스 정류장 벤치에 앉아 정이현으로부터 지난 일에 대해 이야기를 낱낱이 듣고 있는 중이다.

“그럼 니네 집에서도 언니가 지금 어디에 있는지 모른단 말이니?”

“네! 죄송해요. 우리도 전혀 몰라요!”

정이현은 고개를 숙인 채 조용히 대답했다.

“으음!”

홍윤진은 신음 소리를 나지막하게 내며 괴로운 표정을 지었다.

“오빠! 머리는……!”

정이현은 걱정스런 표정을 지으며 홍윤진의 머리에 감겨진 붕대를 조심스레 만졌다.

“으응? 이거? 괜찮아! 별 거 아냐!”

홍윤진은 슬쩍 머리를 치우며 살짝 미소를 지어보였다.

“오빠, 그날 피가 많이 나던데……!”

정이현은 눈물을 글썽였다.

“어? 응? 너 봤었니?”

홍윤진은 계면쩍게 웃으며 물었다. 정이현은 가만히 고개를 끄덕였다.

“오빠 미안해요. 그날 오빠를 도와드리지도 못하고……!”

정이현은 입술을 깨물면서 눈물을 흘렸다.

“아냐! 니가 도와주긴 뭘! 괜히 그러면 다치기나 했지! 오빠 괜찮아!”

홍윤진은 정이현의 어깨를 다독거려줬다.

“오빠!”

갑자기 정이현이 홍윤진에게 와락 안겨왔다.

“오빠! 저 오빠 좋아해요!”

정이현이 눈물을 방울방울 흘리며 말해왔다.

“응? 그래! 그래! 오빠도 너 많이 좋아해!”

홍윤진은 정이현을 끌어안고 어린애 어르듯이 등을 다독거렸다.

“아니에요! 그게 아니란 말에요!”

하지만 정이현은 고개를 강하게 가로저으며 홍윤진을 더욱 강하게 끌어안았다. 홍윤진은 더 이상 아무 말도 않고 가만히 그녀를 안고 있었다.

“오빠! 언니는 동성애자에요. 오빠를 사랑하지 않아요. 하지만 오빠는 언니를 버리지 마세요. 제가…… 제가 오빠가 너무 보고 싶으니까요!"

정이현은 눈물을 펑펑 흘리며 말했다. 그리고는 자리에서 벌떡 일어났다.

"현이야!"

홍윤진은 정이현이 그를 뿌리치다시피 하며 일어서자 깜짝 놀랐다. 하지만 정이현은 홍윤진의 부름에는 대답도 없이 획 돌아서서는 그냥 뛰어갔다.

"현이야!"

홍윤진이 급히 그녀를 부르며 따라 갔지만 얼마 안 가 멈추었다. 정이현이 그대로 내달려 자기 집으로 들어가고 있었기 때문이다.

정이현이 버스 정류장에서 울면서 집으로 뛰어간지 오늘로서 4일째 된다. 지금은 8월 말인 8월 30일 목요일이다. 홍윤진은 그 사이에도 정미연의 소식을 듣기 위해 그녀의 친구들에게 계속 전화를 걸어댔었다. 그러나 역시 아무 소득도 없었다. 그는 거의 정신적 공황상태에 빠져 지냈다. 이를 지켜본 그의 동기들이 아무리 물어봐도 홍윤진은 대답을 않고 단지 혼자 내버려 달라고 말할 뿐이었다. 오늘 오후에도 그의 동기들은 요즘 들어 으레 그랬듯이 아무 효과도 없는 타박과 회유를 홍윤진에게 해대고 있었다.

"야! 윤진아! 이놈아야! 자꾸 우리 속 터지게 할래!"

하루의 수업을 모두 마친 최태훈이 BOQ로 돌아오면서 옆에서 같이 걷고 있는 홍윤진에게 시비 걸 듯이 말을 붙였다.

"미안해! 그냥 내버려둬!"

홍윤진은 멍한 표정으로 최태훈은 쳐다보지도 않고 힘없이 말했다.

"윤진아! 우리가 뭐 도와줄 것 없니? 우리 내일이면 초군반도 끝나는데 한번 뭉칠까?"

박준영이 길을 가면서 근심어린 표정으로 홍윤진을 바라보았다.

"응? 아니 난 안 될 것 같아. 나 괜찮아! 신경 쓰지 마라!"

홍윤진은 고개를 저으며 말하고는 먼저 앞서 나갔다.

"어? 같이 가자!"

김현태가 갑자기 걸음을 빨리 하는 홍윤진의 뒤를 따라가며 말했다.

"아냐! 천천히 와! 나 그냥 먼저 갈게!"

홍윤진은 이번에도 혼자서 앞서 걸어가 버렸다. 박준영과 김현태 그리고 최태훈이 BOQ의 침실로 왔을 때는 요즘 항상 그렇게 했듯이 홍윤진은 또 혼자서 외출을 하였다. 그는 또 밤 11시 넘어 술에 만취되어서 복귀할 것이다. 그리고는 내일이 초군반 마지막 교육 날이자 주말인데도 홍윤진은 동기들과 동행하지 않고 혼자서 서울로 사라질 것이다. 박준영과 김현태 그리고 최태훈은 홍윤진이 걱정되었으나 그가 도움을 거부하고 있는 이상 어쩔 수 없는 일이었다. 그의 동기들은 시간이 가면 언젠가 말하겠지 하면서 때를 기다리기로 하였다.

진해 시내로 나온 홍윤진은 혼자서 터벅터벅 정처 없이 시내 여기저기를 쏘다녔다. 그때 홍윤진은 자신의 핸드폰이 아까부터 울고 있었다는 것을 불현듯 깨달았다. 그는 핸드폰을 호주머니에서 얼른 꺼내보았다. 하지만 그 사이 전화는 끊어졌다. 홍윤진은 도대체 누가 나에게 전화를 했나 하면서 발신번호를 보았다. 전혀 모르는 번호였다. 그런데 그 번호로 누군가가 그사이에 무려 5번이나 자기에게 전화를 걸었었다. 홍윤진은 부재중 전화번호를 눌렀다. 신호가 가기 시작했다. 그가 보내는 신호는 그리 오래가지 않았다. 상대방이 마치 기다렸다는 듯이 바로 받았다.

"여보세요! 홍윤진씨 되시죠?"

"예! 제가 홍윤진입니다!"

"저! 아시죠? 저 천민혜입니다!"

"예?"

"천민혜입니다!"

홍윤진은 순간 자기 귀를 의심했다. 그러나 분명 상대는 자기가 그토록 찾아 헤매던 천민혜였다. 그는 자신도 모른 사이에 마른 침을 꿀떡 삼켰다.

"아! 예! 잘 압니다!"

"빨리 와주세요! 미연이가…… 미연이가 위독합니다!"

"예?"

일순 홍윤진은 세상이 하얗게 보였다. 그는 아무 생각도 나지 않았다. 그저 다리가 후들후들 떨릴 뿐이었다.

"여- 여보세요! 지금 거기가 어딥니까?"

"여기는 부산시 서구 아미동에 있는 부산대병원 근처에 있는 개인 산부인과에요. 빨리 좀 와주세요! 도착하면 전화주세요!"

"예? 여보세요! 그게 무슨 말이에요! 여보세요! 여보세요!"

전화는 끊어졌다. 홍윤진은 정신이 하나도 없었다. 그는 차 시간을 알아보았다. 그러나 지금 당장 출발할 수 있는 고속버스나 직행버스는 없었다. 홍윤진은 차 시간이 맞지 않자 진해에 있는 렌터카 회사로 곧바로 갔다. 그리고는 승용차 한 대를 렌트해서는 정신없이 몰며 부산을 향해 내달렸다.

천민혜가 서울에서 홍윤진과 맞닥뜨린 후 정미연은 천민혜를 따라 포항에서 부산으로 거처를 옮겼다. 그리고 부산의 영도에 있는 한 작은 학원에서 중학생을 대상으로 수학을 가르치며 보냈다. 그런데 임신 8개월째 접어든 정미연은 그동안 제대로 먹지 못한 상태에서 어제 늦은 밤에 학원 수업을 다 마치고 잔업무까지 전부 끝낸 후 혼자서 계단을 힘겹게 내려오다가 그만 아래로 굴러 떨어지고 말았다. 그녀는 즉시 하혈하기 시작했다. 그녀의 학원은 4층에 세 들어 있었는데 그 건물은 오래된 건물이라서 엘리베이터가 없었다. 그래서 4층에 있는 학원까지 정미연은 매일 걸어서 오르내려야 했다. 그리고 그녀가 하는 수업은 마지막 시간대의 수업이어서 성적을 내는 날이면 정미연은 홀로 학원 문을 단속하고 내려오곤 했다. 집이 5평짜리 원룸이어서 시험지를 싸들고 집으로 와서 채점하기에는 여의치 않았다. 그래서 그녀는 시간이 좀 늦더라도 시험지 채점까지 학원에서 다 마치고 퇴근하였다. 정미연은 매주 수요일마다 한 번씩 쪽지 시험을 봤기 때문에 그녀가 계단에서 실족하던 그날 밤에도 그녀는 학원에 홀로 남아 시험지 채점을 모두 끝내고 밤 11시가 다 되어 학원 문을 단속한 후 계단을 내려왔다. 그런데 순간 현기증이 나면서 세상이 핑 돌았다. 그것이 다였다. 그 이후로는 정미연은 아무 기억도 없었다. 정미연이 발견 된 것은 그 다음날 아침 7시 조금 넘어서였다. 우유 배달하던 아저씨에 의해 발견된 것이다. 담갈색의 짙은 색 피를 아래로 쏟고 있는 그녀는 우유 배달 아저씨의 119 신고에 의해 곧바로 119 구급차로 부산대병원 응급실로 실려 갔다.

부산대병원 응급실에 도착한 정미연은 위급상황이었다. 그동안 정미연은 너무 많은 출혈을 하여 거의 맥박이 잡히지 않고 있었다. 계단에 넘어질 때 그 충격으로 인해 의식을 잃었던 정미연은 지금은 과다출혈로 인해 의식이 없는 상태가 되어 버렸다. 영양 결핍 상태에 있었기 때문에 출혈성 의식 불명이 빨리 찾아온 것이다. 병원에서 그녀에게 응급조치를 취하고 긴급 수혈을 하자 다행히 맥박은 다시 돌아오기 시작했다. 이때 천민혜가 얼굴을 하얗게 질린 상태로 직장인 24시 대형마트에서 한달음에 달려왔다. 정미연의 핸드폰에 저장된 번호로 우유 배달 아저씨가 천민혜에게 연락을 한 것이다. 그동안 천민혜는 부산에 와서 24시 대형 마트에서 밤 근무 전담 점원으로 일하고 있었다. 밤 근무의 수당이 더 높아서이다. 그래서 밤마다 정미연은 집에서 혼자 잠을 자곤 했다. 때문에 정미연이 계단에서 굴러 혼절하는 바람에 집에 들어가지 못했어도 천민혜는 이 사실을 전혀 모르고 있을 수밖에 없었다. 천민혜는 오늘도 24시 대형마트에서 오전 8시의 업무 교대를 기다리고 있던 중 우유 배달 아저씨로부터 정미연의 소식을 들었다. 그녀는 그 말을 듣자마자 정신없이 부산대병원으로 달려왔다.

천민혜가 부산대병원 응급실에 왔을 때는 정미연의 맥박이 어느 정도 다시 돌아오고 있었지만 정작 큰 문제는 이것이 아니었다. 큰 문제는 바로 태반조기박리였다. 어제 정미연이 계단에서 구른 충격에 의해 태반조기박리가 일어난 것이다. 중증 태반조기박리였지만 다행히 피가 질구를 통해 계속 배출되고 있어서 아직 태아는 용케 살아있었다. 하지만 태아를 살리려면 즉시 제왕절개 수술을 해야만 했다. 그런데 심각한 영양 결핍에다가 밤새 지속적인 출혈까지 겪은 상태인 정미연에게 지금 바로 무턱대고 제왕절개 수술을 시행할 수는 없는 일이었다. 만일 그렇게 수술을 한다면 산모에게는 대단히 위험한 일이었다. 자칫 사망할 수도 있다. 그동안의 출혈에 의해 범혈관성 응고장애(DIC)가 올 수 있기 때문이다. 이 증상이 나타나면 지혈되지 않는 과다출혈이 일어나므로 추가적으로 자궁적출 수술을 해야 한다. 그러나 이로 인한 이차적인 복강 내 출혈이 또 일어나게 되어 결국 과다출혈에 의한 사망에 이르게 된다. 그리고 중증 태반조기박리이므로 자칫 아기도 목숨을 잃을 수 있다. 따라서 이 경우 산모는 물론 아기도 생명이 위험하다. 그러므로 이에 대한 수술에는 이를 허락해줄 산모의 보호자가 반드시 있어야 했다.

병원에서는 산모가 의식이 없으므로 급히 환자의 남편을 찾았다. 그러나 그 자리에 정미연의 남편이 있을 리가 없다. 이때 천민혜가 나섰다.

"제가 남편이에요!"

"……?"

의사와 간호사는 천민혜를 잠깐 쳐다보았다. 그리고는 다시 천민혜에게 환자의 남편을 빨리 데려오라고 말했다.

"제가 바로 남편이라니까요!"

천민혜는 다시 큰소리로 말했다.

"이상한 소리 말고 환자분 남편에게 빨리 연락해요!"

의사가 신경질적으로 말했다.

"제가 있는데 왜 남편을 찾아요?"

천민혜는 항의하듯이 의사에게 큰소리로 물었다. 그러자 의사는 정미연의 상태를 살피면서 말했다.

"제왕절개를 해야 하는데 잘되면 산모와 아기 둘 다 괜찮지만 잘못되면 산모나 아기 또는 둘 다 위험해질 수 있어요. 그러니 빨리 남편분이나 아무 보호자라도 와야 해요!"

“어머나! 그래요?”

천민혜는 그렇게까지 사태가 심각한지 몰랐다는 듯이 깜짝 놀랐다. 그녀는 잠시 아무 말 없이 골똘히 생각하는 듯 했다. 그러다 의사를 부르며 큰소리로 말했다.

“저! 의사 선생님! 수술해주세요! 아기를 구해줘요!”

의사는 정미연의 상태를 점검하다가 천민혜의 고함 소리에 흠칫 놀라며 고개를 들어 그녀를 보았다.

“그럼 아가씨는 이 환자분 친구 되세요?”

“아니에요! 전 친구 아니에요!”

“친구가 아니면 어떻게 되십니까?”

“그건 알아서 뭐 하시게요?”

“보호자 되지 않으세요?”

“보호자 맞아요!”

“그럼 어떻게 되세요? 친구분도 아니라면서 보호자라면?”

“의사가 그런 건 알아 무엇 하게요? 빨리 애기나 꺼내줘요!”

“보호자 맞아요? 안 맞아요?”

“몰라요! 애기나 꺼내줘요! 어서!”

천민혜는 다시 고함을 질렀다. 그러나 의사는 곧 그녀의 말을 무시하고 다시 정미연의 상태를 살피기 시작했다.

“제 말 안 들리세요? 아기를 살리라고요!”

천민혜는 의사에게 고함을 질렀다. 그러자 의사 옆에 있던 간호사가 정색을 하며 천민혜에게 말했다.

“어머! 아가씨! 자칫 산모가 위험해질 수 있으니 남편 분 아신다면 빨리 부르라니까요!”

“상관없어요. 어쩔 수 없잖아요? 산모가 의식도 없고 그대로 죽을 수도 있는데 안 그래요? 애기나 살려서 꺼내주세요! 빨리요! 의사라면 의사답게 빨리 수술해요! 어서!”

천민혜는 의사가 계속 듣는 체도 안 하자 그의 앞을 가로 막아서며 표독스런 표정을 지으며 의사의 얼굴에 대고 삿대질을 했다.

“내가 남편이든지 아니면 아무 보호자라도 와야 한다고 했잖아요!”

의사가 참다가 더 못 참겠는지 화를 버럭 냈다.

“어머! 내가 남편이라고 하잖아요!”

천민혜도 지지 않고 대들었다.

“이봐요! 당신은 여자인데 어떻게 남편이 된다는 거요! 정신이 있소?”

“어머머! 어머머!”

천민혜는 얼굴이 벌게지면서 말을 못했다. 그러다 곧 의사를 밀치며 고함을 질렀다.

“뭐 이따위 병원이 다 있어! 이봐요! 나 퇴원시킬 거예요! 비키세요!”

천민혜는 정미연이 누워 있는 응급침대를 밀면서 응급실 수납구로 갔다. 그리고는 응급 치료비를 내고는 정미연을 업었다.

“아가씨! 환자분은 빨리 수술 받지 않으면 위독합니다! 이러시면 안 돼요!”

간호사가 달려들며 천민혜를 말렸다.

“비켜요! 안 되기는 뭐가 안 돼요! 나 딴 병원 갈 테니까 저리 비켜요!”

천민혜는 몸을 흔들며 간호사를 떨쳐버리고는 그대로 응급실 밖으로 나와 버렸다. 간호사들이 다시 천민혜를 말리며 그녀의 뒤를 따라 나왔다. 그러나 병원으로서는 그녀를 강제로 막을 권한은 없었다. 간호사에 이어 의사도 뛰어 나왔다. 그렇지만 천민혜는 이미 택시를 잡아 정미연을 뒷좌석에 밀어 넣고 있었다. 그리고 곧 어디론가 떠나버리고 말았다.

천민혜는 의식을 잃은 정미연을 택시에 싣고 30여 분을 더 헤맨 후에 어느 개인 산부인과로 들어갔다. 그러나 그곳에서도 역시 대답은 마찬가지였다. 제왕절개 수술을 하려면 남편이나 보호자가 있어야 한다는 것이었다. 따라서 여기 개인 산부인과에서도 제왕절개 수술을 거절하고 있었다.

이에 천민혜는 자신이 정미연의 친구라고 하면서 산모는 포기할 터이니 태아만 살려달라고 부탁했다. 그러면서도 천민혜는 수술동의서에 있어서는 쓰지 못하겠다고 버텼다. 만일 정미연이 수술 중 사망하게 되면 그녀의 식구가 올 것이고 홍윤진도 오게 될 것이다. 그때 그들은 천민혜의 수술동의서를 보게 될 것이다. 그러면 천민혜 자신은 정미연을 죽음으로 몰고 간 자가 되어 견디기 힘든 곤경에 처하게 될 것이다. 이러한 생각에 천민혜는 끝까지 수술동의서를 쓰지 못하겠다고 버티면서 그런 것 없이 수술을 해달라고 요구했다.

그러나 그 산부인과에서는 수술동의서도 없이 단지 친구의 말만 듣고 산모가 목숨을 잃을 수 있는 수술을 강행할 수는 없다며 수술을 거절했다. 결국 천민혜는 홍윤진에게 알리지 않고 정미연을 제왕절개 시키려고 했으나 포기하고 비통한 마음으로 홍윤진을 불렀다. 그때가 오후 5시 조금 넘어서였다. 정미연이 계단에서 쓰러지고 난 뒤 우유 배달 아저씨에게 발견되고 나서 무려 18시간이나 지나서였다.

홍윤진은 어찌나 액셀러레이터를 밟아댔는지 천민혜가 추후 그에게 다시 말해준 산부인과 의원에 2시간도 채 못 되어 도착하고 있었다. 홍윤진은 개인 의원에 도착하자 정신없이 의원 안으로 뛰어들었다.

"여보세요! 여보세요! 여기 응급환자 있지요? 정미연! 정미연 여기 있지요?"

홍윤진은 마른 침을 삼켜가며 접수대의 간호사에게 소리쳤다.

"정미연씨요?"

"예! 정미연이요!"

"……."

간호사는 아무 말이 없었다.

"정미연 없어요? 왜 대답을 안 하세요?"

"저-, 정미연씨하고 어떻게 되세요?"

간호사는 조심스레 물어왔다.

"예? 제 약혼녀입니다!"

홍윤진은 급하고 답답하다는 듯이 대답했다.

"……."

간호사는 또 다시 말이 없어졌다. 그리고는 그를 동정과 연민의 눈길로 쳐다보았다.

"배우자님!"

"예?"

"정미연씨는 한 시간 전에 운명하셨습니다!"

"……."

홍윤진은 그대로 굳어버렸다. 그리고는 바닥에 무너지듯이 고꾸라졌다.

"어머! 배우자님! 배우자님!"

간호사들은 홍윤진이 맥없이 쓰러져버리자 기겁을 하며 접수대에서 뛰쳐나와 홍윤진을 일으켰다. 홍윤진의 눈은 초점을 잃은 채 눈물이 방울져 흘러내리고 있었다.

천민혜는 자기로서는 정미연에 대해 아무 것도 할 수 없다는 것을 알자 할 수 없이 홍윤진을 불렀다. 그런데 홍윤진이 정미연에게 온다면 정미연이 임신한 애기는 더 이상 자기 것이 될 수 없었다. 그리고 정미연이 수술에서 죽지 않고 용케 살았다하더라도 정미연 역시 그가 데려갈 것이다. 따라서 천민혜로서는 홍윤진을 빨리 불러야 할 이유가 전혀 없었다. 그저 조금이라도 더 정미연과 그녀의 태아를 자기 것으로 두고 싶을 뿐이었다.

의원에서 두 시간여를 머물던 천민혜는 정미연의 배우자를 데려온다고 말하고서는 산부인과를 나섰다. 그리고 다시는 돌아가지 않았다. 다만 그래도 정미연에 대해 의원에서 어떻게 처리해야 할 것이므로 오후 늦게 5시에 홍윤진에게 전화를 걸어 산부인과의 위치를 알려주었다.

정미연은 의원에 오고 나서도 수혈을 받으며 10시간 동안 생존해 있었다. 그러나 수술이 이루어지지 않은 채 수혈만 받고 있었기 때문에 종내 정미연은 그 의원에 온지 10시간하고 13분 만에 마침내 숨이 끊어졌다. 의원에서는 응급수단을 모두 동원했지만 그녀를 회생시키기에는 이미 너무 많은 시간이 흘러버렸다. 그렇게 정미연은 홀로 총 19시간여를 버티다가 끝내 숨을 거두었다. 결국 홍윤진은 활짝 웃으며 자신을 꼬옥 끌어안아 따뜻한 체온을 전해주는 정미연이 아닌 하얀 천을 덮어 쓴 차디찬 몸으로 그저 가만히 누워 있을 뿐인 정미연을 맞이하고 있었다.

홍윤진은 산부인과 의원의 기록철에 적힌 천민혜의 주소를 보고 그녀의 집으로 미친 듯이 차를 몰았다. 그러나 그가 찾아갔을 때는 그녀의 원룸에 아무도 없었다. 그리고 천민혜에 관한 어떤 흔적도 없었다. 다만 있는 것은 정미연이 즐겨 입던 옷들이 주인을 잃은 채 옷걸이에 걸려 있을 뿐이었다. 홍윤진은 원룸의 한 가운데에서 멍하니 서 있었다. 그러다 그는 정미연의 옷들을 하나하나 옷걸이에서 내려 가슴에 안았다. 그녀의 옷을 안은 그의 손은 강하게 떨리고 있었다. 입술을 덜덜 떠는 홍윤진의 얼굴에서는 굵은 눈물이 하염없이 흘러내리고 있었다.

한 시간 후, 홍윤진은 경부고속도로를 맹렬한 속도로 내달리고 있었다. 그리고 얼마 후 갓길에 주차시켜 놓은 15톤 덤프트럭의 뒤를 향해 돌진했다. 홍윤진의 렌터카는 덤프트럭의 아래로 완전히 들어갔다.

경찰이 홍윤진의 납작해진 렌터카를 끄집어내어 홍윤진을 차에서 꺼냈을 때 그의 얼굴은 피와 눈물로 범벅이 되어 있었다. 그런데 숨진 그의 가슴에는 젊디젊은 산모가 꼭 안겨 있었다. 바로 홍윤진이 그토록 애타게 찾아 헤매던 정미연이었다.

제2장

가슴에 품은 참수리호

　8월의 마지막 금요일 아침. 세상은 온통 싱그러운 초록빛 세계였다. 그런데 초등 군사 교육반이 오늘따라 매우 어수선했다. 오늘이 바로 초등 군사 교육반의 마지막 교육이 끝나는 날이기 때문이다. 그런데 그 이유 외에 또 다른 이유가 하나 더 있었다. 그것은 바로 어제 8월 30일 목요일 밤에 죽은 동기 홍윤진의 사건이었다. 그래서 박준영과 김현태 그리고 최태훈은 어느 다른 동기들보다도 더욱 침울했다. 그들의 눈에는 발랄하고 생기 넘치는 그런 초록빛 세계가 전혀 눈에 들어오지 않았다. 초등 군사 교육반 수료식 내내 그들은 아무 말도 없었다. 불과 두 달 사이에 그들은 사랑하는 동기를 두 명이나 잃었기 때문이다. 그들은 문규현을 화장한지 한 달하고 삼일 만에 오늘 또 하나의 동기 홍윤진을 화장하러 간다. 오늘 그들에게서는 웃음과 대화가 모두 사라졌다. 그렇게 종일 우울함과 침묵 속에서 지내던 그들은 마침내 초등 군사 교육을 수료하자 함께 부산으로 가서 그의 유족들과 같이 홍윤진을 화장했다. 그리고는 각자 집으로 돌아갔다. 이들은 다시 모이지 않을 것이다. 앞으로 는 각자 배치 받은 자대로 갈 것이기 때문이다.

박준영은 제2함대의 PKM 참수리 고속정 부장으로 발령 받았다. 그리고 김현태는 대전의 해군본부 내 작전 상황실로 발령 받았다. 최태훈은 제1함대의 PCC 초계함 통신관으로 발령을 받았다. 다른 침실에서는 서로 같은 함정이나 같은 육상 부서로 발령을 받은 동기들도 나왔으나 박준영의 침실에서는 같은 함정이나 같은 육상 부서로 발령을 받은 동기는 없었다. 각각 다른 곳으로 발령을 받은 것이다. 하지만 발령을 받아 가보면 적어도 한 명 이상의 다른 동기나 아는 선배와 같이 근무할 것이다. 해군은 좁기 때문이다.

박준영은 김현태와 최태훈하고 서로 깊은 포옹을 한 후 각자 헤어졌다. 박준영은 소속이 평택의 제2함대이지만 근무지는 인천이었다. 서해에서 기동하는 참수리 고속정이 제2함대 예하부대인 인천해역방어사령부 소속으로서 인천의 연안부두 근처에 있는 군항으로 기항을 하기 때문이다.

9월 6일, 초등 군사 교육 종료에 따른 휴가를 마친 박준영은 윗옷 정면에 금색 단추가 세로로 하여 두 줄로 달리고 또 소매에는 번쩍이는 금줄이 하나 빙 둘러진 까만 해군 정복을 입고는 인천에 있는 인천해역방어사령부로 아침 일찍 출근을 했다. 박준영은 군항에 정박해 있는 여러 척의 참수리 고속정을 지나가면서 자신이 발령 받은 참수리 고속정을 찾았다. 그의 참수리 고속정은 정박된 참수리 고속정 중에서 맨 끝에 있었다. 이 참수리 고속정은 입항한지 이제 이틀밖에 되지 않았다. 보름간의 일정으로 소이작도에 있는 해군 223 전진 기지로 출동을 나가있다가 이틀 전에서야 출동 임무가 끝나 인천의 해역방어사령부 부두로 들어와 있는 것이다. 따라서 만일 박준영이 참수리 고속정에 부임하기 전에 이 참수리 고속정이 이미 해군 223기지로 출동을 해 있는 상태였다면 박준영은 개인적으로 여객선을 타고 소이작도까지 가서 그곳의 해군 223기지에 정박해 있는 참수리 고속정에 올라 부임 신고를 해야 할 것이다. 그러나 다행히 그의 참수리 고속정은 출동을 마치고 여기 인천해역방어사령부 내의 부두에 정박해 있었다. 박준영은 자신이 근무할 참수리 고속정을 보자 승선계단을 통해 그 참수리 고속정의 갑판 위로 가볍게 올라섰다.

"필승! 어떻게 오셨습니까?"

참수리 고속정의 갑판 위에 설치된 현문에서 병장 계급을 단 수병 한 명이 거수경례를 부치며 물어왔다.

"필승, 난 이번에 새로 부임하는 부장이다!"

박준영은 경례를 받아주며 말했다.

"그러십니까? 그럼 박준영 소위님 되십니까?"

박준영은 고개를 끄덕였다.

"정장님이 사관실에서 기다리고 계십니다! 필승!"

수병은 다시 거수경례를 부쳤다.

"필승!"

박준영도 다시 경례를 받고 참수리 고속정 안으로 들어가서 참수리 고속정의 갑판 아래로 내려갔다. 박준영은 사관실 앞에 서서 사관실의 문을 살짝 두드렸다.

"누구야? 들어와!"

사관실의 안에서 누군가의 음성이 들려왔다. 그런데 왠지 귀에 익은 음성이었다. 박준영은 정복을 바로 하고 사관실 문을 열고 안으로 들어갔다. 그리고는 사관실의 탁자 앞 걸상에서 심각하게 머리를 푹 숙인 채 앉아 있는 대위 계급의 정장에게 큰소리로 부임 신고를 하기 시작했다.

"필승! 소위 박준영은 9월 6일부로 부장으로 명받아……?"

박준영은 기계적으로 부임 신고를 하다가 말을 뚝 그쳤다. 그러다가 이외라는 듯이 눈이 커지며 이내 반가운 음성으로 말했다.

"어? 훈련관님!"

박준영은 활짝 웃으며 정장에게 달려갔다.

"임마! 훈련관님이 뭐야? 정장님이라고 해야지!"

정장은 박준영을 나무라며 고개를 들었다. 김영호 대위였다. 박준영의 정장이 바로 김영호 대위였던 것이다. 김영호 대위는 박준영의 기수를 임관시킨 후 10일간의 휴가를 다녀왔다. 그리고 다시 새로운 보직에 임명되었는데 그 보직이 바로 지금 이 참수리 고속정의 정장이었다.

"우와! 해군은 원체 좁아서 계속 돌고 돌면서 마주친다고 하더니 정말 그러네요!"

박준영은 탁자 앞의 걸상에 앉아있는 김영호 정장의 손을 붙잡고 신기해하면서 활짝 웃었다.

"아! 이놈아! 신고식은 안 할 거야?"

"아참! 마저 끝내야죠!"

박준영은 얼른 다시 김영호로부터 떨어져 부동자세를 취했다.

"이에 신고합니다! 필승!"

"응? 뭐야? 무슨 신고가 그래?"

김영호 정장은 실눈을 뜨면서 박준영을 쳐다보았다.

"에이! 훈련관님! 이정도면 완벽한 거죠!"

"어라라? 그새 기합이 팍 빠졌네!"

"하하! 훈련관님! 그럼 다시 할까요?"

"뭐? 에이! 관둬라! 그리고 나 훈련관님 아니다!"

"아 맞다! 정장님!"

"어이구! 내가 훈련을 너무 약하게 시켰나?"

김영호 정장이 머리를 감싼다. 이때 사관실 문에서 조심스레 노크하는 소리가 들려왔다.

"응? 박 부장! 네 동기 왔나보다!"

"예?"

김영호 정장은 발령전보를 통해 신임 부임자 명단을 받았다. 때문에 누가 이 배로 올 것인지 그는 이미 알고 있었다. 그래서 오늘 아침 일찍부터 김영호 정장이 사관실에서 일부러 그들을 기다리고 있었던 것이다.

"들어와!"

김영호 정장이 여전히 걸상에 앉아있는 채로 사관실 문을 향해 큰소리로 말했다. 그의 말소리가 떨어지기가 무섭게 사관실 문이 활짝 열리며 웬 거구가 한명 썩 들어섰다.

"필승! 신고합니다!"

"……!"

사관실에 앉아있는 김영호 정장과 박준영은 말없이 그를 바라보고만 있었다.

"……?"

부임신고를 하던 거구도 갑자기 말을 뚝 그치고는 김영호 정장과 박준영을 멀뚱이 바라보았다.

"으앗! 훈련관님! 준영아!"

거구는 마치 어린애처럼 반가워서 펄쩍펄쩍 뛰며 그들에게로 얼른 다가왔다.

"어이휴! 이놈도 마찬가지네!"

김영호 정장은 다시 머리를 감싸 쥐었다.

"어흐흐흐! 훈관님! 반갑습니다! 준영아 너 어디 갔나 했더니 여기로 왔어? 으하하하! 와! 해군 정말 좁다!"

반가워서 어쩔 줄 몰라 하는 이 거구는 바로 배영남이었다.

"야! 영남아! 훈련관님이 아니고 이제는 정장님이야!"

박준영은 자신과 똑같은 실수를 반복하고 있는 배영남에게 호칭을 교정해준다.

"어? 어! 그렇지! 정장님! 보고 싶었습니다!"

배영남은 걸상에 앉아있는 김영호 정장을 와락 끌어안았다.

"윽! 윽! 이놈아 신고식을 이 따위로…… 윽! 아- 임마! 숨 막힌다!"

졸지에 거구의 품에 푹 안겨버린 김영호 정장이 그의 가슴에서 버둥거린다.

"엇? 죄송합니다!"

배영남이 얼른 김영호 정장을 풀어주었다.

"컥! 컥! 커억!"

김영호 정장은 숨이 막혔었는지 기침을 몇 번 했다.

"아! 이놈들 갑판으로 끌고 가서 다시 굴려?"

김영호 정장은 고개를 갸웃거리며 박준영과 배영남을 번갈아 쳐다보았다.

"으헤헤헤!"

김영호 정장의 진지한 고민에는 상관없이 배영남은 여전히 반가움에 젖어 넉살좋게 웃는다. 이때 누군가가 사관실 문을 열고 들어서는 자가 있었다. 그자는 소위였다.

"어? 아 이번에 새로 온 부장과 기관장이군요! 반갑습니다!"

소위는 환하게 웃으며 반갑게 인사를 해왔다.

"여! 다들 인사해라! 여기 지금 들어온 소위는 부임 3개월째 되는 작전관 조중원이고 여기 앉아있는 소위는 신임 부장 박준영 그리고 내 옆에 서 있는 소위는 신임 기관장 배영남이다."

김영호 정장은 사관실로 소위가 들어오자 일일이 사람을 가리키며 소개를 해주었다.

"반갑습니다. 박준영입니다."

"예, 반갑습니다 조중원입니다."

"저도 반갑습니다. 저는 배영남입니다"

신임 소위들은 저마다 악수를 나누며 인사를 했다. 작전관 조중원은 해양대학교 NROTC 출신이어서 OCS 출신인 박준영과 배영남과는 일면식도 없는 사이이다. 그리고 조중원은 졸업과 동시에 임관이 되어 여기 이 배로 발령을 받았으므로 OCS 출신 장교보다는 3개월 정도 임관과 부임에서 앞선다. 그러나 지금은 말 그대로 한 배를 탄 동지가 되었다.

"자! 오늘은 신임 장교들이 온 기념으로 근무 끝나면 내가 한턱 쏜다!"

김영호 정장은 인사가 모두 끝나자 자리에서 일어서며 말했다.

"우와! 두턱 쏘시면 안 돼요?"

식탐이 많은 배영남이 사뭇 진지하게 묻는다.

"역시 우리 훈련관 아니 정장님이야!"

박준영도 회식한다는 생각에 좋아서 흐뭇하게 웃는다.

"하하하!"

조중원은 새로 온 이들이 재미있는지 그저 웃기만 한다. 그는 그렇게 잠시 웃다가 웃음을 그치고 김영호 정장을 보며 당직에 대해 말을 꺼냈다.

"정장님! 제가 오늘 사관 당직을 서겠습니다. 배는 걱정하지 마시고 신임 부장과 기관장하고 회식 다녀오십시오!"

조중원은 순번 따질 것 없이 자신이 사관 당직을 서겠다고 자청해서 나섰다.

"아니 이제 우리들이 왔으니까 순번을 정해 사관 당직을 서야죠?"

박준영이 조중원의 말을 듣자 손사래를 치면서 사관실의 TV 위에 놓여 있는 접이식 소형 달력을 들고 왔다.

"그래요! 지금까지 작전관 혼자서 줄 당직 서왔을 테니까 오늘은 우리 중 한 명이 당직을 설 테니 외출하세요!"

배영남도 손사래를 치면서 냉장고 위에 놓여 있는 당직 완장을 아예 손에 들고 온다.

"아! 아닙니다. 박 부장과 배 기관장은 여기가 첫 부임지이자 우리 정장님하고는 사관후보생 시절에 훈련관으로 모셨던 사이이니 모처럼 나가서 회포라도 풀고 오세요. 그리고 저는 여기 부임 선임이어서 이 배에 대해 사정을 잘 알고 있으니까 오늘은 제가 당직 서는 게 좋습니다."

조중원은 한사코 자기가 사관 당직을 서겠다며 말하면서 배영남에게서 당직사관 완장을 빼앗았다.

"아니, 이거 원 미안해서 어떡해요?"

완장을 조중원에게 반 강제로 빼앗긴 배영남이 미안한 듯 뒷머리를 긁는다.

"제가 당직을 지금까지 서왔는데 뭐 하루 더 선다고 달라질 것도 없죠! 신경 쓰지 마세요!"

조중원은 배영남에게 활짝 웃어보였다.

"그래! 그럼 오늘은 작전관이 한 번 더 고생해라! 내일부터는 첫 당직을 박준영이 서도록 하고 다음은 배영남 그리고 그 다음은 조중원이 서도록 해라! 작전관도 좀 쉬어야지!"

"예! 그렇게 하겠습니다!"

조중원은 고개를 끄덕이며 김영호 정장을 보았다.

"그럼 박 부장과 기관장은 이따 근무 끝나면 나랑 같이 나가자! 작전관! 오늘 수고 좀 해줘야겠다!"

김영호 정장은 사관실 바로 옆에 붙어있는 정장실로 가기 위해 사관실을 나서면서 조중원의 어깨를 두들겼다.

오후 5시. 마침내 근무 시간이 끝나자 김영호 정장은 자신의 약속대로 회식하기 위하여 박준영과 배영남을 데리고 참수리 고속정에서 내린 후 자기의 지휘관 차량에 그들을 태우고 부대 밖으로 나갔다. 그는 연안 부두로 나오자 얼마 안 가서 길 가에 있는 주차장에 차를 세우고 걷기 시작했다. 지금 비록 해군 223 해상 전진 기지로의 출동 임무를 마치고 인천해역방어사령부로 복귀한 상태이지만 긴급 출항은 언제든지 떨어질 수 있다. 따라서 언제 긴급 출항 명령이 떨어질지 모르게 때문에 김영호 정장은 비록 회식을 나왔어도 참수리 고속정으로 바로 복귀할 수 있는 거리의 식당으로 갔다. 그가 박준영과 배영남을 데리고 들어간 식당은 다름 아닌 연안부두에 있는 밴댕이 전문점이었다. 김영호 정장은 그곳에서 그들과 함께 밴댕이 회무침과 소주를 곁들여 가며 시간가는 줄 모르고 밤늦게까지 담소를 나누었다.

박준영은 참수리 고속정이 실습을 했던 초계함보다는 훨씬 작은 함정이어서 생활에는 다소 불편했지만 나름대로 그에게는 좋은 점도 있었다. 그것은 바다에 태풍이 불거나 4.1m 이상의 높은 파도가 이는 황천 1급의 상태가 되면 출동을 하지 않고 그냥 부두에 정박해 있다는 것이다. 그러나 초계함 이상 크기의 함선 경우는 오히려 반대로 출항을 한다. 덩치가 크면 부두에 정박해 있는 것이 오히려 위험하기 때문이다. 배끼리 부딪혀서 배가 깨질 위험이 있어서이다. 일반 선박은 파도가 거칠면 침몰할 위험이 있지만 군함은 단순히 파도만에 의해서는 절대로 침몰하지 않는다. 물론 강한 파도에 의해 배가 물속으로 곤두박질쳐지거나 물속 깊이 잠길 수도 있다. 그러나 군함은 복원력이 우수하고 완전 방수가 이루어지기 때문에 곧바로 물 밖으로 아무 이상 없이 다시 떠오른다. 이러한 이유로 덩치가 큰 군함들은 배의 안전을 위해 태풍이 불면 오히려 출항을 한다. 즉, 항해 피항을 하는 것이다.

하지만 덩치가 작은 참수리 고속정들의 경우 비록 덩치 큰 군함들처럼 완전 방수는 이루어지지만 높고 거친 파도에 의해 자칫 배가 뒤집힐 수도 있으므로 부두에 정박을 한다. 그리고 배가 크지 않아서 너울에 의해 배끼리 부딪혀도 그것으로 인해 배가 깨지지는 않는다. 때문에 참수리 고속정은 태풍이 오면 항해 피항을 하는 것이 아니라 부두에서 피신을 한 채 꼼짝 않는다. 이런 날이 오면 대개 참수리 고속정에서는 일부 대원들에게 휴가를 보낸다. 이때 휴가를 받는 대원은 대부분 말년 휴가를 가야 할 군번의 하사나 수병이 된다. 말년 하사나 병장이 이때 휴가를 나가지 않으면 출동 중에 전역을 하게 된다. 그럼 말년 휴가는 물 건너간 것이 된다. 때문에 대개 말년 하사나 병장이 이런 날 말년 휴가를 간다. 그런데 이때 휴가를 마치고 돌아와 보니 자신의 배가 그 사이 출동을 해버려서 부두에 배가 없는 경우도 간혹 발생한다. 이런 경우에는 함대의 육상 대기대에서 지내면 된다. 지상에 있는 대기대에서 머무는 동안은 함정 생활을 하지 않으므로 무척 편하다. 따라서 의무 복무 하사나 수병들에 있어서 모두의 희망은 말년 휴가를 받고 돌아와서 대기대에서 놀다가 전역하는 것이다. 이는 박준영의 참수리 고속정 대원에 있어서도 예외는 아니었다.

박준영의 참수리 고속정이 인천해역방어사령부 부두에 입항한지 어느덧 보름이 지나갔다. 이제 그의 참수리 고속정은 다시 해군 223기지로 임무 교대 차 출항을 해야 한다. 그런데 9월은 태풍의 계절이다. 어김없이 이번에도 태풍이 올라오고 있었다. 태풍이 북상하자 그의 참수리 고속정은 소이작도에 있는 해군 223기지로의 출동이 일시 연기되고 인천의 해역방어사령부 내의 부두에서 당분간 계속 정박한 상태로 피항하게 되었다.

피항 첫날 오전, 김영호 정장은 대원들 중에서 말년 하사인 전탐사 구연호 하사와 말년 병장인 갑판수병 류재영 병장에게 각각 10박 11일간의 말년 휴가를 주어 상륙시켰다. 원래는 9월 초순에 임무 교대 차 인천 해역방어사령부로 입항했을 때 참수리 고속정에서 4년을 보낸 구연호 하사와 참수리 고속정에서 22개월 이상을 보낸 류재영 병장에게 말년 휴가를 주었어야 했으나 각종 검열이 예정되어 있어서 업무에 노련한 그들을 휴가로 내보낼 수가 없었다. 그러다 검열이 마침내 모두 끝났을 때는 이미 날짜가 흘러 다시 해군 223기지로 임무 교대 차 출동을 하게 되었다. 졸지에 구연호 하사와 류재영 병장의 말년 휴가가 날아가게 된 것이다. 그런데 구연호 하사와 류재영 병장으로서는 천만다행으로 9월의 태풍이 맹렬한 기세로 올라오고 있었다. 결국 박준영의 참수리 고속정은 출동이 연기되고 구연호 하사와 류재영 병장은 그들이 그토록 고대했던 말년 휴가를 무사히 갈 수 있게 되었다.

김영호 정장은 구연호 하사와 류재영 병장을 휴가 보낸 후 오후 들어 근무 시간이 끝나자 당직사관 순번이 된 배영남을 당직사관으로 세우고 이번에는 자신의 승용차에 박준영과 조중원을 태우고 부대 밖으로 나갔다. 박준영으로서는 부임 후 두 번째의 장교 간 단체 외출이다. 그동안 박준영과 배영남은 업무 파악과 검열로 인해 한 번도 장교 간의 단체 외출은 나가지 못했었다.

"박부장! 자장면 좋아하나?"

"예? 좋아합니다!"

"그래? 작전관은?"

"예! 저도 좋아합니다!"

"좋아! 그럼 오늘 자장면에 한번 휘감겨본다!"

"예?"

"예에?"

박준영과 조중원은 김영호 정장의 뜬금없는 소리에 동시에 반문을 한다.

"너희들 차이나타운 들어봤지?"

김영호 정장은 운전을 하면서 박준영과 조중원을 보았다.

"인천에 있는 차이나타운이요?"

박준영이 되묻는다.

"그래 맞았어!"

김영호 정장이 뒤에 앉은 박준영을 룸미러로 쳐다보며 말했다.

"난 말만 들었고 여태 한 번도 못 가봤는데……. 차이나타운이 인천 어디에 있는지도 모릅니다."

조수석에 앉은 조중원이 머리를 긁적이며 말한다. 강원도가 고향인 그는 대학을 부산에서 나왔기 때문에 인천 지리에 대해서는 아는 바가 별로 없었다.

"그래? 그럼 오늘부로 확실히 입력해!"

김영호 정장이 옆의 조중원을 보고 씽긋 웃는다.

"그런데 정장님! 차이나타운에서 먹는 자장면하고 일반 자장면하고 무슨 차이가 있어요?"

이때 박준영이 다소 궁금한 음성으로 물어왔다.

"있지!"

"뭔데요?"

"기분!"

"예?"

"자장면의 원조가 여기 차이나타운이야. 그러니 우리나라 자장면의 원조에서 먹는다는 그 기분이 다른 거지!"

"아항!"

박준영은 이제야 알아들었다는 듯이 고개를 끄덕였다.

"그렇다면 전 자장면을 세 그릇이라도 먹겠는데요!"

조수석에서 김영호 정장과 박준영의 대화를 가만히 듣고 있던 조중원이 입맛을 다시며 대화에 끼어든다.

"그래? 그럼 한번 실컷 먹어봐!"

김영호 정장이 미소를 짓는다.

"그럼 정장님이 쏘시는 거예요?"

조중원이 입맛을 본격적으로 다시며 묻는다.

"음-, 그래 월급이 조금이라도 많은 내가 쏘마!"

"와! 역시 우리 정장님이야!"

조중원이 박수를 치며 좋아한다.

"하하! 배영남이 나중에 이 말 들으면 꽤나 배 아파하겠는걸!"

박준영이 웃으며 말을 한다.

"기관장이 그렇게 식성이 좋아?"

배영남에 대해서 전혀 모르는 조중원이 뒷좌석의 박준영을 향해 뒤돌아보며 물어왔다.

"응! 배영남에게 밀가루 한 포대를 가져와서 자장면으로 다 만들어준다고 해도 전부 다 먹어치울 걸?"

"허억!"

"하하하!"

박준영은 배영남의 식성에 깜짝 놀라는 조중원이 재미있는지 큰소리로 웃었다.

"하긴 배영남의 식성은 사관후보생 교육대에서도 알아줬지. 기합을 주기 위해 일부러 식판에다가 산더미 같이 밥과 반찬을 쌓아줬는데도 그것을 모자라다며 식판 하나를 더 먹은 유일한 사관후보생이었으니까. 하하하!"

김영호 정장도 배영남을 가르치던 훈련관 때를 회상하며 크게 웃었다.

그들은 그렇게 즐겁게 웃으며 인천해역방어사령부에서 그리 멀지 않은 곳에 위치한 차이나타운에 들어가서 잠시 여기저기 구경하다가 그중에서 가장 오래되었다는 중국집으로 가서 자장면을 시켜먹었다. 김영호 정장이 말해서 그런지 그 자장면은 기분이라는 양념을 더해 정말로 맛있었다. 그리고 박준영의 예감대로 이 말을 나중에 들은 배영남은 사관실의 탁자를 두 손으로 쳐대며 아쉬워했다. 하지만 배영남의 아쉬움은 오래가지 않았다. 참수리 고속정이 출동 임무를 끝내고 입항해서 상륙하게 되면 매번 차이나타운으로 가서 자장면을 먹는 것으로 원칙을 세웠기 때문이다. 다만 사관 당직은 순번으로 돌아가며 서야 하기 때문에 당직에 걸리면 걸린 자만 그날은 자장면이 없는 것이다.

박준영이 타고 있는 참수리 고속정은 해군 223기지로 출동 나가는 배이다. 해군 223기지는 서해에 떠 있는 소이작도에 있다. 그런데 황천 1급과 같은 높은 풍랑은 그들이 인천의 부두에 정박해 있을 때만 일지는 않는다. 그의 참수리 고속정이 해군 223기지에 있을 때에도 황천 1급의 높은 풍랑은 인다.

태풍이 오거나 황천 1급과 같은 높은 풍랑이 일 경우 인천 부두라면 참수리 고속정에서는 전역을 앞둔 부사관이나 수병에게 주말을 끼워 휴가라도 갔다 오게 하지만 해군 223 전진 기지로 출동했을 때에는 기지가 섬이라서 긴급 출장 외에는 어떤 휴가도 보낼 수가 없다. 따라서 이럴 때면 휴가는 일절 없이 참수리 고속정에서는 점심시간이나 저녁식사 이후에 대원들을 기지내 연병장이나 기지 밖의 초등학교로 보내 체육활동을 시켜 선상 생활로 인해 약해지기 쉬운 건강과 체력을 관리토록 한다. 그런데 파도가 높이 인다고 하여 날씨까지 반드시 같이 우중충하지는 않는다. 오히려 태풍의 눈 안에 들어 있으면 날씨가 쾌청하다고 하듯이 맑은 하늘과 쏟아지는 햇살이 있어도 바다는 백파를 일으키며 높은 파도가 일고 있는 경우가 많다. 그러므로 이러한 때에 해군 223기지에서 주말이라도 맞이하게 되면 별다른 출항 명령이 없는 경우 참수리 고속정의 대원들은 건강관리와 체력단련을 위해 어김없이 배에서 내려 기지내에서 운동을 하거나 기지 밖에 있는 초등학교 운동장에서 편을 갈라 축구를 한다. 박준영의 참수리 고속정 경우에는 부사관 팀과 수병 팀으로 항상 편을 갈랐다.

9월 마지막 주 토요일. 박준영은 해군 223기지에 출동을 나가 있는 상태였다. 그런데 황천 1급이어서 파도는 몹시 사납게 일고 있었지만 날씨는 쾌청했다. 이에 오후가 되자 당직자들만 남고 나머지 대부분의 대원들은 상륙하여 기지 밖에 있는 초등학교 운동장으로 축구를 하러 갔다. 이때 대원들은 박준영이 인솔했다. 그로서는 이의 인솔이 처음이었다. 그동안 배영남이 맡아서 해왔는데 마침 그가 감기에 걸려서 골골대는 바람에 박준영이 대신 인솔하여 나온 것이다.

운동장에서 대원들은 매우 격렬하게 축구를 했다. 여기저기서 무릎이 까지는 자가 속출했다. 수비를 맡고 있는 병기장 차형권 중사가 미끄러지면서 공을 차냈다. 자칫 잘못 됐으면 골인될 뻔한 위험한 순간이었다.

그가 공을 차내자 부사관 편의 골대 문전까지 맹렬하게 공을 몰고 갔던 갑판수병 윤지수 병장이 머리를 감싸며 외마디 신음 소리를 내질렀다.

"아-!"

윤지수 병장은 몹시 아쉬워했다. 반면 부사관들은 박수를 쳐대며 환호했다. 차형권 중사의 선전이었다. 그런데 이로써 차형권 중사는 이 축구시합에서 4번째로 무릎이 까지는 대원이 되었다. 조타장 김인균 중사와 병기 부사관 권상락 하사 그리고 갑판수병 류재영 병장은 이미 무릎이 까진 상태이다.

여기서 구연호 하사와 류재영 병장은 어제 나란히 민간 여객선을 타고 소이작도로 들어와 참수리 고속정으로 복귀하였다. 그들이 10박 11일간의 말년 휴가를 마치고 다시 인천해역방어사령부로 돌아왔을 때는 이미 그들의 참수리 고속정은 여기 해군 223기지로 출동을 떠난 뒤였다. 그런데 그들이 전역하기까지에는 구연호 하사는 2주 그리고 류재영 병장은 3주나 아직 더 남아 있었기 때문에 그들은 육상의 대기대에서 머물지 못하고 소이작도까지 여객선을 타고 와서 참수리 고속정으로 복귀해야만 했다. 2주와 3주라면 한 차례의 출동을 더 뛸 수 있는 기간이다. 비록 구연호 하사의 경우는 인천해역방어사령부로 입항하는 날 전역하게 되겠지만 류재영 병장은 인천에 입항하고서도 1주가 더 남는 그런 긴 시간이다. 결국 그들은 두 말할 것도 없이 참수리 고속정으로 복귀해야 했다. 그러다 보니 그들로서는 이번 해군 223기지로의 출동이 마지막 출동이 되었다. 하지만 그들은 이를 불평하지 않았다. 오히려 군생활의 마지막 추억을 남길 수 있는 소중한 기회로 삼고 더욱 열심히 그리고 즐겁게 보내고 있었다.

참수리 고속정의 대원들이 축구 시합을 하는 운동장은 거친 모래가 깔린 초등학교 운동장이다. 때문에 축구를 하는 참수리 고속정 대원들이 미끄러졌다하면 미끄러진 부위가 어김없이 까졌다. 그래도 부사관이든 수병이든 몸을 사리지 않고 미끄러지며 수비하든가 공격했다.

덕분에 지금 축구에서 부사관 팀의 주장인 김인균 중사와 수병 팀 주장인 류재영 선임 병장은 이미 양 무릎이 다 까졌다. 이들은 현재 각자 3번 이상 운동장에서 미끄러지면서 공을 다룬 상태이다. 덕분에 이들의 양쪽 무릎은 훌랑 다 벗겨졌다. 뿐만 아니다. 부사관 팀의 핵심 공격수인 김인균 중사와 수병 팀의 핵심 공격수인 류재영 병장은 그동안 그들의 축구 관록을 보여주듯이 군복바지마저 헤질 정도가 되었다.

운동장 밖에서 축구를 관전하던 박준영은 대원들이 도대체 왜 저렇게 결사적으로 축구를 하는지 궁금했다. 마침 전반전이 끝나자 박준영은 물을 먹으러 운동장에서 나오고 있는 김인균 중사를 불렀다. 그는 이 배에만 벌써 2년째 근무 중으로서 만삭이 된 아내가 있다. 한 달 뒤면 출산이라고 한다. 그러고 나서 결혼식을 할 것이라고 한다. 지각 결혼인 셈이다. 그래도 그는 행복하다. 결혼식을 미뤘던 이유는 집을 마련하기 위함이었다. 결혼식 비용을 집 마련하는 자금으로 저축하는 바람에 결혼식을 올리지 못했던 것이다. 그런데 지금은 새집도 마련하고 아기도 생기고 결혼식도 하게 되었다. 새집으로는 아직 들어가지 않았다. 결혼식을 하고 신혼여행 갔다 온 후 들어가기로 하였다. 그래서 그는 이 모든 행복이 한꺼번에 이루어지는 10월이 몹시 기다려진다. 때문에 대원들은 그를 '10월의 사나이'라는 별명까지 지어줬다. 그가 하도 10월을 기다려대서이다.

"조타장! 너무 과격하게 하는 것 아냐?"

박준영은 다소 걱정스레 물었다.

"예? 아니에요! 이 정도는 보통입니다!"

"그래?"

"예!"

"그런데 이렇게 열심히 해서 이기면 뭐가 있나?"

"예!"

"뭐? 뭐가 있는데?"

"진 팀이 이긴 팀에게 해삼을 갖다 바쳐야 합니다."

"해삼?"

"예!"

김인균 중사는 박준영이 깜짝 놀라자 씨익 웃는다.

"조타장! 여기에서 갑자기 무슨 해삼 타령이야?"

"부장님은 가만히 계셨다가 시합 끝나고 보시면 알게 됩니다."

"그래?"

"예! 그리고 부장님은 기다리셨다가 해삼을 양껏 드시기만 하면 됩니다."

"그럼, 너희들이 해삼을 잡는 거야?"

"예!"

"그러면 여기 어민들은 어떡하고? 피해를 주는 것 아냐?"

"아니에요! 우리는 민간인 출입 금지 구역에서 잡기 때문에 어민들에게 피해를 주지 않습니다."

"그래! 어민들에게 피해는 주지 마라!"

"예! 걱정 마십시오."

조타장 김인균은 하얀 이를 드러내며 씩 웃고는 다시 운동장으로 들어갔다. 잠시 후 양쪽 팀 다 득점 없이 후반전이 시작되었다. 후반전에서도 공격의 주도권은 계속 수병 팀이 가졌다. 류재영 병장이 공을 몰고 가다가 반대쪽으로 멀리 공을 찼다.

"김영우! 받아!"

류재영 병장이 찬 공은 또 다른 수병의 발밑에 정확히 떨어지고 있었다. 그런데 공을 넘겨받은 수병은 허둥지둥 대면서 공을 누구에게 보내주어야 좋을지 몰라 쩔쩔매었다. 그는 몸이 잔뜩 굳어 있었다. 하지만 그로서는 그럴 수밖에 없었다. 그는 이제 실무 생활 2주째에 접어드는 이병이기 때문이다. 병기병인 그는 이름이 김영우로서 키가 182cm인데 살집이 통통하게 올라 있는데다가 아직은 군 생활이 익숙치 않아 어리바리해서 오자마자 별명이 곰이 되어버린 대원이다. 약지 못하고 어수룩한 그는 이 세상에서 제일 친한 여자 친구이자 애인이 바로 엄마였다. 아버지도 있었으나 친아버지가 아니다. 그래서 어려서부터 엄마에게 의존하고 살았다. 형제도 없는 그는 모든 생활을 엄마하고만 했다. 새아버지가 있었으나 그는 외항선원이어서 거의 집에 없었다. 때문에 그는 항상 엄마하고만 같이 지냈다. 그래서 고등학교를 졸업하고 입대를 할 때도 남들은 여자 친구가 배웅해주었지만 김영우는 오직 엄마만 나와서 배웅을 해주었다. 그는 지금도 잠들면 매일 엄마 꿈만 꾼다고 한다. 그리고 엄마 꿈을 꾸고 나면 꼭 지갑에서 엄마 사진을 꺼내 한참 동안 들여다보며 눈시울을 붉히곤 하였다. 김영우는 그런 여린 마음의 소유자였다. 그래서인지 김영우는 과격하지도 않고 겁도 많았다. 그런데 그러한

그가 공을 잡았으니 이 살벌한 축구 경기에서 주눅이 드는 것은 어찌
보면 당연한 일이다. 승부욕이 강한 김인균 중사가 그의 엉거주춤 대는
것을 그대로 내버려둘 리가 만무이다. 김인균 중사가 김영우 이병에게
쏜살같이 달려들었다. 이때 이를 본 류재영 병장이 김영우 이병에게 외
쳤다.

"야! 김 이병! 다시 나에게 보내!"

그러나 이미 김영우 이병은 김인균 중사에게 공을 뺏기고 있었다. 그
러자 류재영 병장은 다시 김영우 이병에게 소리쳤다.

"김 이병! 잡아! 잡아! 놓치면 우리가 이겨도 넌 해삼 없다!"

순간 김영우 이병은 김인균 중사를 잡았다. 실제로 움켜잡은 것이다.
그것도 그의 바지를 움켜잡았다. 실력으로는 도저히 김인균 중사에게서
공을 빼낼 수가 없으니 그의 다리를 잡고 늘어진 것이다.

"안 놔? 안 놔?"

김인균 중사는 김영우 이병에게 잡힌 오른쪽 다리를 마구 휘저었다.
그러나 육중한 몸매의 김영우 이병은 양손으로 죽기 살기로 잡고 늘어
졌다. 이를 본 기관부 수병 김종욱 상병이 재빨리 달려왔다. 그는 늘 웃
는 얼굴을 하고 다니는데다가 얼굴에는 볼살이 많이 있어서 매우 귀여
워 보였다. 때문에 기관사 정운 상사는 심심하면 그를 끌어안아 뺨을 비
벼 댔다.

"에그 귀여운 내 새끼!"

이 말은 정운 상사가 그를 끌어안을 때마다 하는 말이다. 정운 상사에
게 외아들이 있는데 그 아들도 볼에 살이 많다고 한다. 그는 아들이 초
등학교 4학년일 때 아내를 잃었다. 난산이었다고 한다. 그가 아직 중사

였을 때 구축함을 타고 한 달 간 동해로 출동 나가 있는 동안에 그의
아내가 둘째를 낳다가 죽었다. 이후 그의 외아들은 외가에 맡겨졌다. 엄
마도 없이 그나마 아빠도 한 달에 한 번 잠깐 보며 자란 아들을 생각하
면 그는 지금도 눈물을 비춘다. 그는 아직도 엄마를 그리워하는 아들을
위해 여태 홀몸으로 살아왔다. 그래서인지 정운 상사는 볼살이 많은 김
종욱 상병을 보면 아들 생각에 그를 더욱 귀여워했다. 하지만 참수리 고
속정에서 현재 그는 소위 '상꿋'으로 불리는 상병 최고의 꿋발이다. 수
병 중에서 병장 외에는 그에게 함부로 할 수 없는 위치이다. 그러나 정
운 상사 앞에서는 여전히 귀여운 애기이다. 김인균 중사는 자기에게로
재빨리 뛰어오고 있는 김종욱 상병을 보자 축구 심판을 보고 있는 갑판
장 채병근 원사에게 다급하게 소리쳤다.

"심판! 심판! 갑판장님! 이거 휘슬 안 불어요?"

"왜 불어? 안 불어!"

"에엑? 아니 이거 반칙이잖아요!"

"난 골인인가 아닌 가만을 판단해! 그냥 경기는 계속된다!"

"우와! 그런 게 어딨어요!"

"어딨긴! 여기 있지!"

"우와! 갑판장님 수병 팀 후원자시라고 너무 편드신다! 우와!"

김인균 중사는 어이없다는 듯이 소리 질렀다. 이때 김종욱 상병이 그
의 발밑에서 공을 빼내려고 연신 차대고 있었다. 그러나 원채 노련한 김
인균 중사는 도대체 뺏기지를 않는다.

"우리 팀 후원자신 기관사님은 왜 축구는 안 하시는지 몰라! 아-! 미
치겠네!"

공을 뺏기지 않으려고 이리저리 굴려대는 김인균 중사는 부사관 팀 후원자이지만 개인적으로 테니스를 더 좋아해서 축구하는 시간에 테니스만 치는 기관사 정운 상사를 원망해댄다. 그런데 테니스를 정운 상사만 좋아하는 것은 아니었다. 구연호 하사도 테니스 광이었다. 그는 고등학교 다닐 때 테니스 선수였고 입대 전까지 동네 테니스장에서 코치를 했었다. 때문에 정운 상사는 항상 구연호 하사와 단짝이 되어 테니스를 즐겼다. 그래서 지금도 정운 상사와 구연호 하사는 여기 초등학교 운동장에서 축구를 하고 있는 것이 아니라 기지 내의 테니스 코트에서 테니스채를 휘두르고 있는 중이다.

"호호호! 여기에 없는 너네 후원자 기관사는 왜 찾아?"

김인균 중사를 은근히 놀려대는 채병근 원사는 자기가 후원하는 수병 팀이 김인균 중사에게서 빨리 공을 빼내가기를 아예 팔짱을 낀 채 서서 기다린다.

"우와! 우와!"

김인균 중사는 기가 막혀 고함만 지른다. 그런데 이제는 류재영 병장까지 합세하러 달려왔다.

"에라이! 그래 넌 이거나 가져라!"

김인균 중사는 류재영 병장까지 공 뺏는 것에 가담하자 한쪽 팔을 마구 휘저으면서 류재영 병장과 김종욱 상병을 물리치며 말 한마디를 툭 내 던지고는 공을 몰고 다시 내달리기 시작했다. 그러자 채병근 원사와 류재영 병장 그리고 김종욱 상병과 김영우 이병이 각자 놀란 소리를 거의 동시에 냈다.

"얼라?"

"어?"

"억?"

"헉!"

김인균 중사가 바지를 벗고 팬티 바람으로 공을 몰고 가버린 것이다. 이들이 축구 시합을 갖는 초등학교 운동장에는 지금 오직 이들 밖에는 없다. 이 초등학교는 학생 수가 10여 명 되는데다가 금요일이면 대개 육지로 나가버리기 때문에 주말에는 운동장에 아무도 없는 것이다.

김영우 이병은 알맹이가 빠져버린 빈 반지만 손에 들고 멍하니 김인균 중사를 지켜보고 있을 뿐이었다. 시간은 얼마 안 걸렸다. 곧 부사관 팀에서 난리가 났다.

"골인! 골인!"

마침내 부사관 팀에서 한 골을 넣은 것이다. 기세가 오르자 골은 쉽게 또 터졌다. 이번에도 역시 부사관 팀에서 골을 넣었다. 김인균 중사가 높이 올려 준 공을 병기 부사관 차기태 하사가 받아 그대로 중거리 슛으로 골인을 시킨 것이다. 차기태 하사는 골인을 시키자 김영우 이병에게 고맙다며 손을 흔들었다. 그의 골인에 혁혁한 공을 세운 자가 바로 김영우 이병이었기 때문이다. 그가 찬 공은 곧바로 김영우 이병에게로 날아갔다. 이때 김영우 이병은 반사적으로 공을 막은 것이 아니라 반사적으로 공을 피했다. 결국 공은 또 골인되었다.

약이 바짝 오른 류재영 병장은 혼자서 공을 질풍같이 몰고 달렸다. 그는 수비수 차형권 중사를 가볍게 제쳤다. 그러자 부사관 팀의 골키퍼인 병기 부사관 이재문 하사가 그를 막아섰다. 그러나 이재문 하사는 류재영 병장의 공을 막지 못했다. 류재영 병장이 그를 피하기 위해 일부러

공으로 골대 기둥을 맞히면서 공이 골대 안으로 꺾여 들어가도록 했기 때문이다. 이재문 하사는 묘기에 가까운 그의 골인에 멍하니 서 있을 뿐이었다.

한 시간 후, 마침내 축구가 끝났다. 부사관 팀이 수병 팀에 대해 2대1로 이겼다. 이긴 편에서는 환호성이 터졌고 진 편에서는 투덜대는 소리와 걱정하는 소리가 섞여 나왔다.

"아이고 9월이라 물이 찬데……!"

물속에 들어가 해삼을 잡아 올려야 할 책임을 진 수병 팀 주장 류재영 병장이 땀을 닦으며 걱정을 해댄다. 그는 박준영이 참수리 고속정으로 처음 부임했을 때 현문에 서 있던 수병이다. 즉, 그는 박준영이 부임 함정에서 제일 먼저 맞닥뜨렸던 대원이 되는 셈이다.

해삼을 잡으려면 잠수를 해야 하므로 아무나 할 수 있는 일이 아니다. 박준영의 대원에서 해삼을 능숙하게 잡을 수 있는 사람은 아까 박준영과 대화를 나눴던 김인균 중사와 박준영이 참수리 고속정에서 처음 만났던 대원인 류재영 병장뿐이다. 때문에 김인균 중사나 류재영 병장 중 어느 한 명이 휴가나 출장을 나가 자리에 없게 되면 해삼 내기 축구 시합은 이루어지지 않는다. 이들 중 어느 한 명이라도 없으면 공석인 편에서 시합에 질 경우 해삼을 제공하는 것이 곤욕으로 되거나 실패하게 되기 때문이다. 이러한 이유로 김인균 중사와 류재영 병장은 각각 자기편의 주장이면서 한편으로는 해삼잡이 대표가 되었다. 나머지 사람들은 그저 그렇고 그런 정도의 실력이므로 조금 도움을 주든가 아니면 방해만 될 뿐이다. 따라서 무더운 여름날 물놀이 겸 해삼 잡으러 물속에 들어가지 않는 한 해삼은 주로 이들 두 명에 의해 시합의 결과에 따라 번갈아가며 조달되었다. 이번 해삼 잡이에서는 다른 사람은 들어가지 않고 한 사람만 들어가기로 하였다. 그런데 지금 이 시합에서는 김인균 중사 편이 이겼으므로 오늘은 류재영 병장 혼자서 해삼을 잡아 올려야 한다. 해삼의 시식 권한에 있어서는 축구에서 이긴 팀이 우선적으로 갖는다. 따라서 해삼의 양이 적으면 진 팀에게 양이 적게 돌아가거나 아예 돌아가지 않는 경우도 간혹 생긴다. 그러므로 해삼을 풍족하게 먹으려면 무조건 시합에서 이기고 봐야 한다.

"부장님! 가시지요?"

시합에서 이긴 김인균 중사가 싱글벙글 웃으면서 박준영에게 말했다.

"으응? 그래 가자!"

박준영은 운동장 바깥에 있는 벤치에서 일어나며 엉덩이를 털고 김인균 중사가 인도하는 곳으로 따라 갔다. 그들은 다시 기지 내의 철책 안으로 들어와 얼마간 해안선을 따라 걸었다. 그리고는 어느 장소에 이르자 걸음을 멈추고 류재영 병장을 불렀다.

"재영아! 준비 됐지? 우리 시장하다!"

김인균 중사가 일부러 배를 쓰다듬으며 놀리는 투로 말했다.

"뭐! 지난번에는 조타장님이 수고했으니까 도의상 이번에는 제가 하지요!"

류재영 병장은 지지 않고 응수하며 옷을 벗었다. 전역까지 이제 겨우 3주를 남겨 놓고 있는 그로서는 이번 출동이 마지막 출동인 셈이다. 그는 앞으로 인천항으로 입항하고 나서 일주일 후면 전역신고를 할 것이다. 때문에 그는 지난번 인천항에서 받은 10박 11일 간의 말년 휴가 때 예비군 마크를 박은 모자와 군복 등을 미리 준비해가지고 들어왔다. 그리고는 아예 자기의 침대 곁에다 그 예비군 군복과 모자를 걸어놓고는 다른 대원들에게 자신은 곧 전역할 몸이라는 것을 은근히 과시하며 희망과 설렘에 부풀어 있었다. 그런데 그는 이것도 모자라 쉴 때마다 예비군 군복을 내려놓고 콧노래와 함께 다려대곤 했다. 덕분에 그의 예비군 군복은 하루 동안에 무려 6번이나 다림대 위에서 다리미에 눌려야 했다.

하지만 류재영 병장처럼 말년인 구연호 하사는 예비군 군복과 모자를 미처 준비하지 못했다. 그는 집이 전라남도 해남이기 때문에 집이 수원인 류재영 병장과는 달리 차시간이 빠듯했다. 이에 그는 휴가를 마치고 올라오는 날 예비군 군복과 모자를 준비할 생각으로 집부터 먼저 내려갔다. 그러나 예정과 달리 그는 집에서 조금만 더 조금만 더 하면서 지체하다가 그만 너무 늦게 출발하여 인천에 도착했을 때는 예비군 마크를 달아주는 마크사가 모두 문을 닫은 뒤였다. 결국 그는 예비군 군복과 모자를 전혀 갖추지 못한 채 그 다음날 곧바로 인천연안여객터미널로 가서 민간 여객선을 타고 소이작로 들어왔다. 구연호 하사는 소이작도로 들어가는 날 대기대에서 조금 일찍 나와 마크사에 들려 예비군 군복과 모자를 갖추려고 하였다. 그러나 그렇게 하지 못했다. 대기대에서 구연호 하사와 류재영 병장이 딴 짓하지 못하도록 여객선 시간에 딱 맞추어서 부대 밖으로 내보냈기 때문이다.

그래서 구연호 하사는 류재영 병장이 콧노래를 불러대며 예비군 군복과 모자를 매만질 때면 부러우면서도 속으로 부아가 났다. 그런데 류재영 병장이 그렇지 않아도 속 쓰린 구연호 하사에 대해 은근히 놀리듯이 굳이 그의 앞으로 가서 예비군 군복과 모자를 매만졌다.

결국 구연호 하사가 사고를 쳤다. 류재영 병장이 저녁 식사하러 선실에서 나간 사이에 구연호 하사가 류재영 병장의 예비군 군복과 모자에서 예비군 마크를 뜯어내고는 예비군 마크의 자수도 칼로 끊어서 죄 뜯어내버린 것이다. 그리고는 그것을 류재영 병장의 군복 바지에 넣어버렸다.

류재영 병장은 식사를 마치고 선실로 돌아오자 예외 없이 자신의 예비군 군복과 모자를 찾았다. 그러나 그는 곧 얼어버리듯이 제자리에 가만히 서 있었다. 자기가 그토록 자랑스러워하는 예비군 마크가 없는 것이었다. 류재영 병장은 누구의 소행인지 바로 짐작이 갔다. 그러나 자기보다 상관이고 증거도 없으므로 류재영 병장은 그저 가만히 서 있기 했다. 구연호 하사는 류재영 병장의 놀라는 모습을 즐기기 위해 선실의 한 구석 앉아 책을 보는 척하면서 한 눈으로는 그를 은근슬쩍 보고 있었다. 하지만 구연호 하사는 슬그머니 고개를 돌리고 말았다. 류재영 병장이 말없이 눈물을 뚝뚝 흘리며 소매로 눈물을 닦아대는 것을 보았기 때문이다.

그날 밤 모두가 잠든 시간에 구연호 하사는 통신실에 들어가 앉아 밤새 자수를 떴다. 마크에 남아 있는 실선에 따라 한 땀 한 땀 정성스레 자수를 놓았다. 하지만 모양은 엉망이었다. 그러나 형태는 무엇인지 알아볼 수 있었다. 그는 류재영 병장이 준비한 예비군 군복과 모자에 그 마크를 다시 붙여 놨다. 그리고 그의 윗도리 호주머니에다가 쪽지 하나도 넣어 놨다.

'미안해! 내가 먼저 나가서 재영이 것은 멋진 걸로 준비해 놓을게!'

그 다음날 아침, 류재영 병장은 이전과 다름없이 콧노래를 부르며 자신의 예비군 군복과 모자를 열심히 다리미질 했다. 그리고 대원들은 그것을 보면서 예비군 마크가 왜 그러냐고 아무도 묻지 않았다. 다만 싱긋 웃고 지나갈 뿐이었다.

그날 저녁 구연호 하사는 새로운 버릇이 들고 있었다. 그것은 그가 시간 나는 대로 바지 호주머니에 손을 넣는다는 것이다. 그것도 꼭 왼손만을 넣는 것이다. 그가 그런 버릇을 길들이게 된 원인은 바로 류재영 병장에게 있었다. 류재영 병장이 구연호 하사로부터 비록 엉성하기 그지없지만 그래도 예비군 마크 같은 마크를 받고서는 그날 지퍼 라이터 크기의 나무에다가 예비군 마크를 새겨서 그에게 선물로 주었던 것이다. 류재영 병장은 나무로 만드는 공예에 소질이 많아 평소에도 전역하는 대원들을 위해 나무를 깎아 군함이나 새우 또는 병장기 모형 등을 만들어 선물하곤 했었다. 이번에도 그 재능을 십분 발휘한 것이다. 이에 그날 저녁부터 구연호 하사는 항상 그 나무로 된 예비군 마크를 왼쪽 바지주머니에 넣고는 틈나는 대로 만지작거리며 다녔다.

류재영 병장은 전역을 불과 3주 앞둔 왕고참이었지만 그는 자신이 해왔던 일에 대해서는 후임에게 일절 미루지 않았다. 그래서 이번 해삼의 채취에 있어서도 부족한 실력이나마 그래도 해삼을 잡을 수 있는 그의 후임 병장이자 갑판병인 윤지수에게 미룰 수 있었지만 그는 자기가 있는 한은 자기가 한다며 혼자서 바다에 들어가겠다고 나섰다.

류재영 병장은 바지 속에 수영복을 이미 입고 있었다. 옷을 벗은 그는 간단히 맨손 체조를 좀 하고는 물속으로 첨벙첨벙 들어갔다. 해삼이 나는 곳은 섬의 안쪽 깊숙한 곳이어서 섬 멀리 바다에서는 백파가 보일 정도로 파도가 거칠게 일고 있었으나 류재영 병장이 들어간 곳은 백파는커녕 마치 연못처럼 잔잔한 너울만 일고 있었다.

"으- 차가워!"

류재영 병장은 물이 허리쯤 오는 곳에 이르고서는 일부러 몸을 오므리며 추워하는 모습을 익살스럽게 해보였다.

"야! 류재영! 추우면 그냥 나와! 국수나 먹자!"

물이 제법 차갑기 때문에 채병근 원사가 걱정을 한다.

"괜찮습니다! 그렇게 안 차갑습니다!"

류재영 병장은 채병근 원사에게 손을 흔들며 소리쳤다. 그리고는 곧 팔을 사방으로 휘두르며 몸을 풀더니 물속으로 사라졌다. 해삼은 그리 깊지 않은 곳에 있었다. 기껏해야 어깨 정도 높이의 물속에 있었다.

30분 후, 해안에서는 때 아닌 해삼 잔치가 벌어지고 있었다. 류재영 병장이 자신의 실력을 유감없이 발휘한 것이다. 그가 잡아 올린 해삼의 양은 부사관 편뿐만 아니라 수병 편 인원도 모두 풍족하게 먹을 수 있는 양이었다. 박준영은 태어나서 해삼을 이렇게 질리도록 먹어본 적이 없었다.

"부장님! 여기 흑해삼입니다! 드셔보십시오!"

김인균 중사가 팔뚝만한 시커먼 해삼을 통째로 들고 왔다. 그리고 그의 뒤에는 류재영 병장이 조그만 식칼을 들고 바로 회를 쳐드리겠다며 따라왔다.

"으으! 죽인다고 해도 더 못 먹어!"

바위 위에 걸터앉아 해삼을 먹던 박준영은 뒤로 슬금슬금 물러나며 다른 바위로 엉덩이를 옮겼다. 그는 바로 직전에 채병근 원사가 썰어주는 홍해삼을 두 마리나 먹은 뒤였다. 여기 해삼들은 아무리 작은 것이라고 해도 손바닥보다 컸다. 대부분 팔뚝만 했다. 그런 것을 박준영은 적어도 23마리 이상은 족히 먹었을 것이다. 그러니 박준영은 또 팔뚝만한 해삼을 들고 오는 김인균 중사와 이를 회쳐주겠다며 따라 오는 류재영 병장이 아무리 고마워도 전혀 고맙게 보이지가 않는다. 이러다가 내가 해삼으로 배 터져 죽지 하는 생각만 들뿐이다. 이제 박준영은 해삼만 보아도 신물이 올라올 정도로 먹었다. 그러다 문득 배영남이 생각났다.

'뭐야? 그럼 영남이 이 녀석은 매번 이렇게 해삼을 먹었다는 거 아냐?'

박준영은 은근히 배영남이 괘씸해졌다. 배영남이 지금까지 3번 대원들을 인솔해서 기지 밖으로 축구하러 나갔었는데 이렇게 해삼을 먹었다는 얘기는 한 번도 하지 않았기 때문이다.

"조타장! 그럼 기관장은 얼마나 먹었나?"

"예? 기관장님은 드신 적이 없습니다."

"뭐? 먹은 적이 없어?"

박준영은 의아해지면서 되물었다.

"예!"

"왜?"

"첫 날은 파도가 너무 세서 우리가 바다에 못 들어갔고요, 두 번째는 시합이 무승부로 끝나서 아무도 안 들어갔고요, 세 번째는 우리 부사관 팀이 졌는데 제가 감기가 심해서 그냥 마을 식당에 가서 국수나 말아 먹었습니다."

"뭐? 하하하하!"

박준영은 그 식성 좋은 배영남이 이렇게 넘쳐나는 해삼을 한 번도 먹을 기회를 얻지 못했다는 사실에 웃음이 터져 나왔다. 이제 보니 배영남이 해삼을 먹은 사실을 숨긴 것이 아니라 해삼을 먹는다는 사실조차도 모르고 있었던 것이다.

‘이거 앞으로 축구 인솔은 내가 전담해 버려? 아니야! 그래도 해삼 한 번 못 먹어본 배영남이 불쌍하니 양보해야지. 그럼 작전관은 먹어봤나? 이따가 물어봐야겠군!’

박준영은 바위 위에 걸터앉아 혼자서 이 생각 저 생각하면서 자기 앞에 널려 있는 해삼을 물끄러미 바라보고 있었다.

참수리 고속정은 소형 함정이어서 출동 임무를 수행한다고 해도 초계함이나 구축함처럼 해상에서 계속 순회하며 경비를 서지 않는다. 대체로 이송이나 기동 훈련 또는 무력시위나 기동 타격 같은 경우에 한해 운항을 하고 그 외는 섬에 있는 해군의 해상 전진 기지 또는 바다에 정박시켜 놓은 대형 바지선으로 만든 해군의 해상 정박 기지에 계류한 채로 대기하고 있다. 따라서 박준영의 경우는 소이작도에 있는 해군 223 해상 전진 기지에 정박한 채로 대기 상태에 있는 것이 곧 해상으로 출동을 나가 있는 것이 된다.

지금은 어느덧 10월 초순이지만 박준영의 참수리 고속정은 해군 223 해상 전진 기지에 여전히 나가 있었다. 즉, 그의 참수리 고속정은 계속 출동 상태를 유지하고 있는 것이다. 출동 임무는 특별한 일이 없는 이상 보름간 주어진다. 따라서 박준영은 출동을 나가게 되면 적어도 해군 223 해상 전진 기지에 보름은 있어야 한다. 참수리 고속정의 출동 임무는 참수리 고속정이 인천의 해역방어사령부 항구로 입항하면서 끝난다. 그 다음에는 항시 출항 대기 상태로서 보름간 해역방어사령부 항구에 정박한다. 이때 사소한 선박 수리가 이루어지고 부사관 및 수병의 당일 외출 상륙과 기타 여러 육상 훈련이 실시된다.

박준영의 참수리 고속정은 아직도 해군 223 해상 전진 기지에 머물면서 10월 첫 주에도 그간 일주일 사이에 이송을 5차례 했고 세 번의 긴급 이송 그리고 한 차례의 편대 기동 훈련을 했다. 뿐만 아니라 자체 해상 사격 훈련도 4차례나 실시했다. 이후 남는 시간에는 해상으로 나가서 또는 해군 223기지에 정박한 상태에서 틈틈이 전투배치 훈련을 실시했다. 그야말로 일주일을 어떻게 보냈는지 모를 정도로 바쁘게 돌아간 나날들이었다.

10월 6일, 박준영은 어느 새 10월 들어 첫 주말을 해군 223기지에서 다시 맞이하고 있었다. 토요일 오후 특별한 출항 명령이 없자 정장의 명령으로 배영남이 대원들의 체력 단련을 위해 대원들을 인솔하여 기지 밖의 초등학교 운동장으로 축구하러 나갔다. 이때 박준영은 배 안에 남아서 업무 보고 서류를 작성하고 있었다. 그가 업무 보고 서류를 다 작성하고 나니 벌써 시간은 오후 2시가 넘어 3시가 다 되어 가고 있었다. 박준영은 자신도 운동을 해야 하므로 기지 밖의 초등학교 운동장에 가서 두어 바퀴 정도 걸을 생각이었다. 그러다 그는 문득 배영남과 다른 대원들이 지금 뭐하고 있나 궁금해졌다.

‘혹시, 또 해삼 파티를 열고 있나?’

박준영은 곧바로 해변으로 가볼까 하다가 일단 초등학교 운동장부터 가보기로 했다. 아직 출발을 안 했으면 슬쩍 따라가 볼 심산이었다. 그는 사관 당직을 서고 있는 조중원에게 학교 운동장에 가본다고 말하고는 배에서 내려 기지 정문으로 천천히 걸어갔다. 그런데 얼마간 걷다가 그는 자기 앞 저 멀리서 걸어오고 있는 수병 한 명을 보자 그를 큰소리로 불렀다.

“김 상병!”

“예! 필승!”

박준영이 부른 수병은 멀리서 그에게 거수경례를 붙이고는 곧바로 뛰어왔다. 그는 다름 아닌 기관부 수병 김종욱 병장이었다.

“너 아까 축구하러 가지 않았어?”

“예! 갔습니다.”

“그런데 너 왜 혼자 와? 다른 사람들은?”

“다른 사람들은 아직 동네 식당에서 국수 먹고 있습니다. 전 먼저 먹고 나왔습니다.”

“국수? 해삼 안 잡고?”

“예! 물이 차서 이제는 해삼 안 잡습니다.”

“응? 그래, 그렇겠구나. 그럼 이번에는 누가 이겼어?”

“조타장 편이 이겼습니다.”

“그래? 역시 부사관 팀이 강한가 보구나!”

“그건 아닙니다.”

“왜 아냐?”

“기관장님이 조타장 편에 들어가서 축구해서 그렇습니다.”

“뭐?”

김종욱 상병은 억울하다는 듯이 말해왔다.

“너? 억울해 하는 것 보니까 기관장이 골을 넣은 모양이구나!”

“예!”

“하하하! 에라이! 녀석아!”

박준영은 큰소리로 웃으면서 김종욱 상병에게 꿀밤을 한 대 먹인다.

“그래, 진 편에서는 국수 값을 어떻게 충당하냐?”

“수병 팀의 경우는 이병부터 신임 병장까지 국수 값을 면제하고 말년 병장만 오백 원을 냅니다. 부사관 팀의 경우 하사만 면제이고 중사는 천 원을 냅니다.”

“수병도 돈을 내나?”

“아무렴이요! 시합인데 지면 당연히 내야죠! 우리 수병 팀도 부사관 팀과 더불어 양대 산맥을 이루는 팀인데 이런 데서 수병이라고 열외 되면 섭섭하잖습니까!”

“오냐! 오냐! 그럼 말년 병장이 수병을 대표해서 오백 원을 내고 중사가 천 원을 회식비로 낸다고 하면…… 수병 팀이 지든 부사관 팀이 지든 아무리 메뉴를 국수로 한다고 하더라도 전체 회식하려면 돈이 되지가 안잖아? 더구나 수병 팀은 말년 병장이 5백 원만 낸다며? 그럼 어떻게 국수 값을 지불 할 수 있어?”

“예! 그래서 각 팀마다 후원자가 있습니다.”

“후원자?”

“예! 부사관 편에서는 기관사님이 후원자이고요, 수병 편에서는 갑판장님이 후원자입니다.”

“그래? 그럼 후원자는 뭐하는데?”

“매 경기마다 자기의 후원 팀이 지게 되면 5만원을 내줍니다.”

“오호! 그거 재미있네. 그럼 장교는 얼마야?”

“장교님은 금액이 없습니다. 들어가신 팀이 지게 되면 무제한입니다.”

“뭐? 임마! 그런 게 어딨어?”

“어? 내내 그렇게 해왔습니다!”

“이런! 대원들하고 축구 몇 번하다가는 난 파산 나겠다!”

박준영은 고개를 절레절레 흔든다.

"그래 알았다. 어여 가봐!"

"예! 필승!"

김종욱 상병은 거수경례를 부치고는 뒷걸음을 좀 치고는 뒤돌아섰다.

"엇? 잠깐 정지!"

"예?"

김종욱 상병은 박준영의 갑작스런 정지 명령에 당황하면서 얼른 뒤돌아선다.

"어이! 김 상병!"

"예! 상병 김종욱!"

"뒤로 돌앗!"

"예?"

"안 돌아?"

"예!"

김종욱 상병은 엉거주춤하며 뒤돌아섰다.

"너 뒷주머니에 든 것이 뭐야?"

박준영은 되돌아선 김종욱 상병의 뒷주머니를 가리키며 물었다. 김종욱 상병의 뒷주머니는 무엇이 잔뜩 들었는지 볼록했다. 그리고 덩굴 같은 것이 뒷주머니에서 몇 가닥 삐죽이 나와 있었다.

"꺼내 봐!"

"예!"

김종욱 상병은 잠시 망설이더니 이윽고 뒷주머니에 손을 넣어 꿈지럭거리다가 무엇인가 열매 같은 것을 꺼내들었다.

“저 이겁니다!”

김종욱 상병은 다시 뒤돌아서서 박준영에게 주머니 것을 내보이며 머리를 긁적였다.

“응? 이거 으름 아냐?”

“예! 맞습니다.”

김종욱 상병이 국수를 빨리 먹고 식당에서 혼자 먼저 나온 이유가 따로 있었던 것이다. 바로 이 으름 열매를 따기 위해 먼저 나왔던 것이다.

“너 이거 왜 땄어?”

“제가 어렸을 때 많이 먹었던 거라서 옛 생각이 나서 좀 땄습니다.”

“그래? 고향이 어딘데?”

“제천에서 좀 들어간 송학면입니다.”

“거기도 으름이 많이 나냐?”

“예! 시장에도 자주 나옵니다.”

“오! 그래?”

“예!”

“하긴 나도 어렸을 때 많이 먹었지.”

“부장님도요?”

“응, 나도 참 좋아했어!”

“아, 예!”

“그런데 이거 어디서 땄어? 혹시 민가에서 재배하는……?”

“예? 아닙니다. 이건 순 자연산입니다. 야생 으름인데요?”

“그래? 정말이야?”

순간 박준영은 눈이 반짝였다.

“에- 예!”

김종욱 상병은 박준영의 슬쩍 달라진 태도에 조금 당황한 기색을 보인다.

“됐다!”

“예? 뭐 말입니까?”

“앞장 서!”

“예?”

“너 이거 오늘 처음 딴 거 아니지?”

“예? 예!”

“그럼 너 정기적으로 매년 따왔다는 말인데 어디냐? 그 장소가?”

“에-!”

김종욱 상병은 말을 머뭇거린다.

“아쭈! 비밀이라 이거지?”

박준영은 김종욱 상병을 아래위로 훑어본다.

“예? 아- 아닙니다!”

당황하는 김종욱 상병. 그러다 그는 어려워하는 말투로 박준영을 부른다.

“저- 부장님!”

“왜?”

“장소는 비밀로 해주셔야 합니다. 그래야 부장님과 저만 두고두고 따 먹을 수 있습니다!”

“오냐! 알았다! 자식 걱정은!”

박준영은 김종욱 상병의 등을 탁 치며 씩 웃었다.

잠시 후 박준영은 김종욱 상병을 앞세워 기지를 나와서는 동네 식당을 지나친 후 초등학교도 지나 계속 산을 향해 걸어갔다. 이렇게 박준영은 오후 운동 겸 삼아 산행에 나서고 있었다. 그러나 말이 산행이지 기지 밖 바로 건너편에 있는 조그마한 언덕이었다. 다만 숲이 우거져서 숲 안으로 들어가지 않으면 으름이 밖에서는 전혀 보이지 않았다. 그러나 일단 숲을 제치고 안으로 들어가면 사정이 달라졌다.

"우하하하! 이게 뭐야? 전부 으름이잖아?"

박준영은 나뭇가지마다 여기저기에 주렁주렁 매달려 있는 천연산 으름을 보자 감탄을 금치 못했다.

"예, 여기는 섬인데다가 사람도 안 들어오기 때문에 전혀 훼손되지 않고 수십 년에 걸쳐 형성된 천연 으름 밭입니다."

"그래! 그래! 우와! 정말 많다! 이야!"

박준영은 연신 감탄뿐이다. 그런데 문제가 하나 있었다.

"으잉? 김 상병!"

"예?"

"으름이 다 너무 높이 달려 있잖아?"

"예! 그게…… 좀 문제라면 문제입니다."

김종욱 상병은 머리를 긁적였다. 여기 있는 으름덩굴은 사람이 인위적으로 재배한 것이 아니라서 으름덩굴마다 각자 자유분방하게 나뭇가지를 휘감아 올라간 것이다. 결국 아득히 높은 곳 아니면 손이 닿을 듯 말 듯한 높이에 마치 그들을 놀리듯이 탐스런 으름 열매가 주렁주렁 매달려 있는 것이었다.

"아우! 저걸 어떻게 따?"

박준영은 연신 깡충거리며 뛰어봤지만 손끝에만 살짝 건들어질 뿐 으름은 딸 수 없었다.

"야잇! 김 상병! 저거 어떻게 땄어?"

박준영은 약이 오른 표정으로 김종욱 상병을 보았다.

"에- 저! 올라가야 하는데요?"

"뭐? 올라가야 돼?"

"예! 다른 방법은 없는데요."

박준영은 김종욱 상병의 말을 듣자 주변을 두리번거리면서 그나마 낮은 곳에 달려서 조금만 올라가면 으름을 딸 수 있는 나무를 찾았다. 그러나 그는 적합한 나무를 몇 그루 찾아냈지만 어느 나무에도 오르지 못했다. 그 나무들이 죄다 표피가 미끄러워서 한 발도 오르지 못한 것이다. 그리고 그나마 좀 오를 만한 표피를 가진 나무는 곧고 키가 큰데다가 가지마저 꼭대기에 주로 나있어서 으름 열매도 까마득하게 높은 곳에 매달려 있었다.

"뭐야? 이거! 그야말로 그림의 떡이잖아!"

나무들을 올려다보며 어이없어 하는 박준영. 김종욱 상병은 송구스러운 표정을 짓는다. 막막해진 박준영은 나무 꼭대기만 멍하니 쳐다본다. 그러다 그는 곧 바닥을 두리번거리면서 무엇인가 찾기 시작했다.

"에잉! 나뭇가지 어딨지?"

얼마간 이리저리 숲속을 돌아다니던 박준영은 기다란 나뭇가지 하나를 바닥에서 구해 집어 들었다.

"어? 부장님 나뭇가지 휘두르면 따도 먹기 힘듭니다."

"왜?"

"열매가 바닥에 떨어져 뒹굴면서 흙이나 마른 풀, 먼지 등이 묻으면 잘 안 떨어집니다. 그거 열매에서 다 제거하고 나면 씨밖에 안 남습니다."

"음-!"

"글구 맛있게 잘 익은 것들은 껍질째 떨어지지 않고 알맹이만 쏙 빠져서 떨어집니다. 그것도 대개 휘두르는 나뭇가지에 맞아 으깨진 상태로 떨어져 나갑니다."

"뭐? 그럼 먹지 말라는 거야 뭐야?"

박준영은 나뭇가지를 휘두르려다가 중지하고 실망스런 표정으로 김종욱 상병을 바라보았다. 그러다 박준영은 이내 다시 나뭇가지를 높이 들어올렸다.

"그래도 난 한번 해볼 거야!"

박준영은 눈에 보이는 으름 열매마다 나뭇가지를 마구 휘둘러 댔다. 그러나 그의 발 앞에 예쁘게 떨어져 내리는 으름 열매는 하나도 없었다. 5개는 마치 홈런으로 쳐 댄 야구공 마냥 숲속 저편 어디로인가 정처도 모르게 날아가 버렸고 4개는 바닥에 굴러 흙투성이가 되었다. 그리고 8개는 알맹이가 쏙 빠졌으나 김종욱 상병의 말처럼 열매의 중간 부분이 으깨졌거나 반 토막이 났거나 아예 전체가 뭉개져 버린 채 바닥으로 떨어졌다. 결국 박준영은 수확을 하나도 하지 못했다.

"뭐야! 이거! 나 안 해! 나 안 먹어!"

박준영은 씩씩거리며 나뭇가지를 바닥에 내동댕이쳤다.

"하하하!"

김종욱 상병은 햇빛에 그을린 구리빛 얼굴에 하얀 이를 드러내고 웃었다.

"으-! 으-!"

박준영은 약오른 듯이 씩씩거렸다. 얼마간 그러다가 그는 웃고 있는 김종욱 상병을 획 쳐다보았다.

"김 상병!"

"예?"

"넌 그거 어떻게 땄어?"

"아까도 말씀드렸잖습니까! 나무에 올라가야 합니다!"

"좋아! 그럼 어느 나무에서 땄어?"

"저쪽 저 나무요!"

김종욱 상병은 박준영의 뒤쪽에 있는 커다란 나무를 가리켰다.

"저 나무야?"

박준영은 뒤돌아서서 그가 가리킨 나무를 보았다. 그 나무는 적어도 수령이 수백 년은 되어 보였다. 따라서 나무를 오르기에는 그리 힘들게 보이지 않았다. 그리고 그 나무에도 으름 덩굴이 여러 가닥 휘감고 올라가 있어 으름 열매가 풍성하게 달려 있었다. 다만, 한 가지 문제는 낮은 곳에 달린 으름 열매가 하나도 없다는 것이다.

"야잇! 김 상병! 이거 뭐야? 전부 높은 데에 달려 있잖아!"

박준영은 난감한 표정으로 나무를 올려다보았다.

"저-, 그게 말입니다. 저-, 그 나무에서 제가 딸 수 있는 것은 다 땄거든요."

"뭐이?"

박준영은 김 상병을 획 돌아다보았다. 김종욱 상병은 짐짓 딴청을 피우며 박준영의 눈길을 피한다.

"음-, 그럼 이 나무 외에는 올라갈 만한 나무 없어?"

"예! 그 나무가 제일 쉽고 안전합니다."

"흠-!"

박준영은 잠시 생각에 빠졌다. 그러다 할 수 없다는 듯이 김종욱 상병을 보았다.

"김 상병!"

"예?"

"날 올려!"

"예?"

"저기 위쪽에 갈라져 나간 나뭇가지 보이지?"

박준영은 자기 키의 두 배는 훨씬 넘어 보이는 높이에서 갈라져 나간 굵은 나뭇가지를 가리켰다.

"예!"

"그 가지에 올라갈 수 있게 나를 밑에서 받쳐 올리란 말이야!"

"예? 직접 올라가시게요?"

"그럼 올라가야지? 왜?"

"에이! 다치십니다. 어려서부터 나무를 많이 탔던 제가 올라가겠습니다!"

"어? 야! 나도 나무는 제법 타!"

"그래도 다치십니다!"

"얌마! 따는 재미가 있잖아! 따는 재미! 여러 말 말고 올려!"

"다치셔도 전 책임 없습니다!"

"알았어! 어서 받치기나 해!"

박준영은 한쪽 발을 들어올렸다. 이에 김종욱 상병은 자신의 양손을 깍지 끼우고는 박준영의 발아래에 대었다. 박준영이 한 발로 김종욱 상병의 깍지 끼운 손을 밟자 김종욱 상병은 깍지 낀 손을 힘껏 위로 들어 올렸다.

"조금만 더!"

박준영은 사력을 다해 나무에 오르기 시작했다. 김종욱 상병은 깍지 끼운 손을 풀고는 박준영이 미끄러지지 않도록 그의 구두바닥을 두 손으로 있는 힘껏 밀어 올렸다.

"조금만 더! 힘내!"

박준영은 양팔을 부들부들 떨며 결사적으로 나무에 올랐다. 마찬가지로 나무 아래에서 김종욱 상병도 박준영의 구두를 받친 양손을 자신의 어깨 위까지 얼굴이 벌게지도록 들어 올리고는 계속해서 팔을 올려 점차 박준영을 자신의 머리 위에까지 밀어 올렸다. 이제 조금만 더 올라가면 나뭇가지에 올라설 수가 있다. 그러면 수두룩하게 달린 으름 열매를 양껏 딸 수 있게 된다. 박준영과 김종욱 상병은 오직 그 희망만을 바라보고 사력을 다했다. 그때였다. 참수리 고속정에서 요란한 사이렌 소리가 울려 퍼졌다. 그리고 곧이어 정신이 번쩍 나는 함외 방송이 터져 나왔다.

"출항 15분전!"

박준영과 김종욱 상병은 깜짝 놀랐다.

"뭐야? 뭐야? 출항 30분 전은 어디로 가고 왜 곧바로 출항 15분 전이야?"

박준영은 나무 위에 달라붙은 채 당황하며 기지 쪽을 바라보았다. 그의 참수리 고속정에서는 배의 측면 아래에서 이미 연돌의 배기가스가 가득 올라오고 있었다. 또 다시 사이렌이 요란하게 울려왔다. 그런데 이 기지로 함께 출동 나오는 같은 편대의 다른 참수리 고속정에서는 이상하게도 출항 준비를 전혀 하지 않고 있었다. 그리고 출항 방송도 나오지 않고 있었다.

"이거 뭐야? 야! 야! 빨리 가자! 우리 배만 긴급 출항인가 보다!"

나무를 두 팔로 휘감은 박준영은 나무 위에서 아래를 보고 다급하게 말했다.

"예! 빨리 내려오십시오!"

김종욱 상병은 나무 아래에서 박준영을 양손으로 받친 채 당황해서 어쩔 줄을 몰라 했다.

"그래! 그런데 어어! 잘 받쳐! 어어어! 으악!"

박준영은 2미터가 한참 넘는 높이에서 순간 미끄러지며 아래를 향해 그대로 곤두박질쳤다. 김종욱 상병이 당황하면서 참수리 고속정 방향을 쳐다보다가 그만 박준영을 잘 받치지 못한 것이다.

"쿵!"

둔탁한 소리와 함께 박준영은 곧장 엉덩방아를 찧었다.

"아이구우! 아이구야!"

박준영은 엉덩이를 만지면서 엉거주춤 일어났다. 엉덩이가 보통 욱신거리는 게 아니다. 그러나 지금 그게 문제가 아니다. 배가 출항을 하기 직전이다. 그는 즉시 엉금엉금 기다시피하면서 일어났다. 그리고는 곧바로 기지를 향해 부리나케 뛰기 시작했다. 김종욱 상병은 벌써 그보다 10

보 앞선 채 기지로 내달리고 있었다.

박준영과 김종욱 상병은 숨이 턱에까지 닿은 상태에서 기지로 들어오자 곧바로 기지 내의 바지선을 향해 계속 이어 달렸다. 그리고 이윽고 바지선에 들어서자 바지선 옆에 정박해 놓은 참수리 고속정으로 뛰어올랐다. 다행히 출항 5분전 방송이 나오기 전이었다. 박준영은 숨을 헉헉 내쉬면서 갑판 위의 선실 복도를 지나 함교로 후다닥 뛰어올라갔다. 밖에서 축구하던 대원들은 이미 다 들어와서 제자리를 지키고 있었다. 배영남도 마찬가지로 벌써 배로 들어와 기관장 자리에 앉아 있었다. 박준영은 가쁜 숨을 내쉬면서 김영호 정장을 쳐다보았다.

"정장님! 우리 어디로 나갑니까?"

박준영은 말없이 정장 자리에 앉아 있는 김영호 정장에게 물었다. 그런데 박준영의 물음에 김영호 정장은 무슨 소리냐는 듯이 되묻는다.

"배가 나가?"

"예!"

"왜 나가?"

"예? 아까 출항 15전이라고 하지 않았습니까?"

"응? 했지!"

"그런데 왜?"

"훈련이야!"

"……!"

점심시간 때 기지 식당에서 식사를 하기 위해 배에서 내린 김영호 정장은 다른 장교들과 함께 식사를 마치고는 계급이 그와 같은 대위인 이곳 기지장 표현수와 둘이서 기지장실로 들어가 잠깐 한담을 나누었다.

점심때에 박준영은 업무 때문에 나중에 따로 먹기로 하였고 배영남은 축구 시합 후에 회식한다며 먹지 않았다. 결국 김영호 정장은 조중원하고 둘이서만 기지 내에 있는 사관식당으로 갔다. 그리고 그곳에서 편대 기동에 의해 이곳 해상 전진 기지로 함께 출동 나온 같은 편대 다른 참수리 고속정의 장교들과 더불어 식사를 하였다.

기지장실에서 표현수 기지장과 이야기를 끝낸 김영호 정장은 참수리 고속정에 들어와 보니 기지 내 사관식당에서 식사를 마치고 먼저 참수리 고속정으로 내려온 조중원만 배에 있었고 박준영과 배영남은 보이지 않았다. 김영호 정장은 박준영과 배영남이 뭐하고 있나 궁금해졌다. 그는 슬슬 중간 갑판 위로 올라가 중간 갑판에 설치된 고성능 대형 망원경으로 기지 밖의 초등학교를 중심으로 이곳저곳을 둘러보았다. 그러다가 숲속에서 나무에 기어오르고 있는 박준영을 보았다. 순간 김영호 정장은 장난기가 발동하였다. 그는 대원들의 출동 태세 확인도 할 겸해서 당직자에게 출항 30분전 이란 방송 없이 곧바로 사이렌을 울리며 출항 15분전이란 말을 방송으로 내보내게 했다.

반응은 바로 왔다. 6분도 채 안 되어 갑판장 채병근 원사가 제일 먼저 참수리 고속정으로 뛰어올라왔다. 그는 축구 시합 후 대원들과 함께 마을 식당에서 국수를 먹다가 참수리 고속정의 사이렌 소리를 듣자 반사적으로 일어났다. 그리고는 대원들을 채근하며 참수리 고속정으로 달려왔다. 채병근 원사 뒤를 이어 배영남이 쫓아올라왔다. 배영남은 배에 오르자 곧바로 함교로 뛰어 올라가 기관장 자리에 걸터앉았다. 한편, 기관사 정운 상사는 갑판장 채병근 원사에게 후원금만 기탁하고는 참수리 고속정을 떠나지 않고 기관실에서 기관 잡무를 보고 있었다. 인천해역방어사령부로 귀항했을 때 보고해야 할 서류를 미리 작성하고 있었던 것이다. 이번 돌아오는 월요일에 이 참수리 고속정이 드디어 이곳 해군 223기지로의 출동을 끝내고 인천해역방어사령부로 돌아가기 때문이다. 덕분에 그는 출항 15분전 방송이 나오자마자 배의 엔진을 즉시 가동시킬 수 있었다. 김인균 중사와 류재영 병장은 대원들을 전원 신속하게 인솔해 와서는 즉시 배에 올랐다. 모두 8분 만에 그들은 전원 승선을 완료하고 있었다. 이어 갑판장 채병근 원사는 이물에 있는 1홋줄만 남기고 나머지 홋줄은 모두 걷어낼 태세를 갖추도록 갑판 수병들에게 지시를 내렸다. 그런데 이때 채병근 원사가 출항차 쓰고 있는 헤드셋 마이크에서 정장 김영호의 음성이 들려왔다.

"홋줄은 풀지 마세요!"

"예?"

"출항은 없습니다. 훈련입니다! 그래도 갑판 수병은 그대로 배치시켜두세요!"

"아! 예! 수신완료!"

갑판장 채병근 원사는 갑판 수병들을 홋줄 위치에 각자 배치시켜 둔 채 훈련이 끝나기를 기다렸다. 그때 박준영과 김종욱 상병이 배에 뛰어올랐다.

기관수병인 김종욱 상병은 갑판장 채병근 원사의 눈치를 힐끔 살피고는 갑판 위의 해치를 통해 갑판 아래에 있는 기관부로 도망치듯이 쑥 내려가 버렸다. 반면 박준영은 날아오르듯이 함교로 뛰어올라갔다. 그리고는 정장 김영호에게 배가 나가야 할 곳이 어디냐고 다급하게 물었다. 그러나 그에게 들려주는 김영호 정장의 말은 배가 나가야 할 위치가 아닌 훈련이었다는 말뿐이었다. 순간 박준영은 맥이 다 빠져버리면서 다리에 힘이 없어졌다.

이때 조타장 김인균 중사는 김영호 정장의 명령을 받아 훈련 종료를 함내 마이크로 방송했다. 박준영은 조타장 김인균의 훈련 종료 방송을 들으며 비틀거리는 걸음으로 함교를 내려갔다. 그는 긴장이 풀리자 새삼 엉덩이가 아파왔다. 2미터가 훌쩍 넘어 3미터에 가까운 높이에서 미끄러져 내리면서 엉덩방아를 찧었으니 아플 수밖에 없다. 박준영은 두 손으로 엉덩이를 비비적거리며 선실 복도를 걸어갔다.

"부장! 엉덩이가 아파?"

왠지 박준영의 엉덩이 사정을 알고 있다는 듯한 김영호 정장의 웃음기 어린 음성이 그의 뒤에서 들려왔다.

그날 밤 참수리 고속정의 함미에 홀로 선 박준영은 수많은 별이 반짝이는 가을의 밤하늘 아래에서 바다에 선명하게 비치는 달을 향해 무엇인가 던져대고 있었다. 그것은 바로 으름 열매 껍질이었다. 그는 함미에 선 채 아무도 모르게 으름 열매를 계속 맛있게 먹었다. 아까 낮에 김종욱 상병이 혼자서 땄던 으름 열매이다. 긴급 출항 훈련이 끝나자 김종욱 상병이 박준영에게 슬그머니 다가와 그의 손에 으름 열매를 한 가득 안겨주고 간 것이다. 덕분에 박준영은 그래도 그날 으름 열매를 맛볼 수 있었다.

그 다음날 10월 7일 일요일 아침은 어제와 마찬가지로 화창했다. 이제는 바다도 잠잠해졌다. 박준영은 기지 내 식당에서 아침 식사를 마치고는 식당 밖을 나와 기지 내에 가꾸어져 있는 꽃밭을 감상하며 참수리 고속정을 향해 천천히 걸어갔다. 이때 누군가가 박준영을 뒤에서 불렀다.

“박 부장!”

“예?”

얼른 뒤돌아보니 표현수 기지장이었다.

“일요일인데 운동하러 안 나가나?”

“아-! 어떻게 그렇게 되었습니다. 아침 식사 후에 대원들 데리고 운동
장으로 축구하러 가려고 했는데 오늘 오전부터 주민들이 학교에서 무슨
행사를 해야 돼서 운동장 사용이 안 된다고 학교에서 통보해 와서 대원
들 각자 자율적으로 운동하기로 하였습니다. 그 외는 아직 별다른 계획
이 없습니다.”

“그래?”

“예!”

“그럼, 대원들은 그렇다하고 박 부장은 오늘 뭐 할 거야?”

“글쎄-, 아직 잘 모르겠습니다. 그냥 산책이나 좀 할까 합니다.”

“그래? 그럼 내가 좋은 산책 코스 하나 가르쳐 줄까?”

“예? 산책 코스가 따로 있습니까?”

“아니, 그건 아니고 여기 기지 내에 대대로 전해져 내려오는 비밀의
산책 코스가 있어.”

“예? 이 기지에요? 아니 그런 게 있습니까?”

“그래 있다니까! 나도 처음에는 몰랐는데 나중에 여기 기지 병기장이
가르쳐줘서 알았어.”

“그래요? 그 코스가 좋아요?”

“응, 나도 가끔 주말에 한 30분 정도 운동 삼아 산책하고 돌아와.”

“그럼 그 코스가 기지 내 어디에 있습니까?”

“날 따라와! 입구를 가르쳐 줄게.”

표현수 기지장은 박준영을 데리고 기지 건물의 뒤편으로 걸어갔다. 뒤편 너머에는 커다란 바위들로 이루어진 야트막한 언덕이 있었다.

“저기로 가서 이 섬을 끼고 한 바퀴 돌 면 돼.”

표현수 기지장은 바위들로 된 언덕의 건너편을 가리켰다.

“저쪽으로요?”

“그래!”

“아니 저쪽은 온통 바위들뿐인데요?”

“그러니까 가보라고 하는 거야!”

“예? 왜요?”

“글쎄 가보면 알아! 얼마나 좋은지는.”

“그리고 저 건너편이라면 해변이 나오지 않습니까?”

“누가 안 나온대?”

“예?”

“그러니까 가보라는거야!”

박준영은 잘 이해가 가지 않았다. 표현수 기지장은 그렇게 좋은 비밀의 산책로라고 말하면서 정작 가르쳐 준 곳은 온통 거친 바위들로 이루어진 해변이었다. 박준영은 고개를 갸웃거리며 표현수 기지장이 가리켰던 곳을 보았다. 아무리 보아도 표현수 기지장의 말이 이해가지 않는다. 이때 표현수 기지장이 얼굴에 웃음을 머금고 다시 말해왔다.

“박 부장! 낙지나 소라 먹을 줄 아나?”

표현수 기지장은 갑자기 뜬금없이 낙지와 소라 이야기를 꺼냈다.

“예? 아니 그거 못 먹는 사람도 있습니까?”

“아니, 삶은 것 말고 회로 말이야.”

“아! 예! 저 잘 먹습니다. 없어서 못 먹고 있습니다.”

“그래? 그럼 저쪽으로 산책 가기 전에 조그마한 접이용 칼 하나 들고 가!”

“예?”

“꼭 들고 가! 나중에 후회하지 말고!”

“예? 후회요? 후회는 왜요?”

박준영은 표현수 기지장이 계속해서 이해 못할 말만 하자 눈을 동그랗게 뜨며 그를 바라보았다. 그러나 그는 대답 대신 팔을 휘두르며 간단히 체조를 하며 딴청을 부린다.

“헛둘! 헛둘 어-! 날씨 좋다!”

박준영은 맨손체조를 하는 표현수 기지장을 잠시 쳐다보다가 다시 재차 불렀다.

“기지장님!”

하지만 표현수 기지장은 대답 대신 다른 말로 묻는다.

“너희들 내일이면 인천으로 들어가지?”

“예!”

“좋겠다!”

“예, 하하하!”

내일이면 이곳으로의 출동 임무를 마치고 인천으로 돌아간다는 생각에 기분이 좋아진 박준영은 큰소리로 웃었다.

“그래, 그럼 박 부장은 산책 재미있게 하고 내일 잘 들어가라!”

표현수 기지장은 끝내 박준영의 의아심을 해결해주지 않고 그대로 기지장실로 가 버렸다.

'도대체 무슨 소리야? 산책 가는데 칼은 왜 들고 가?'

박준영은 표현수 기지장이 자리를 뜨자 도대체 이해 못할 그의 말을 생각하며 참수리 고속정으로 발길을 돌렸다. 그는 표현수 기지장의 말이 이상해도 일단 그가 하라는 대로 하기 위해 칼을 가지러 참수리 고속정으로 걸어갔다.

참수리 고속정 갑판에 오른 박준영은 내일 인천으로 입항하기 위해 갑판수병을 데리고 갑판에서 이리저리 돌아다니며 갑판을 정리하고 있던 갑판장 채병근 원사와 맞닥뜨렸다.

"저, 갑판장님!"

박준영은 갑판 아래의 사관실로 내려가려다 말고 채병근 원사를 불렀다.

"예? 불렀습니까?"

"저, 혹시 조그마한 접이식 칼 가지고 있습니까?"

"저요? 아니 그런 건 없습니다. 있다면 애들이나 가지고 있지 않겠습니까?"

"그래요?"

"그건 왜 찾으십니까?"

"아니, 좀 갑자기 쓸 데가 있어서요."

"그래요? 그럼 제가 한번 알아보겠습니다."

채병근 원사는 박준영에게 경례를 부치고는 함수 쪽으로 갔다.

"재영아! 너 혹시 접이식 칼 같은 거 가지고 있냐?"

갑판수병인 류재영 병장은 함수에 앉아서 홋줄을 정리하고 있다가 채병근 원사를 돌아보았다.

"예? 아니 전 그런 칼 없습니다."

"그래? 혹시 누가 가지고 있는지 모르니?"

"아-! 저, 윤지수가 가지고 있는 것을 전에 본 적 있습니다."

"그래! 알았다. 그런데 지수는 지금 어디 있냐?"

"아까 스나프(대걸레) 들고 선실로 내려가는 것 봤습니다."

"음, 그럼 너 얼른 선실로 가서 윤지수에게 접이식 칼 있냐고 물어보고 있으면 가지고 와라."

"예!"

류재영 병장은 하던 일을 멈추고 재빨리 일어나서 갑판 아래에 있는 선실을 향해 뛰어갔다. 그리고 얼마 안 있어 류재영 병장은 접이식 칼 하나를 손에 들고 갑판에 다시 나타났다.

"갑판장님! 여기 있습니다!"

류재영 병장은 채병근 원사에게 접이식 칼을 내밀었다.

"그래! 수고했다."

채병근 원사는 그에게서 접이식 칼을 받자 바로 뒤돌아서서 박준영에게로 갔다.

"여기 있습니다."

"아! 예, 수고하셨습니다."

박준영은 채병근 원사가 내민 접이식 칼을 받으며 칼을 이리저리 살펴보았다. 날이 날카롭게 선 것이 매우 예리했다.

"부장님! 그 칼은 어디에 쓰시려고요?"

채병근 원사가 칼의 용도가 궁금한지 박준영에게 물어왔다.

"이거요? 글쎄 저도 잘 모르겠어요. 기지장님이 이거 꼭 가지고 가라고 그러네요."

박준영 자신도 이 칼의 용도를 영 모르겠다는 표정으로 말해왔다.

"예? 기지장님이요? 아니 왜요?"

"그러게 말에요. 저에게 이 기지 내의 비밀 산책로를 가르쳐 준다고 하더니 이 칼을 꼭 지참해서 가라고 하네요."

"예? 비밀 산책로요?"

"예, 그런 게 이 기지 내에 있어요?"

"비밀 산책로?"

채병근 원사는 고개를 갸웃거린다. 그도 역시 처음 듣는다는 듯한 표정이다.

"비밀 산책로? 부장님! 기지장님이 도대체 어디로 가라고 했습니까?"

"저쪽 기지 뒤편에 있는 바위투성이의 해변이요."

박준영은 아까 표현수 기지장과 같이 있던 곳을 가리켰다.

"저쪽이요? 저쪽……?"

채병근 원사는 잠시 말이 없었다. 그러다 곧 큰소리로 웃어대기 시작했다.

"하하하하!"

"아니 왜요?"

박준영은 채병근 원사가 갑자기 웃어대자 당황하면서 물어왔다.

"아, 이제야 알겠습니다. 왜 접이식 칼을 가지고 가라고 했는지! 하하하!"

"왜요? 이유가 뭔데요?"

박준영은 영문을 몰라 하며 채병근 원사에게 물었다.

"그곳에는요, 낙지와 소라가 많이 나는 곳입니다."

"예? 낙지와 소라요?"

"예! 바위틈마다 소라가 있고 모래사장 곳곳에 낙지가 있습니다."

"예? 정말이요?"

"아마 한 30분쯤 걸어 다니시면 적어도 소라 10개와 낙지 4마리 정도는 잡으실 수 있을 겁니다."

"예에? 정말이요?"

"예! 맞습니다. 하하하! 난 또 무슨 소린가 했습니다! 하하하!"

채병근 원사는 계속 큰소리로 웃어 댔다. 이때 기관사 정운 상사가 한 손에 테니스 채를 든 채 또 한 손으로는 얼굴에 흐르는 땀을 수건으로 닦으며 참수리 고속정 갑판으로 오르다가 채병근 원사의 웃음소리를 듣고 그에게 다가왔다. 이제 막 구연호 하사와의 테니스를 끝내고 그보다 앞서 참수리 고속정으로 내려온 정운 상사는 채병근 원사의 앞에 박준영이 있자 그에게 먼저 인사를 건네 왔다.

"부장님! 부장님은 운동하러 나가시지 않습니까?"

"아니, 저도 가야죠."

"무슨 운동?"

"산책이나 하려고요."

"아, 예!"

정운 상사는 고개를 끄덕이고는 채병근 원사를 보았다.

"갑판장님! 갑판장님은 아까 왜 그리 웃었습니까? 무슨 좋은 일이라도?"

정운 상사는 얼굴에 계속 배어나오는 땀을 수건으로 연신 닦으며 물었다.

"좋은 일? 좋은 일이 뭐가 있어?"

"없어요? 난 또 갑판장님의 이쁜 따님이 시집이라도 가는 줄 알았습니다."

정운 상사는 빙글 웃으며 말했다.

"엣끼! 이제 스무 한 살인데 시집은 무슨 시집!"

채병근 원사는 펄쩍 뛴다.

"아니, 무슨 말씀이십니까? 스무 한 살이면 딱 좋은 나이인데!"

정운 상사는 여전히 능글맞게 말해온다.

"이 사람아! 지금 스무 한 살이 뭐가 딱 좋나! 적어도 서른은 넘겨야지!"

채병근 원사는 손을 휘휘 내젓는다.

"예에? 서른이요? 아니 따님을 무슨 처녀 귀신 만들 작정이십니까?"

정운 상사가 깜짝 놀란다.

"고작 서른이 무슨 처녀 귀신이야? 요즘 세상에 여자 나이 서른이면 한참 나이지. 난 둘째 딸년도 할 거 다하고 서른 넘어서 시집가라고 할 거야!"

"아이고! 그럼 우리 아들 녀석은 당분간 노총각으로 계속 있어야 하겠네!"

정운 상사는 짐짓 크게 낙담하는 표정을 짓는다.

"얼씨구! 누가 자네 아들에게 내 딸을 주기나 한데?"

"어? 왜요? 제 아들이 어때서요?"

“음! 하긴 자네 아들이 잘 나긴 잘났지. 그래 자네 아들 내년에 임관하나? 육사라고 했던가?”

“예! 육사 맞습니다. 올해 4학년 되었으니까 내년에 소위로 임관합니다.”

정운 상사는 아들 말이 나오자 기분이 좋은지 흐뭇한 표정을 짓는다.

“자네는 좋겠어! 나는 딸만 달랑 둘 있어서…….”

“저는 뭐 많이 있습니까? 저도 그 녀석 하나밖에 없는데요. 뭘.”

“그래도 자식 임관식에 참석하고 하는 것 말이야, 그거 부모로서 참 영광된 일인데…….”

채병근 원사는 말끝을 흐렸다. 그는 정운 상사의 아들이 부러운 것이 아니라 그 아들의 임관식이 부러운 것이다.

“원-, 그렇게 자식의 임관식에 참석해보는 게 소원이시라면 따님을 부사관이나 장교로 임관시키시면 될 것 아닙니까?”

정운 상사는 슬쩍 핀잔을 준다.

“글쎄, 난들 생각 안 해봤겠나? 아! 그런데 본인이 가고 싶어 해야지 되지, 그게 내가 원한다고 무조건 되나? 두 녀석들 다 싫대! 군인은! 맨날 집 떠나 있어서 싫대! 그냥 조용히 회사 다니다가 시집가겠대!”

채병근 원사는 답답하면서도 아쉽다는 듯이 말했다.

“에잉! 여자도 징병제 실시하면 얼마나 좋아? 큰딸 작은딸 모두 부사관이든 장교든 임관시키고 말이야!”

채병근 원사는 자리에 없는 두 딸에 대해 투덜대면서 대한민국의 징병 대상에서 여자가 제외되는 것에 대해·무척 아쉬워한다.

“허허허!”

정운 상사는 채병근 원사의 넋두리에 그저 웃기만 한다. 그러다 채병근 원사에게 장난스럽게 묻는다.

"갑판장님! 그럼 일반 병으로는 보낼 생각이 없으십니까?"

"왜 없어? 보낼 수만 있다면 보내지."

"헉!"

"우리나라에서는 왜 여자가 병으로 갈 수 없는 거야? 외국에서는 여자들 병으로도 잘 가드만!"

채병근 원사는 이번에는 여자를 병으로 뽑지 않는 대한민국의 병무행정에 대해 불만이다.

"허허허! 우리 갑판장님 생각을 누가 말려? 허허허!"

정운 상사는 너털웃음을 터뜨리며 고개를 흔들어댄다. 그리고는 지금까지 옆에서 가만히 이들의 대화를 듣고 있던 박준영을 돌아다보았다.

"참! 부장님은 산책가신다고 하지 않았습니까?"

"아! 예! 가야죠. 그런데 갑판장님 큰따님이 이제 스무 한 살이에요?"

박준영이 새삼 알았다는 듯이 채병근 원사와 정운 상사를 번갈아 쳐다본다.

"예! 이제 대학 2학년인데 어떻게 제가 다리 놓아드릴까요?"

정운 상사가 갑자기 진지하게 음성을 바꾼다.

"예? 아- 아니요. 전 여자 있어요."

"아, 예! 하하하! 다행입니다. 자칫 했다가는 제 아들 녀석처럼 갑판장님 따님이 서른 살 넘을 때까지 노총각으로 지내실 뻔 했습니다."

정운 상사는 채병근 원사를 놀리듯이 말했다.

"에끼! 이사람! 난 자네와 사돈지간 맺을 생각 없어!"

채병근 원사는 손을 회회 내젓는다.

"하하하!"

"하하하!"

박준영과 정운 상사는 채병근 원사의 말과 행동에 크게 웃었다. 그때였다. 채병근 원사의 상의 호주머니에서 핸드폰이 울었다.

"띠리리리!"

채병근 원사는 핸드폰이 울자 곧바로 상의 호주머니에서 핸드폰을 꺼내들었다.

"응! 아빠다!"

상대는 채병근 원사의 딸이었다.

"응! 그래 내일 들어간다."

내일 참수리 고속정이 인천으로 입항하기 때문에 이를 그의 딸이 확인하고 있는 것 같았다.

"그래! 그래! 아빠도 사랑한다. 너도 이제 중3이니 언니하고 그만 싸우고 언니 말 잘 듣고! 알았지! 그럼 내일 보자! 그래 아빠 사랑한다!"

채병근 원사는 세상에서 가장 행복한 미소를 지으며 핸드폰을 끊었다. 그의 둘째 딸이 내일 저녁에 퇴근할 아빠를 기다리며 오늘 확인전화를 한 것이다.

"어이구! 저걸 보면 난 할 수만 있다면 아들 녀석을 딸로 바꿔버리고 싶어! 아이구 부러워라!"

정운 상사는 진심으로 부러운 듯이 말했다.

"허허험!"

채병근 원사는 짐짓 헛기침을 크게 하고는 핸드폰을 상의에 도로 넣고 박준영을 보았다.

"부장님! 그럼 부장님은 소라나 낙지를 잡을 생각이세요?"

"예? 아-, 예! 있다면 잡아야죠."

박준영은 머쓱하게 웃으면서 말했다.

"응? 잡아요? 뭘 잡습니까?"

정운 상사가 박준영과 채병근 원사 간에 난데없이 소라와 낙지잡이 이야기가 나오자 무슨 소린가하면서 채병근 원사를 쳐다보았다.

"별 말은 아니고 부장님이 우리 기지의 바깥에 있는 바위 해변으로 가서 소라와 낙지를 잡겠다고 하셔서."

"바깥에 있는 바위 해변?"

"아니, 왜 거 있잖아! 우리 기지 내 저쪽에 있는 바위 해변 말이야!"

"아-! 거기요? 예! 있어요. 바위 해변! 그런데 부장님이 거기를 간다고 요?"

정운 상사는 생각지 못했던 일이라는 듯이 놀라며 채병근 원사를 보았다. 그는 대답 대신 고개만 끄덕였다.

"에이! 부장님! 부장님은 가서 봤자 한 마리도 못 잡습니다!"

정운 상사는 이내 고개를 가로저으며 박준영을 보았다.

"어? 왜요? 잡기 힘듭니까?"

"아니요. 힘은 전혀 안 듭니다."

"그럼? 별로 없나 보지요?"

"그것도 아니에요. 엄청 많아요. 민간인 통제구역이 되어 놔서 소라와 낙지가 엄청나게 많습니다."

"와! 아니 그런데 제가 못 잡다니요?"

“아! 그것은 부장님이 못 본다는 소리입니다.”

“못 보아요? 왜요?”

“전에 잡아본 적 있으세요?”

“아뇨?”

“그럼 못 보십니다.”

“예?”

“부장님 바로 앞에 그것들이 있어도 부장님 눈에는 전혀 들어오지 않습니다.”

“에? 내 앞에 있는데 왜 못 봐요?”

“하하하! 하여튼 초보자에게는 눈에 띄지 않습니다. 부장님 혼자 가보셔야 한 마리도 못 잡고 고생만 실컷 하다가 돌아오실 테니 제가 같이 가드리겠습니다.”

정운 상사는 수건을 목에 걸치고는 갑판 바닥에 설치되어 있는 해치의 뚜껑인 둥그런 수밀문을 열고 갑판 내부의 아래쪽으로 테니스 채를 조심스레 떨어뜨렸다. 그곳은 바로 기관실이었다. 정운 상사는 테니스 채를 기관실 안에 잘 던져 놓고는 기관실에 대고 크게 소리쳤다.

“거기 누구 나하고 같이 해변에 산책 갈 사람 있어?”

“저요!”

“누구야? 종욱이냐?”

“예!”

“너 바위 해변 가 본적 있어?”

“예! 두 번 가본 적 있습니다.”

“좋아! 그럼 빨리 나와!”

"예!"

정운 상사는 갑판 아래의 기관실에 대해 말을 마치자 몸을 일으켰다. 그런데 아까까지 함수에서 홋줄을 감고 정돈하던 류재영 병장이 무슨 이유인지 슬금슬금 정운 상사에게로 다가왔다.

"넌 왜?"

정운 상사는 류재영 병장이 자기 앞에 머뭇거리며 서자 이유를 묻는다.

"저, 기관사님! 저도 거기에 같이 가면 안 되겠습니까?"

류재영 병장이 함수에서 일하면서 박준영이 소라와 낙지잡이 겸 산책을 나선다는 말을 들은 것이다.

"응? 인석아! 너 할 일이 있잖아!"

"저 다했는데요?"

"뭐? 그런데 왜 나에게 와서 말해? 갑판장님께 말해!"

"갑판장님은 거기에 가신다고 말씀 안 하셔서……."

류재영 병장은 힐끗거리며 갑판장 채병근 원사의 눈치를 살폈다.

"너 하라는 것 다 해놨어?"

채병근 원사가 함수를 쳐다보며 물었다.

"예! 다했습니다!"

"음-! 좋아! 그럼 갔다 와!"

채병근 원사는 흔쾌히 허락을 했다. 오늘이 일요일이고 출항도 없는데다가 어차피 운동은 시켜야 하기 때문에 허락을 해준 것이다.

"감사합니다!"

류재영 병장은 활짝 웃었다. 그런데 그가 허락을 받자마자 여기저기서 박준영과 같이 산책하고 싶다는 지원자들이 불쑥불쑥 나타나기 시작했다. 그들도 박준영과 채병근 원사 그리고 정운 상사 간에 나눈 이야기를 모두 듣고 있었던 것이다. 그리고 류재영 병장이 허락을 받는지 못 받는지를 가만히 지켜보고 있었던 것이다.

"기관사님! 저희도 가겠습니다!"

병기장 차형권 중사가 현문 근처에 서 있다가 얼른 다가왔다. 그러자 그와 같이 있던 권상락 하사와 이재문 하사가 재빨리 따라나섰다.

"저도 가면 안 되겠습니까?"

"저도요!"

정운 상사는 갑자기 이들이 떼로 나타나면서 따라가겠다고 나서자 적지 않이 당황한 눈치다.

"이놈들아! 병기 점검은 다했어?"

"예!"

그들은 일제히 큰소리로 외쳤다.

"음-!"

정운 상사는 이들의 청을 거절할 할 말이 달리 없었다. 오늘이 일요일이고 특별한 출항도 없는데다가 이들은 지금 축구도 하지 못한 상태이다. 따라서 어떤 식으로든 운동을 해야 할 상황이므로 이들에게 따라오지 말라고 할 형편이 되지 못했다. 결국 정운 상사는 채병근 원사처럼 허락을 해주는 수밖에는 없었다.

잠시 후 일단의 무리들이 표현수 기지장이 말한 소위 비밀의 산책로를 향해 몰려가기 시작했다. 박준영은 혼자서 조용히 갔다 오려다가 졸지에 한 무리의 수장이 되어 산책을 하게 되었다.

표현수 기지장이 말한 곳은 날카로운 바위들로 이루어진 매우 험한 곳이었다. 그러나 전부 그런 것은 아니었고 평평하고 매끈한 바위들도 많았다. 그리고 모래사장도 곳곳에서 제법 넓게 드러나 있었다.

박준영은 눈을 크게 뜨고 걸었다. 그렇지만 아무리 둘러봐도 보이는 것은 바위요 밟히는 것은 모래뿐이었다.

'뭐야? 있기는 뭐가 있어?'

박준영은 처음에는 무척 기대하며 걸었지만 10분 넘게 아무 수확도 없이 그저 걷기만 하자 슬슬 실망감이 일기 시작했다. 그는 혹시 정운 상사의 말대로 초보자인 자기 눈에만 안 보이는 것이 아닌가 하여 한편 으로는 눈을 더욱 크게 뜨고 사방을 조심스레 살피면서 걸었다. 그러나 역시 결과는 마찬가지였다. 아무 것도 보이는 것은 없었다. 이에 박준영 은 자신이 속았나하는 의심마저 들기 시작했다. 그런데 이때였다. 누군 가가 뒤에서 무엇을 열심히 씹고 있는 소리가 들려왔다.

'응? 뭐지?'

박준영은 고개를 획 돌려보았다. 차형권 중사였다.

"어?"

박준영은 차형권 중사를 보자 눈이 휘둥그레졌다. 차형권 중사가 낙지 를 질경질경 씹고 있었던 것이다.

"어어? 그거 뭐야?"

차형권 중사의 입에 있는 것은 분명 낙지였다. 없던 낙지가 갑자기 생 겼을 리는 없다. 그렇다고 여기에 횟집이나 어물전이 있는 것도 아니다. 그렇다면 이는 분명 여기서 잡았다는 말이 된다.

"이야! 병기장! 그거 어디서 났어?"

박준영은 표현수 기지장의 말이 맞았다는 사실에 기쁘기도 하면서 일면 자신도 잡아볼 수 있다는 기대에 들떴다.

"이거 말씀이에요?"

차형권 중사는 낙지를 질겅거리며 씹으면서 뒤로 돌리고 있던 손을 박준영의 앞에 쑥 내민다.

"어어!"

차형권 중사의 손에는 또 다른 낙지가 잡혀 있었다.

"우하하! 야! 이거 도대체 어디서 난 거야?"

박준영은 기가 막혀 하며 웃었다.

"나긴요? 잡은 거죠!"

"그래? 참, 그렇지! 근데 어디서?"

"어디긴요? 바로 부장님 발밑에서요."

"뭐? 내 발밑?"

"예! 부장님이 아까 낙지를 지그시 즈려밟고 지나가시더라고요. 낙지는 아파 미치겠다고 몸을 비틀고요. 그래서 제가 편히 보내주었죠. 여기 입속으로!"

차형권은 입을 아- 하고 벌린다.

"뭐? 하하! 내가 그랬어?"

"예! 그리고 지금 직전에 또 한 마리를 뭉개고 지나가시기에 제가 이렇게 구조를 했습니다."

차형권 중사는 한 손에 들고 있던 낙지를 흔들어 보였다.

"뭐야! 이거? 하하하!"

박준영은 어이가 없었다. 자신이 그렇게 눈을 부릅뜨고 발밑을 살피며 걸었는데 자기가 낙지를 밟고 지나갔다니 도저히 믿기지 않았다.

"병기장! 정말이야? 내가 그렇게 했어?"

"예! 맞습니다. 부장님이 정말로 밟고 지나갔습니다."

정운 상사가 가까이 다가오면서 말했다.

"그래요? 에경 난 열심히 살폈는데?"

박준영은 도저히 믿기지 않는다는 표정을 하며 슬쩍 자기 발밑을 다시 들어본다.

"하하하! 부장님! 처음에는 다 그렇습니다. 이제 차츰 가면서 눈에 띄게 될 겁니다."

정운 상사는 박준영의 표정과 행동이 재미있다는 듯이 크게 웃고는 류재영 병장과 함께 앞서 나갔다.

"저, 부장님!"

누군가가 또 박준영을 부른다.

"응?"

박준영이 뒤돌아보니 언제 왔는지 김종욱 상병이 바지호주머니에서 접이식 칼을 꺼내들고 있었다.

"제가 병기장님이 잡은 낙지를 손질해 드리겠습니다."

"응? 그래 고마워!"

김종욱 상병은 차형권에게서 낙지를 건네받자 능숙한 솜씨로 내장을 제거하고는 먹기 좋게 잘라 박준영의 입에 직접 넣어준다. 짭조름하면서도 달짝지근한 게 여느 횟집이나 포장마차에서 먹은 것과는 비교가 되지 않을 정도로 맛있었다.

"우와! 이거 맛이 죽인다! 죽여!"

박준영은 김종욱 상병이 계속해서 잘라주는 낙지를 연신 받아먹으며 흥이 났다. 그런데 이를 부럽게 쳐다보는 자들이 있었다. 그들은 바로 소위 '삥아리'로 불리는 신참 하사 권상락 하사와 이재문 하사였다. 그들은 박준영보다 겨우 3개월 먼저 이 참수리 고속정으로 발령 받아 왔다. 때문에 실은 이들도 박준영과 마찬가지로 여기는 초행이었다. 이들은 비록 참수리 고속정으로의 부임을 박준영보다 앞서 했지만 그동안 병기 업무와 축구에만 충실하게 해오다보니 그만 이곳에는 한 번도 와보지 못한 것이었다. 따라서 둘 다 서울 출신인 그들도 역시 소라나 낙지는 잡아볼 기회를 전혀 접해보지 못하고 있었다. 그래서 마침 박준영이 소라나 낙지를 잡으러 간다는 말에 호기심으로 귀가 솔깃하여 따라나선 것이다.

"응? 권 하사도 좀 먹어봐! 이 하사는 좀 기다리고!"

박준영은 김종욱 상병이 잘라준 낙지 다리 하나를 들어 권상락 하사에게 내밀었다.

"감사합니다!"

권상락 하사는 기다렸다는 듯이 큰소리로 말하고는 혀를 내밀어 박준영의 손에서 낼름 받아먹었다.

"자, 다음은 이 하사!"

"예! 감사합니다!"

이재문 하사도 큰소리로 말하고는 싱글거리면서 박준영에게서 낙지 다리 하나를 받아 입에 넣었다.

"어때?"

"우와! 죽입니다! 이야!"

“환상 그 자체입니다! 와아-!”

권상락 하사와 이재문 하사는 낙지 다리를 씹으면서 연신 감탄이다. 그런데 그들을 바라보는 박준영과 그에게서 낙지를 받아먹은 권상락 하사와 이재문 하사 간에는 공통된 심정이 일고 있었다. 그것은 더 먹고 싶다는 것이었다. 그러나 벌써 다 먹어치우고 없었다. 낙지는 그림자조차도 없었다. 박준영과 권상락 하사 그리고 이재문 하사는 저마다 입맛을 쩝쩝 다시면서 아까보다도 더 혈안이 된 채 각자 흩어져 해변을 헤매기 시작했다. 그러나 그들의 눈에는 여전히 낙지는 투명한 대상이었고 자취도 없는 존재였다.

박준영은 15분 정도 홀로 모래사장을 헤매고 있었다. 그런데 그의 저 멀리 앞에서 차형권 중사와 김종욱 상병이 싱글거리면서 박준영에게 다가오고 있었다.

“엇?”

박준영은 그들이 가까이 오자 눈이 커졌다. 그들이 또 낙지를 잡은 것이다. 차형권 중사는 3마리를 잡았고 김종욱 상병은 5마리를 잡았다.

“허허허! 귀신이다. 귀신! 도대체 어떻게 그리 잘 잡아대냐?”

박준영은 자신의 눈에는 전혀 보이지 않는 낙지를 용케도 잡아 올리는 그들의 솜씨에 그저 헛웃음 치며 감탄할 뿐이다.

차형권 중사는 주변에서 얇고 편편한 돌을 골라 와서는 그것을 도마 삼아 낙지들의 내장을 처리하였다. 그리고 김종욱 상병은 내장을 빼낸 낙지를 바닷물에 가져가 잘 씻었다. 잠시 후 박준영은 차형권 중사와 김종욱 상병하고 같이 근처의 커다란 바위 위에 걸터앉아 낙지를 질겅질겅 씹어대기 시작했다.

"그런데 다른 사람들은 다들 어디 갔지?"

박준영은 낙지를 먹으면서 고개를 사방으로 돌려대며 정운 상사와 권상락 하사 그리고 이재문 하사와 류재영 병장을 찾아보았다. 하지만 그들은 한 명도 보이지 않았다.

"어? 이상하다? 병기장 혹시 다른 사람 봤어?"

"예? 아니요! 저희도 못 봤는데요?"

차형권 중사는 대답하면서 바위에서 일어나 사방을 두리번거렸다. 그러다 아예 근처의 높은 바위 위로 올라가 고개를 돌려 여기저기 살펴보았다. 그러나 역시 그의 눈에도 보이는 사람은 없었다.

"이상하네? 다들 어디로 갔지?"

차형권 중사는 중얼거리면서 다시 박준영에게로 돌아왔다. 그런데 그때 김종욱 상병이 벌떡 일어나며 반갑게 소리쳤다.

"여깁니다! 기관사님! 여기에요!"

정운 상사와 류재영 병장이 그들의 앞쪽 멀리 큰 바위 뒤에서 모습을 나타낸 것이다. 그들은 그 사이 상당히 멀리 갔다 오는 것 같았다.

"여-!"

정운 상사가 멀리서 손을 흔들어대며 걸어왔다. 그리고 그의 뒤에는 류재영 병장이 가슴에 무엇인가 한 아름 잔뜩 안은 채 따라오고 있었다.

"그게 뭡니까? 류 병장님!"

김종욱 상병은 류재영 병장이 무엇인가 한 아름 안고 오자 바위 위에서 벌떡 일어나 펄쩍 뛰어내려서는 류재영 병장에게 한달음에 달려갔다. 얼마 후 류재영 병장에게 도달한 김종욱 상병의 입에서는 감탄사가 터져 나왔다.

"와! 이게 뭐야? 와아!"

김종욱 상병은 류재영 병장에게서 그가 들고 오던 것의 일부를 넘겨받으면서 연신 싱글거렸다.

"부장님! 와서 이것 보세요! 소라입니다! 소라!"

김종욱 상병은 소라를 가슴에 가득 안은 채 박준영을 향해 소리쳤다.

"뭐? 소라?"

박준영은 잘라놓은 낙지를 바위 위에 잘 놓아두고 바위에서 벌떡 일어나 역시 펄쩍 뛰어내리고는 그들에게로 달려갔다.

"야! 이게 뭐야? 우와! 이렇게 커? 도대체 몇 마리나 잡은 거야?"

박준영은 류재영 병장과 김종욱 상병의 가슴에 안긴 커다란 소라를 보면서 계속 감탄했다.

"이거요! 거의 다 기관사님께서 잡았습니다. 저는 8개 잡았고 나머지 23개는 모두 기관사님이 잡았습니다. 그런데 그중에서 제일 큰 거 이놈은 제가 잡았습니다!"

류재영 병장은 마치 무슨 무용담이라도 들려주듯이 신이 나서 이야기를 해 댔다.

"그래? 그런데 이거는 다 어디서 잡았냐?"

박준영은 류재영 병장이 잡았다는 커다란 소라를 들어 이리저리 돌려가며 구경하면서 물었다.

"소라요? 바위틈에 들어가 있어요."

"바위틈? 바위틈에 있어?"

박준영은 눈이 동그래지며 몰랐다는 듯이 묻는다.

"예, 그런데 여기는 없어요. 저쪽 앞에 있는 바위 언덕까지 더 가야 돼요. 그곳까지 가야 소라가 나와요. 그래서 기관사님과 저는 소라만 잡으려고 곧바로 저쪽 바위 언덕으로 간 겁니다.”

“그랬어? 난 또 그것도 모르고 한참을 찾았네! 그럼 여기는 뭐가 잡혀?”

“여기는 모래밭이 많아서 소라는 거의 없고 대신 낙지가 많이 잡혀요.”

“오-! 그래?”

박준영은 이제는 알겠다는 듯이 고개를 끄덕였다. 그러다 그는 문득 고개를 돌려대며 사방을 둘러보고는 류재영 병장에게 다시 물었다.

“그런데 류 병장! 권 하사와 이 하사는 못 봤어?”

“예? 못 봤는데요?”

“그래? 도대체 어디로 간 거지?”

박준영은 다소 걱정되는 표정으로 다시 한번 주위를 둘러보았다. 그러나 주변에는 그들의 모습이 보이지 않았다.

“허참! 이상하네!”

박준영은 고개를 갸웃거리며 아까 낙지를 먹던 바위로 다시 돌아왔다. 정운 상사는 소라를 잡으면서 손에 묻은 뻘을 씻는다며 바닷가로 가버려서 바위에는 없었다. 하지만 그 바위 위에는 김종욱 상병이 벌써 도착해서 소라를 손질하고 있었다. 그는 박준영이 바위 위로 올라가자 그동안 회로 손질해 놓은 소라 한 마리를 들고 다가왔다.

“부장님! 이것도 한번 드셔보세요!”

“그래, 고맙다. 어? 그런데 소라가 왜 이렇게 누더기가 됐냐?”

박준영은 너덜너덜해진 소라 알맹이를 들어 보이며 이상하다는 듯이 물었다.

"저, 그게요! 살아있는 것이라서 알맹이가 잘 빠지지 않아 돌로 내리쳤더니 그만 그렇게 됐습니다."

김종욱 상병은 뒷통수를 긁적인다.

"뭐? 이런! 그래도 아무튼 잘 먹을게!"

박준영은 싱긋 웃고는 소라를 한 입에 털어 넣었다.

"어때요? 부장님?"

김종욱 상병은 박준영이 소라를 한입 가득 넣고는 우물거리며 씹자 소감이 궁금한 듯 그의 얼굴을 빤히 쳐다보았다.

"으읍! 읍! 노-녹아!"

박준영은 소라가 입 안에 너무 가득 들어서 말은 제대로 못하고 대신 엄지를 치켜세워 보였다. 그의 손짓을 보자 김종욱 상병은 기분이 좋은지 또 얼른 다른 소라를 들어 돌로 내리치려고 하였다. 그때 그것을 본 류재영 병장이 기겁을 하며 바위 위로 뛰어 올라와 만류했다.

"얌마! 뭐하는 거야?"

"예? 이거 깰려고요!"

"인석아! 그럼 알맹이가 다 으깨지지!"

"그럼 어떡해요? 안 나오는데?"

"이때는 이렇게 하는 거야!"

류재영 병장은 김종욱 상병의 손에서 소라와 돌을 재빨리 빼앗고는 그 돌로 소라의 끝을 조심스럽게 탁탁 쳐대면서 점차 구멍이 크게 나게끔 소라의 끝을 따냈다. 그리고는 그 소라의 입구를 바위 위에다 살짝살짝 톡톡 내리쳤다. 그러자 신기하게도 알맹이가 그대로 쏙 빠져나왔다.

"와! 세상에!"

류재영 병장의 소라 빼내는 솜씨에 감탄하는 김종욱 상병. 그런데 감탄하기는 박준영도 마찬가지다.

"오-! 역시 류 병장이야! 밀폐된 공간에 구멍을 내서 밀폐 상태를 해제시킨다 이거지?"

박준영은 고개를 끄덕이면서 류재영 병장이 깔끔하게 빼낸 소라 알맹이를 집어 들었다.

"야! 알맹이가 이렇게 완전하니까 어째 먹기가 아깝네!"

박준영은 소라 알맹이를 이리저리 돌려본다. 그때였다. 정운 상사의 음성의 뒤에서 들려왔다. 바닷물에 손을 씻고 돌아온 것이다.

"그거 그냥 드시면 안 됩니다. 파란 띠 같은 것은 떼버리고 드셔야 합니다."

"어? 오셨어요? 그런데 왜요?"

박준영은 고개를 돌려 정운 상사를 보았다.

"그 부분이 소라의 독소가 들어가 있는 부분입니다. 독이 심할 경우 입안에 심각한 마비가 올 수도 있습니다."

"으헉!"

박준영은 기겁을 하며 소라를 쳐다보았다.

"걱정 마세요! 제가 소라 알맹이는 잘못 빼내어도 독소 제거는 확실하게 합니다."

김종욱 상병이 얼른 박준영의 손에서 소라를 다시 받아 소라 알맹이에 둘러쳐져 있는 파란색 띠 부분을 손으로 뜯어내었다. 하긴 아까 그가 건네준 소라를 먹었을 때 아무 이상이 없었으니까 김종욱 상병의 자기 말대로 그는 소라 알맹이는 비록 엉터리로 빼내더라도 독소 제거 하나는 확실하게 잘하는 것이 맞았다.

"김 상병은 소라 독 제거하는 것은 언제 배웠어?"

박준영은 김종욱 상병이 독소를 제거한 후 다시 건네준 소라를 받아들며 물었다. 그런데 대답은 김종욱 상병이 아닌 정운 상사가 말했다.

"아! 그거요? 제가 가르쳐줬습니다!"

"그래요? 이거 좋은 거 하나 배웠네."

박준영은 손에 들고 있던 소라를 유심히 살펴보고는 입에 쏙 집어넣었다. 꼬돌꼬돌 하면서도 달착지근한 소라는 그가 몇 번 씹지도 않았는데 벌써 입안에서 사라져버리고 없었다. 이때 바위 위에서 이를 말없이 지켜보고 있던 차형권 중사는 혼자서 뒤돌아 앉은 채 소라를 서너 개 갖다놓고는 소라꼭지 따기 실습을 하면서 소라 알맹이 빼내기 기술을 연마하고 있었다.

박준영과 정운 상사 및 차형권 중사 그리고 류재영 병장과 김종욱 상병은 바위 위에 나란히 둘러 앉아 그동안 수확한 낙지와 소라를 포만감이 느껴지도록 먹고는 나머지 소라 8개는 대원들에게 삶아먹게 한다고 남겨두었다.

"자, 이제 그만 가지요?"

박준영은 배를 쓸어내리면서 정운 상사를 보고 말했다.

"예! 그러지요."

정운 상사는 대답하면서 바위에서 일어나 엉덩이를 털었다. 박준영도 바위에서 뛰어 내려와 엉덩이를 털었다. 그리고 나머지 대원들도 각자 일어나 바위에서 내려와 바지를 털었다. 소라 8개는 김종욱 상병이 챙겼다. 그런데 문제는 권상락 하사와 이재문 하사가 안 보인다는 것이었다. 박준영은 대원들과 함께 바위 위에 앉아 낙지와 소라를 먹으면서도 한 편으로는 계속 권상락 하사와 이재문 하사가 돌아오기를 기다렸다. 그리고 가끔가다가 사방을 둘러보며 권상락 하사와 이재문 하사를 찾았다. 그러나 그들은 회식이 끝날 때까지 나타나지 않았다.

"저쪽 앞으로는 기관사님과 류 병장이 갔다 온 곳이니까 없을 테고, 여기 위 아래쪽으로는 우리가 이미 다 찾아봤고……. 그럼 우리 뒤쪽 밖에 없는데 아무래도 거기에 있을 것 같다."

박준영은 옆에 있는 차형권 중사에게 말하고는 뒤쪽으로 몸을 돌렸다. 그리고는 정운 상사를 불렀다.

"기관사님! 제가 병기장하고 같이 권 하사와 이 하사를 찾아가지고 갈 테니 기관사님은 대원들 데리고 먼저 배로 가세요!"

"예, 알겠습니다. 그럼 우리 먼저 배에 가 있겠습니다."

정운 상사는 박준영에게 경례를 부치고는 류재영 병장과 김종욱 상병 을 데리고 기지 쪽을 향해 걸어갔다.

박준영과 차형권 중사는 뒤쪽 방향으로 해서 커다란 바위를 세 개나 더 넘었다. 그곳의 바위는 아까 회식을 했던 바위와는 달리 굴이 다닥다 닥 붙어 있어서 자칫 넘어지기라도 하면 날카로운 굴 껍질에 의해 상처 를 크게 입게 생겼다. 박준영은 미끄러지지 않도록 조심조심하면서 바위 에서 바위로 옮겨갔다. 그런데 박준영에 앞서 가던 차형권 중사의 고함 소리가 갑자기 터져나왔다.

"야! 임마! 너희들 거기서 뭐해?"

차형권 중사가 마침내 그들을 찾아낸 것이다. 그들은 박준영이 지금 있는 바위에서 두 개의 바위를 더 지난 곳에 있는 바위 아래에 쪼그려 앉아 있다가 깜짝 놀라며 벌떡 일어났다.

"이 자식들아! 내가 너희들을 얼마나 찾았는지 알아!"

그들 앞에 간 차형권 중사는 고함을 쳐대고 있었다. 그들은 일어선 채로 고개를 푹 숙이고 있었다. 박준영이 도착해 보니 권상락 하사의 손에 커다란 비닐봉지 하나가 들려 있었다.

"그 검은 비닐봉지는 뭐야? 들어봐!"

박준영은 권상락 하사가 들고 있는 비닐봉지를 손으로 가리켰다. 권상락 하사는 잠시 머뭇거리다가 비닐봉지를 들어올렸다.

"뭐야 이거? 어? 굴이잖아?"

차형권 중사가 권상락 하사의 손에서 비닐봉지를 받아 열어보고는 의외라는 듯이 말했다.

"굴? 굴을 왜?"

박준영은 차형권 중사의 말에 같이 의아해 하면서 비닐봉지를 들여다 보았다. 역시 굴이었다. 그 검은 비닐봉지 안에는 거칠게 딴 굴이 한 가득 들어 있었다.

"권 하사! 이거는 어쩌려고 이렇게 땄어?"

"……."

권상락 하사는 고개만 푹 숙인 채 아무 말도 없었다.

"괜찮아! 혼내려는 것 아니니까 말해 봐!"

박준영은 어르듯이 부드러운 음성으로 말했다. 그러나 권상락 하사는 여전히 아무 말도 없이 고개만 푹 숙이고 있었다. 그러자 이재문 하사가 잠깐 권상락 하사의 눈치를 살피고는 조심스레 말해왔다

"저-, 권 하사의 누나에게 줄려고 땄습니다."

"뭐? 누나?"

"예!"

"왜 누나에게?"

"저-!"

이재문 하사는 얼마간 망설이다가 입을 열었다.

이재문 하사의 말에 의하면 권상락 하사는 지금 혈육이라고는 누나 하나뿐이다. 입대하기 전까지 누나와 단 둘이 살았던 권상락 하사는 그가 4살 때 아버지가 신축 건물 공사장에서 추락하여 그만 운명하고 말았다. 그 후 그의 어머니는 누나와 권상락 하사를 데리고 폐품 수집과 막노동 그리고 식당일 등을 하면서 그들을 악착같이 키워왔다. 하지만 고단한 인생을 달려온 그의 어머니는 43살 젊은 나이에 위암에 걸려 결국 철없는 남매를 세상에 남겨둔 채 세상을 등지고 말았다. 그때 그의 누나는 겨우 17살이었고 권상락 하사는 6살 철부지였다. 중간에 누나가 하나 더 있었다는데 권상락 중사가 2살 때 급성 폐렴으로 죽었다고 한다.

이후 그의 누나는 고등학교 학업을 포기하고 어린 동생의 양육을 책임졌다. 그리고 결국 그를 대학에까지 입학을 시켰다. 하지만 대학 등록금 대기가 벅차 권상락 하사는 한 학기 만에 학교를 그만 두어야만 했다. 그는 생각을 바꿔 부사관으로 입대해서 돈을 좀 모은 다음에 누나에게 가게도 하나 내주고 시집도 보내주고 자신도 하던 공부를 마저 하기로 하였다. 지금도 그의 누나는 세파에 찌든 채 시집도 가지 못하고 재래시장의 한 귀퉁이에서 월세 좌판을 열고 조개와 굴, 생선 등을 팔고 있다고 한다. 권상락 하사는 어렸을 때 어느 날 자연산 굴은 비싸게 팔려서 그것을 팔면 이윤이 많이 남지만 자연산 굴을 사서 팔 형편이 되지 않아 그렇게 못한다며 눈물을 흘리면서 푸념하는 누나의 말을 들은 적이 있었다. 그때 그의 나이 7살이었고 누나는 길거리 좌판 아주머니가 조금씩 떼어주는 조개와 굴을 받아 다른 길거리에서 쪼그려 앉아 조개와 굴을 팔던 18세의 사춘기 소녀 때였다. 그때 누나의 슬픈 푸념은 그날 이후 권상락 하사의 뇌리에 항상 남아 울어대고 있었다. 그런데 오늘 여기에서 예전에 누나가 그렇게 한이 맺혀 울면서 푸념을 늘어놓았던 자연산 굴이 지천으로 널려있는 것을 본 것이다.

권상락 하사는 지금 자기의 능력으로는 낙지는 물론 소라도 잡기 힘들므로 이들을 잡는 것을 포기하고 다른 것이라도 잡아보려고 이리저리 돌아다니다가 이곳까지 와서는 마침내 굴 천지를 본 것이다. 굴을 보자 권상락 하사는 무의식적으로 굴을 따기 시작했다. 그리고 그의 사정을 잘 알고 있는 이재문 하사도 그를 도와 굴을 따주기 시작했다. 마침 내일이면 인천으로 돌아가기 때문에 오늘 참수리 고속정의 선실에 있는 냉장고의 냉동실에 잘 넣어두었다가 내일 인천에 도착하면 권상락 하사가 누나에게 면회 오라고 연락해서 누나가 부대로 오면 이를 건네주면 될 것이다. 여기까지가 이재문 하사가 박준영에게 들려준 이야기이다.

결국, 권상락 하사와 이재문 하사는 시간·가는 줄도 모르고 굴을 따다가 이렇게 지금 박준영과 차형권 중사 앞에 서게 된 것이다.

"그럼, 굴을 따서 누나에게 갖다 주려고?"

박준영은 착잡한 심정으로 권상락 하사에 물었다. 권상락 하사는 고개를 푹 숙인 채 아무 말도 없었다. 박준영은 굳이 그에게 고개를 들라고 하지 않았다. 그는 울고 있었기 때문이다. 박준영은 가만히 그의 손을 보았다. 장갑도 없이 그리고 굴 껍질 따는 장비도 없이 오직 맨손으로써 조그마한 칼 하나만으로 굴을 따댄 그의 손은 굴 껍질에 베어 곳곳이 찢어져 피가 나오고 있었다. 심지어 왼손의 약지는 손톱째 살점이 뭉텅 베어 떨어져 나갔다. 그것을 보면 권상락 하사가 시간 때문에 상당히 초조해 하면서 굴 따는 것을 서둘렀다는 것을 알 수 있었다. 박준영은 고개를 돌려 이재문 하사의 손을 보았다. 그의 손도 마찬가지였다. 그의 양손에서는 피가 여기저기서 조금씩 흘러나오고 있었다. 동료의 마음을 알기에 그래서 아픈 추억과 현실을 가진 동료를 안아주는 심정으로 그도 열심히 굴을 따서는 권상락 하사가 누나에게 보내겠다는 비닐봉지에다 넣고 또 넣었던 것이다.

박준영은 바다를 보았다. 아직 여기까지 물이 차기에는 40분 정도 여유가 있어 보였다. 그는 바다를 잠시 보다가 시계를 보았다. 점심시간까지는 아직 1시간 조금 더 남았다.

"병기장!"

박준영은 갑자기 차형권 중사를 불렀다.

"예?"

"우리 굴은 안 먹어봤지?"

"예! 아직 안 먹어봤습니다."

"그런데 굴 따는 것은 어때?"

"그거요? 그거 아주 재미있습니다!"

"그래? 그럼 우리 한번 해보자!"

"예! 좋습니다!"

차형권 중사는 씨익 웃었다. 그리고는 바지 호주머니에서 접이식 칼을 꺼내들고 곧바로 굴을 까기 시작했다.

"너희들은 뭐해? 얌마! 좀 있으면 여기로 물들어와!"

박준영도 윤지수가 내준 접이식 칼을 바지에서 얼른 꺼내들고는 근처의 바위에 들러붙어 굴을 까기 시작했다. 권상락 하사와 이재문 하사는 처음에는 돌연 굴을 까기 시작하는 박준영과 차형권 중사를 당황하며 쳐다보다가 이내 다시 자리에 앉아 굴을 까대기 시작했다.

박준영과 차형권 중사도 굴 껍질에 손이 베여 손의 여기저기에서 피가 나기 시작했다. 그러나 그들은 아무 내색도 않고 계속해서 열심히 굴을 까서는 권상락 하사의 비닐봉지에다 넣어 댔다. 권상락 하사의 비닐봉지는 눈에 띄게 빨리 부풀어져 갔다. 그리고 그것을 보는 그들의 흐뭇함도 동시에 그렇게 부풀어져 갔다.

얼마쯤 했을까. 30분 정도 지났을 때 박준영은 문득 고개를 번쩍 들었다. 그리고는 황급히 차형권 중사를 불렀다.

"병기장!"

"예!"

"저거 혹시 우리 배 출항 알리는 소리 아냐?"

"예?"

"쉿!"

박준영은 동작을 멈추고는 긴장한 채 가만히 귀를 기우렸다.

"애애애애앵!"

약하지만 분명하게 들려왔다. 그것은 배가 출항하려고 대원들을 소집하는 참수리 고속정의 사이렌 소리였다.

"고속정이 나가려나 본대요? 누구 배지?"

차형권 중사도 마찬가지로 긴장하며 귀를 기우렸다.

"애애애애앵! 출항 15분전!"

순간, 박준영과 차형권 중사 그리고 권상락 하사와 이재문 하사는 서로 얼굴을 쳐다보았다. 지금 들려오는 음성은 희미하지만 분명 조타장 김인균 중사의 목소리였다.

"우리 배다!"

그들은 거의 동시에 외쳤다. 그들은 그 자리에서 바로 박차듯이 일어나서는 기지를 향해 뛰었다. 그들은 정신없이 바위를 타고 넘고 해대며 기지를 향해 있는 힘을 다해 달렸다. 물론 이때 권상락 하사는 누나에게 줄 굴이 잔뜩 들어 있는 비닐봉지를 잊지 않았다. 그는 굴로 잔득 부풀어 있는 비닐봉지가 터지지 않도록 조심하면서도 일행에 뒤처지지 않게 용케 잘 따라가고 있었다.

10분 후, 박준영의 참수리 고속정에서는 함수의 1홋줄만 남겨지고 나머지 홋줄은 모두 갑판 위로 끌어올려지고 있었다. 그리고 곧이어 마침내 1홋줄마저 바지에서 걷어지고 배는 서서히 바지에서 떨어져 나가기 시작했다. 이때 참수리 고속정에서 들려오는 날카로운 호각소리와 출항이라는 방송소리.

"삐이이이이이이!"

"출항!"

박준영의 참수리 고속정은 날카로운 호각소리에 이어 출항이라는 단말의 방송을 내보내면서 넓은 바다로 신속하게 미끄러져갔다.

"정박당직에서 항해당직으로 전환! 기재태세 X태세에서 Y태세로 전환! 정내 방송 함교로 이동 방송!"

　참수리 고속정은 출항 안내 방송을 내보내면서 드넓은 바다를 향해 속도를 내기 시작했다. 긴급 출항이다.

　지금 북한의 초계정 1개 편대가 연평도 부근의 NLL을 침범해서 한국의 참수리 고속정과 대치 중에 있다고 한다. 연평도의 앞 바다에 있는 해상 계류형 해군 전진 기지에 정박 중이던 참수리 고속정들은 북한의 초계정들이 NLL에 가까이 다가오자 긴급 출항을 했다. 그리고 현재 NLL 부근에서 서로 팽팽한 대립을 하고 있는 중이다. 따라서 연평도의 앞 바다에 떠 있는 해군의 참수리 고속정 전진 기지에는 참수리 고속정이 단 한 대도 없는 상태이다.

　그런데 만일 북한의 또 다른 초계정이 지금 대치 중이 아닌 다른 지점의 NLL을 침범한다면 이를 막기 위해 신속하게 기동시킬 참수리 고속정이 연평도 앞 바다의 해군 참수리 고속정 전진 기지에는 한 대도 없는 상황이 된다. 이런 상황에 대처하기 위해 서해에서 순항 경비 중인 초계함을 NLL 부근으로 이동시키고 있지만 초계함이 무력행사를 할 수 있는 함포 사정거리 내에 도달하기 전에 북한의 초계정이 먼저 NLL을 침범해 남하해 온다면 당분간은 그들의 남하를 저지시킬 방도가 없다. 그리고 한국의 초계함이 비록 NLL 부근에 와서 북한 함정과 대치하고 있다하더라도 초계함의 사정거리를 벗어나는 또 다른 구역의 NLL을 북한의 함정이 넘어온다면 초계함으로서는 이를 막아낼 재간이 없다.

　이러한 긴급 상황에 신속하게 대처할 수 있는 유일한 방법은 항공에 의한 견제뿐이다. 그러나 한국의 해군에는 전투기가 없고 대잠용 헬기만 있으므로 10분 내에 현장으로 전투기가 날아와 북한의 함정을 견제할 수가 없다. 그러므로 이는 공군의 협력이 필요한 일이다. 하지만 북한에서 함정을 출항시킨 후 전투기를 한국보다 먼저 출동시키면 현장에서의 제공권을 북한 공군이 먼저 쥐고 있는 것이 되어 서산의 해미에 있는 공군 20전투비행단에서 출격한 한국 공군의 KF-16기는 북한의 공군부터 상대하게 되어 해상에서의 북한 함정을 제어하기 어렵게 된다.

한국 해군에는 헬기가 있으나 이로써 북한 함정을 견제하는 것은 사정이 그리 여의치 않다. 한국의 함선에 마침 헬기가 탑재되어 있고 그 함선은 현재 북한 함정과 대치 중인 아군 함정을 후방에서 지원하고 있는 상황이라고 하여도 헬기로써 다른 곳에서 새로이 월선하는 북한의 함정을 견제하는 것은 어려운 일이다. 헬기가 후방의 함선에서 이륙하여 새로이 문제가 발생한 다른 NLL까지 날아간다고 하더라도 정작 현장에서의 체류 시간은 연료 문제 때문에 그리 길지 않다. 결국 북한 함정이 해상에서의 버티기 작전으로 나가면 헬기는 다시 돌아가야 한다.

이러한 상황은 헬기 탑재 함선이 북한의 함정과 직접 대치하고 있는 경우에도 마찬가지이다. 한국의 헬기 탑재 함선이 북한 함정과 대치하고 있는 중에 그 헬기 탑재 함선의 포격 사정거리를 벗어난 다른 곳의 NLL 이 또 북한 함정에 의해 침범 당했을 때 헬기로 이를 막기 위해 헬기 탑재 함선이 자함의 헬기를 이륙시키더라도 헬기가 기동해 가야 할 거리는 적어도 헬기 탑재 함선의 함포나 미사일의 사정거리보다 더 멀리 날아가야 하므로 역시 현장에서의 체류 시간에는 제한이 크게 주어진다. 따라서 어떠한 상황이든 이를 헬기로써 견제한다는 것은 상당히 어려운 일이 된다.

그리고 해군의 헬기는 고도와 기동성에 있어서 공군의 전투기에 비할 바가 되지 못하므로 북한의 미사일 함정에 장착된 대함 미사일인 스틱

스틱스 미사일에 의해 자칫 격추될 수도 있다. 스틱스 미사일은 함정을 대상으로 개발된 것이지만 기동성과 고도 면에서 약한 해군의 헬기 정도는 경우에 따라 충분히 격추시킬 수도 있다. 따라서 대잠용 헬기로 북한의 함정을 대적시키는 것은 매우 위험한 작전이다.

때문에 이러한 상황을 미연에 막기 위해 소이작도의 해군 223 해상 전진 기지에 있는 참수리 고속정 중 한 대를 급히 연평도의 해상 계류형 전진 기지로 급파시켰다. 그리고 나머지 한 대는 긴급 상황이 전혀 예상치 못한 곳에서 발생할 경우 그곳으로 신속히 출동시키기 위해 소이작도에서 벗어나 덕적도 먼 해상에서 대기토록 명령을 내렸다. 박준영의 참수리 고속정은 이중에서 연평도 해상 계류형 전진 기지로 파견되는 명령을 받았다. 박준영의 참수리 고속정은 연평도 해상 계류형 전지 기지로 가지만 그곳에서 정박하지는 않는다. 기민한 기동을 위하여 그 근처의 해상에서 묘박 상태로 대기할 것이다. 한편, 박준영의 참수리 고속정이 해군 223 해상 전진 기지에서 출항할 때에 만일의 사태를 대비해 인천의 해역방어사령부 항구에서도 같은 시각에 참수리 고속정들이 속속 출항하고 있었다.

박준영의 참수리 고속정은 연평도를 향해 고속으로 나아갔다. 대이작도를 벗어난 외해에서는 파도가 높이 일고 있었다. 그러나 참수리 고속정은 속도를 전혀 줄이지 않고 앞으로 나아갔다. 때문에 파도는 수시로 참수리 고속정을 통째로 덮쳤다. 그럴 때마다 참수리 고속정은 바다에 내동댕이쳐지다시피 떨어졌다가 다시 솟구쳐 오르곤 하였다. 함교의 유리창은 파도에 의해 흘러내리는 바닷물로 인해 사방이 흐릿하다. 이때는 함교의 유리창 가운데에 설치되어 있는 선회창 만이 유일하게 바깥 세계를 보여줄 뿐이다. 그러나 고속으로 회전하는 선회창도 원채 많은 바닷물이 함교 유리창에서 흘러내릴 때에는 역시 무용지물이다. 그러나 박준영의 참수리 고속정은 파도에 의해 시야가 완전히 가려져도 레이더에 의존한 채 여전히 고속으로 전진할 뿐이다.

파도는 점점 더 거칠어지고 있었다. 때문에 참수리 고속정은 더욱 심하게 요동을 치며 앞으로 나아갔다. 집채만 한 파도가 참수리 고속정의 함수로 다가왔다. 그리고 곧이어 그 파도는 함교를 강하게 강타하면서 참수리 고속정 전체를 집어 삼켰다.

"펑!"

파도는 함교의 유리창을 후려치면서 산산이 부서져 나갔다. 순간 조타장 김인균 중사는 움찔하였다. 이 정도 위력의 파도이면 자칫 선회창이 함교 유리창에서 빠져버릴 수도 있기 때문이다. 그러면 고속으로 회전하고 있는 선회창이 이를 가까이에서 들여다보고 있는 사람의 안면을 강타해버릴 수가 있다. 이때 선회창에 맞은 사람은 경우에 따라 중태에 빠질 수도 있다. 그런데 이러한 선회창이 조타장 김인균 중사의 바로 앞에서 돌고 있다. 그리고 조타장 김인균 중사는 바로 이 선회창을 들여다보며 항해를 한다. 때문에 조타장 김인균 중사는 이처럼 거친 항해에서는 항상 선회창에 의한 위험을 감수하면서 항해를 해야 한다. 그래서 산더미 같은 파도가 함교를 내리칠 때마다 반사적으로 조타장 김인균 중사는 움찔거렸다.

참수리 고속정은 6미터가 넘는 파도에 의해 위로 솟구쳤다가 아래로 내동댕이쳐졌다. 그러자 함교 견시로 함교에 올라와 있던 김영우 이병이 함교 바닥으로 고꾸라졌다. 그는 바닥에 넘어지면서 어디에 부딪혔는지 코에서 코피가 흘러나왔다. 함정 경험이 없어 파도에 의한 함정의 요동에 대해 제대로 대처를 못한 탓이다. 다른 대원들은 참수리 고속정이 아무리 파도에 요동을 쳐대도 자리에서 크게 이탈하거나 바닥에 구르지 않았다. 유독 김영우 이병만 이리로 굴러갔다가 저리로 굴러갔다가 하며 혼자서 우왕좌왕 비틀대다가 결국 바닥에 고꾸라지며 코가 깨지고 말았다. 김영우 이병은 코에서 피가 흘러내려도 이를 제대로 처치하지 못하고 있었다. 참수리 고속정의 요동 때문에 계속 이리저리 비틀대고 있기 때문이다.

"자, 나를 꽉 잡고 머리를 뒤로 제쳐!"

함교에 있는 박준영이 김영우 이병을 꽉 붙들고는 자신의 윗옷 호주머니에서 꺼낸 손수건으로 그의 얼굴에서 피를 닦아주었다. 박준영은 함정의 요동에도 불구하고 김영우 이병을 꽉 붙든 채 그의 머리를 계속 뒤로 제쳐 놓았다. 얼마 후 김영우 이병의 코피는 멎었다.

"됐어! 지혈되었으니까 또 넘어지지 않도록 조심해!"

박준영은 김영우 이병을 함교의 벽에 설치되어 있는 철봉 지지대로 데려가 그의 손이 철봉 지지대를 꽉 잡게 하고는 자기의 자리로 돌아왔다. 이때 조중원이 함정의 요동에 비틀대면서 통신실에서 함교로 바삐 올라왔다.

"정장님! VHF 채널에서 긴급 구조요청이 잡히고 있습니다!"

"내용은?"

"북한 함정이 우리 어선을 나포하려고 한답니다!"

"뭐야? 위치는?"

"위치는 백령도 남동쪽 31마일 지점입니다! 지금 우리 고속정과 대치

하고 있는 NLL으로부터 49.7마일 떨어진 곳입니다.”

“VHF 채널에서 수신한 내용을 함대 사령부로 타전하고 지시를 수령하도록!”

“예! 필승!”

조중원은 김영호 정장의 지시를 받자 곧바로 다시 함교를 나가 함교 아래에 있는 통신실로 들어갔다. 김영호 정장은 조중원의 보고를 받자 박준영을 급히 불렀다.

“부장! 함교 통신 채널을 VHF에 맞춰봐!”

“예!”

박준영은 함교에 있는 통신 채널 박스로 가서 민간 항해무선 통신망인 VHF 채널을 찾아 즉시 맞추었다.

“구조바람! 구조바람! 북한 함정이 우리를 나포하려 합니다! 제발 구조해주세요!”

순간 스피커에서는 다급한 음성이 흘러나왔다. 그 음성은 두려움과 겁에 질린 소리였다. 스피커에서 흘러나오는 소리를 듣자 김영호 정장은 얼굴이 굳어졌다. 그러나 상부의 지시 없이는 함부로 함정을 돌릴 수는 없는 일이다. 김영호 정장은 묵묵히 상부의 지시를 기다리며 일단은 함정을 연평도로 전력 질주시키고 있었다.

“정장님!”

조중원이었다. 그는 함교로 다급히 뛰어올라오며 외쳤다.

“정장님! 함대 사령부에서 명령이 떨어졌습니다! 함수를 돌리십시오! 어선을 구출하랍니다!”

조중원은 함교에 오르자 김영호 정장에게 급히 전문을 내밀었다. 2함대 사령부 작전 상황실에서 보내온 전문은 두 개였다. 하나는 연평도로의 출동을 취소한다는 것이었다. 그리고 또 하나는 조중원의 말대로 신속히 어선을 구조하고 북한 함정을 제어하라는 명령이었다. 김영호 정장은 2함대 사령부 작전 상황실에서 전문에 함께 붙여 보내온 어선의 위치를 보고는 박준영에게 급히 말했다.

"박 부장! 지금 우리의 위치와 어선의 위치를 파악해서 도달 시간을 계산해봐!"

"예!"

박준영은 함교의 벽면에 있는 해도 보관함에서 즉시 해도를 꺼내들었다. 그리고는 함교에 있는 해도판 위에다 해도를 올려놓고는 두 개의 삼각자를 움직여가며 자함의 위치와 어선의 위치를 신속히 파악하기 시작했다. 그는 배가 아무리 파도에 요동쳐대도 해도판 위에서 자함과 어선 간의 거리를 정확히 측정해내고 있었다. 얼마 안 있어 박준영은 자함이 어선에 도달하기까지의 시간을 계산해냈다.

"정장님! 40노트로 47분 정도 걸립니다!"

"음-!"

김영호 정장은 깊은 신음 소리를 내고는 잠시 가만히 있었다. 그러다 곧 고개를 들고는 배영남에게 명령을 내렸다.

"기관장! RPM 최대로 올려! 전속력으로 달린다!"

"저! 정장님! RPM 최대로 40분 이상 달리는 것은 무리입니다! 엔진이 망가집니다!"

"그래도 올려!"

"정장님! 그러다 엔진에 부하가 걸리면 터보차저(Turbocharger)가 나갑니다!"

"아니다! 난 우리 기관부의 정비 실력을 믿는다! 우리 배 엔진은 결코 망가지지 않는다!"

"정장님!"

"RPM 1790!"

김영호 정장은 끝내 배영남에게 참수리 고속정의 최고 RPM을 명령 내리고 있었다.

"RPM 1790 완료!"

배영남은 정장의 명령을 복창하며 기관전령기의 손잡이를 위로 최대한 끌어 올렸다. 김영호 정장의 믿음이 확고한 이상 배영남도 그와 같이 믿어볼 수밖에 없었다.

참수리 고속정은 38노트를 지나 39노트에까지 거의 도달하고 있었다. 참수리 고속정은 터져버릴 듯한 엔진 소리를 내면서 백파를 헤치며 내달렸다. 마치 수면을 차고 튀어 오르는 돌고래처럼 박준영의 참수리 고속정은 파도를 가르며 또는 파도 속에 잠겼다가 솟구쳐 오르며 그렇게 바다 위를 달려 나갔다.

참수리 고속정은 백파를 헤쳐가며 40분 가까이 달리고 있었다. 이때 함교 내에서 망원경으로 견시를 보던 김영우 이병이 소리쳤다.

"정장님! 우현 120도에 어선이 보입니다!"

"어디?"

김영호 정장은 김영우 이병의 보고에 목에 걸고 있던 망원경을 얼른 들어 120도 방향의 전방을 보았다. 한국 어선이었다. 그 어선은 전속력으로 백령도를 향해 달리고 있었다.

"정장님! 우현 140도에 북한 함정이 보입니다!"

김영우 이병의 두 번째 보고가 다급한 음성으로 들려왔다. 김영호 정장은 재빨리 우현 140도 방향으로 망원경을 돌렸다. 북한의 등산곶 초계정인 PCF였다. 김영호 정장은 망원경으로 북한의 등산곶 초계정을 빠르게 훑어보았다. 그러다 그는 손을 불끈 쥐었다.

"부장!"

"예!"

"총원 전투배치!"

김영호 정장은 낮으면서도 분명한 어조로 박준영에게 명령을 내리고 있었다. 그가 북한의 등산곶 초계정이 발포 태세로 어선을 쫓고 있는 것을 망원경으로 본 것이다.

"조타장! 총원 전투배치 방송해!"

김영호 정장의 명령을 받은 박준영이 즉시 조타장 김인균 중사에게 명령했다.

"총원 전투배치!"

함정의 스피커에는 곧바로 김인균 중사의 음성이 터져 나왔다. 그러자 곧 함정 곳곳에서 대원들이 뛰어나오며 내지르는 명령 복창 소리가 사방에서 울려 퍼지기 시작했다.

"전투배치!"

"전투배치!"

"전투배치!"

"전투배치!"

전투배치 상황에 들어가자 헬멧과 헤드셋을 쓴 갑판장 채병근 원사가 김영호 정장과 박준영 그리고 배영남의 전용 헬멧과 헤드셋을 급히 가져왔다. 이어 류재영 병장이 이들이 착용할 카포크 재킷을 들고 함교로 올라왔다.

"류 병장! 대원들은 모두 카포크 재킷 착용 완료했나?"

박준영은 카포크 재킷을 입으며 류재영 병장에게 급히 물었다.

"예! 모두 착용 완료했습니다!"

"헬멧은?"

"아, 그건 제가 다 씌웠습니다!"

채병근 원사가 류재영 병장 대신 대답을 한다.

"알겠습니다!"

박준영은 고개를 끄덕이고는 김영호 정장에게 보고를 했다.

"정장님 대원들 헬멧과 카포크 재킷 착용 완료되었습니다."

김영호 정장은 정면만을 응시한 채 말없이 고개를 끄덕였다. 그리고는 곧 헤드셋으로 함포 상태를 점검하기 시작했다.

"40포!"

"40포 이상!"

함수의 40mm 함포를 담당한 병기장 차형권 중사가 김영호 정장의 호출이 있자 40mm 포대 안에서 대답해왔다. 보포스 40mm 단장포인 이 함포는 분당 300발을 발사하며 최대 사정거리는 8.7km이다. 차형권 중사의 대답을 듣자 김영호 정장은 곧이어 40mm 함포의 기동과 작동 상태를 보고토록 했다.

"이상 유무 보고!"

그러자 차형권 중사는 즉시 40mm 함포의 포대를 좌우로 돌려보고 포신을 위아래로 움직여 본 다음 헤드셋으로 보고를 올려왔다.

"40포 이상 무!"

"좋아!"

김영호 정장은 함수의 40mm 함포의 상태를 확인하자 이번에는 중간 갑판에 설치되어 있는 20mm 발칸포의 상태에 대한 점검에 들어갔다. 20mm 발칸포는 최대사정거리가 4500m로서 포신 6개가 하나의 포로 구성되어 있는 함포이다. 이 발칸포는 6개의 포신이 돌아가면서 1분에 3000번 포탄을 토해낸다.

"중간 갑판 20포!"

"중간 갑판 20포 이상!"

중간 갑판의 20mm 발칸포 사수 차기태 하사가 김영호 정장의 호출에 역시 포대 안에서 대답해왔다.

"이상 유무 보고!"

차기태 하사는 김영호 정장의 명령에 따라 20mm 발칸포의 포대를 좌우로 돌려보고 포신을 위아래로 움직여본 후 헤드셋으로 보고해 왔다.

"중간 갑판 20포 이상 무!"

"좋아!"

중간 갑판의 20mm 발칸포 점검이 끝나자 김영호 정장은 이어서 함미의 20mm 발칸포 점검을 시작했다.

"함미 20포!"

"함미 20포 이상!"

함미에 있는 20mm 발칸포 사수 권상락 하사가 포대 안에서 김영호 정장의 호출에 즉시 응답해왔다.

"이상 유무 보고!"

권상락 하사는 즉시 20mm 발칸포의 포대를 좌우로 빙빙 돌려보고 포신을 위아래로 연신 작동했다. 그리고는 역시 헤드셋으로 김영호 정장에게 보고를 올렸다.

"함미 20포 이상 무!"

"좋아!"

김영호 정장은 각 함포의 전투태세를 모두 확인하자 갑판장 채병근 원사에게 M-60 기관총 사수 배치에 대해 물었다.

"갑판장님! M-60 기관총 사수는 배치 완료되었습니까?"

"예! 배치 끝났습니다. 훈련대로 좌현 M-60 기관총 사수는 이재문 하사이고 우현 M-60 기관총 사수는 류재영 병장입니다."

"알겠습니다!"

김영호 정장은 고개를 끄덕였다. 그리고는 다시 갑판의 소총수 배치에 대해 물었다.

"갑판에 소총수는 지금 몇 명 배치되어 있습니까?"

"지금은 윤지수 병장만 K2 소총 무장으로 후갑판에 배치시켜놓고 나머지 대원은 실내에서 대기 중에 있습니다."

김영호 정장은 또 다시 고개를 끄덕였다. 이때 잠시 함교 아래 병기고에 갔던 박준영이 함교로 올라왔다.

"정장님! 여기 권총 차십시오!"

박준영이 김영호 정장에게 실탄이 장전된 M1911A1 콜트 권총을 내밀었다. 그리고 함교에 있는 배영남과 조중원에게도 M1911A1 콜트 권총을 건네주었다. 박준영은 이미 M1911A1 콜트 권총을 허리에 차고 있었다.

박준영은 김영호 정장이 권총을 허리에 차고 있는 사이에 망원경으로 전방을 유심히 살폈다. 그리고는 힘들겠다는 표정으로 김영호 정장에게 말해왔다.

"정장님! 아무래도 우리가 도착하기 전에 등산곶 초계정이 먼저 우리 어선에 도달하겠습니다!"

"음-!"

김영호 정장은 박준영의 말을 듣자 다시 망원경으로 전방을 살폈다. 역시 박준영의 말대로 등산곶 초계정이 어선을 곧 잡게 될 상황이었다.

"등산곶 초계정이 우리 어선과 계류하거나 같이 있게 되면 우리가 돌격기동도 함포사격도 할 수 없습니다!"

박준영은 북한의 등산곶 초계정이 점차 어선에 가까워지자 초조하게 말했다.

"음-!"

김영호 정장은 다시 깊은 신음 소리를 냈다. 그는 저 멀리에서 하얀 물보라를 일으키며 기동하고 있는 북한의 등산곶 초계정을 노려보았다. 그리고는 곧 전탐사 구연호 하사를 불렀다.

"전탐사!"

"예! 정장님!"

"적함까지의 방위와 거리 말해봐!"

"예!"

구연호 하사는 레이더를 들여다보며 방위와 거리를 보고하기 시작했다.

"우현 028도! 거리 4016!"

가만히 앉은 채 구연호 하사의 보고를 들은 김영호 정장은 그가 보고를 끝내자 즉시 함수의 40mm 함포 사수 차형권 중사를 헤드셋으로 불렀다.

"40포!"

"40포 이상!"

김영호 정장은 차형권 중사가 대답하자 곧바로 조준 명령을 내리기 시작했다.

"대함목표 우현 030! 고각 050! 거리 4020! 조준 좋아 보고!"

"대함목표 우현 030! 고각 050! 거리 4020! 조준 좋아!"

"포서!"

"포서 완료."

차형권 중사는 신속하게 조준을 완료하고 그 조준에서 포의 움직임을 정지시켰다. 그의 보고를 듣는 김영호 정장의 얼굴은 굳어 있었다. 잠깐 동안 40mm 포대와 함교 간에는 정적이 흘렀다. 그러나 곧 차형권 중사의 음성이 정적을 깨며 김영호 정장의 헤드셋에 들려왔다.

"정장님! 위협사격 하시렵니까?"

김영호 정장이 불러준 지점은 북한의 등산곶 초계정이 아니라 바로 그 근처였기 때문이다.

"맞아!"

역시 차형권 중사의 생각대로였다. 김영호 정장은 북한의 등산곶 초계정이 어선에 도달하기 전에 먼저 자신의 고속정이 도달하는 것이 어려워지자 자신의 고속정이 어선에 먼저 도달할 수 있는 시간을 조금이라도 벌어보고자 등산곶 초계정에 대해 위협사격을 할 생각이었다. 그러면 등산곶 초계정은 사격을 피하여 방향을 틀고 속도를 늦추게 될 것이다. 김영호 정장은 이렇게 함으로써 등산곶 초계정이 어선에 근접하는 시간을 최대한 늦추고자 하였다. 등산곶 초계정이 주춤하는 사이에 김영호 정장의 참수리 고속정은 어선에 도달할 수 있을 것이다.

김영호 정장은 다시 망원경을 들어 잠시 북한의 등산곶 초계정을 살펴보았다. 그리고는 그 상태로 차형권 중사에게 명령을 내렸다.

"갖추어!"

"갖추어 완료."

"실탄 장전!"

"실탄 장전 완료!"

함교와 40mm 포대 사이에는 팽팽한 긴장감이 흘렀다.

"쏘기 시작!"

마침내 김영호 정장에게서 사격 명령이 떨어졌다.

"꽝! 꽝! 꽝! 꽝! 꽝!"

보포스 40mm 단장포에서는 차형권 중사의 복창이 끝나자마자 귀가 멍멍하다 못해 아플 정도의 격발음이 연속해서 터져 나오기 시작했다.

40mm 포탄은 북한의 등산곶 초계정 바로 앞에 연속으로 내리꽂혀대며 자그마한 물기둥으로 된 그리고 대단히 위험한 울타리를 완벽하게 만들어 냈다. 김영호 정장의 계산은 들어맞았다. 등산곶 초계정이 급히 방향을 틀면서 속도를 줄인 것이다. 작전 성공이다. 이에 차형권 중사에게 재차 명령을 내리는 김영호 정장.

"계속 쏴!"

"꽝! 꽝! 꽝! 꽝! 꽝!"

보포스 40mm 단장포는 다시 불을 뿜어 댔다. 북한의 등산곶 초계정은 방향을 틀어 다시 속도를 높이려다가 다시금 떨어지는 포탄에 속도를 아까보다 더 줄이며 방향을 확 틀었다. 덕분에 한국 어선은 북한의 등산곶 초계정으로부터 제법 멀어져갔다. 반면 김영호 정장의 참수리 고속정은 북한의 등산곶 초계정 근처에 다다르고 있었다.

"쏘기 멈춰!"

"쏘기 멈췄음!"

김영호 정장은 참수리 고속정이 마침내 북한의 등산곶 초계정 옆면에 가까이 이르자 함포 쏘기를 중지시키고 함내 방송으로 대원들에게 직접 명령을 내렸다.

"총원! 꽉 잡아!"

김영호 정장의 명령이 떨어지자 곧바로 참수리 고속정 곳곳에서 그의 명령을 복창하는 대원들의 음성이 울려 퍼졌다.

"꽉 잡아!"

"꽉 잡아!"

"꽉 잡아!"

"꽉 잡아!"

순식간이었다. 참수리 고속정은 하늘로 치솟았다. 그리고 귀를 찢는 듯한 금속성 굉음이 들려왔다.

"꽈과광!"

참수리 고속정은 왼편으로 기울어지며 바다로 떨어졌다. 참수리 고속정의 함수가 북한의 등산곶 초계정 우측면 중간 앞부분을 후미 방향으로 하여 다소 경사지게 들이박은 것이다. 참수리 고속정은 엔진의 추력과 타력에 의해 북한의 등산곶 초계정을 그대로 강하게 밀어붙였다. 김영호 정장은 엔진의 RPM을 낮추지 않았다. 그는 계속해서 참수리 고속정으로 북한의 등산곶 초계정을 밀어 댔다. 참수리 고속정과 북한의 등산곶 초계정 사이에서는 강하게 부딪치는 금속 마찰음이 끔찍하고도 기괴한 소음으로 들려왔다.

참수리 고속정이 북한의 등산곶 초계정의 오른편 측면을 약간 기울어진 각도로나마 강력하게 밀어대자 등산곶 초계정은 충돌 반대편인 왼편 측면으로 강한 물살을 받으면서 쭉 밀려나갔다. 그러나 북한의 등산곶 초계정도 28노트의 최대 속도로 출력을 올리고 있어서 참수리 고속정은 방향이 틀어지고 있었다. 하지만 참수리 고속정의 엔진 출력이 북한의 등산곶 초계정보다 월등하므로 북한의 등산곶 초계정은 쉽사리 이 상황을 벗어나지 못하고 있었다.

김영호 정장은 참수리 고속정의 방향이 틀어지려 하자 조타장 김인균 중사에게 키를 꽉 잡도록 명령을 내렸다. 그리고는 계속해서 밀어붙이도록 기관장 배영남에게 지시를 내렸다. 그러자 북한의 등산곶 초계정은 T자형의 상태에서 벗어나려고 함수를 우현으로 돌리기 시작했다. 함수를 좌현으로 틀면 참수리 고속정이 계속 따라붙으며 밀어댈 것이기 때문에 T자형을 벗어날 수 없다. 서로 평행되어야만 이 상황을 벗어날 수 있으므로 그렇게 되기 위해서는 함수를 우현으로 돌리는 수밖에는 없다. 그러나 김영호 정장이 북한의 등산곶 초계정의 계산을 먼저 알았다. 김영호 정장은 함정 간에 수평이 되는 것을 막기 위하여 북한의 등산곶 초계정이 함수를 우현으로 트는 것과 동시에 참수리 고속정도 함수를 우현으로 최대한 틀도록 하였다.

잠시 동안 참수리 고속정과 북한의 등산곶 초계정 간에 힘겨루기가 이루어졌다. 참수리 고속정의 함수와 등산곶 초계정의 우측 중간 앞부분

은 여전히 맞붙은 채 금속성 마찰음을 날카롭게 내질러 댔다. 그러자 이
번에는 북한의 등산곶 초계정이 함수를 좌현으로 틀었다. 이를 본 김영
호 정장은 참수리 고속정의 함수를 최대한 좌현으로 틀도록 다급히 명령
을 내렸다. 북한의 등산곶 초계정이 함수를 좌현으로 틀어버리면 우현으
로 틀고 있는 참수리 고속정의 함수에 대해 결과적으로 우측으로 길을
터주는 것이 된다. 그러면 참수리 고속정은 등산곶 초계정의 우측 함수
를 밀면서 앞으로 나아가게 된다. 이때 북한의 등산곶 초계정이 재빨리
다시 우현으로 틀어서 전진해버리면 형세는 완전히 역전이 되어 등산곶
초계정의 함수가 참수리 고속정의 좌측 측면을 들이미는 형국이 되고 만
다. 따라서 만일 조금이라도 지체를 하게 되면 참수리 고속정은 아까하
고는 역으로 된 처지에서 등산곶 초계정의 T자형 공격을 받게 된다.

참수리 고속정이 함수를 좌현으로 트는 바람에 북한의 등산곶 초계정
과 참수리 고속정은 서로 함수와 함미를 부딪치면서 상호 간에 함수를
반대 방향으로 둔 채 평행이 되었다. 이에 북한의 등산곶 초계정은 어떻
게든 이 상태를 벗어나기 위해 함수를 왼편으로 틀었다. 그러자 김영호
정장은 북한의 등산곶 초계정을 잡아두기 위해 참수리 고속정의 함수를
즉시 오른편으로 틀게 하였다. 이렇게 되자 북한의 등산곶 초계정의 함
수와 참수리 고속정의 함미 간 간격이 서로 벌어지기 시작했다. 그런데
이렇게 되면 등산곶 초계정은 함미의 함포로 참수리 고속정은 함수의
함포로 서로 겨냥하는 형국이 된다. 이는 아무 이득이 없는 상황이다.

등산곶 초계정은 다시 방향을 틀기 시작했다. 이번에는 함수를 오른편
으로 틀었다. 그런데 참수리 고속정이 이에 맞추어 함수를 왼편으로 틀
었다. 그러자 아까와는 반대로 등산곶 초계정의 함미와 참수리 고속정의

함수 간에 간격이 커지기 시작했다. 이렇게 틀어지게 되면 등산곶 초계
정의 함수에 있는 함포와 참수리 고속정의 함미에 있는 함포가 서로 겨
누게 된다. 이는 서로 죽자는 식이 되므로 전혀 이익이 없는 기동이다.
게다가 참수리 고속정의 후미에 의해 등산곶 초계정은 진로가 막혀 있
는 셈이 되므로 더더욱 좋지 않은 상황이 된다. 이에 북한의 등산곶 초
계정은 참수리 고속정과 평행된 그 상태 그대로 직진해 나갔다.

　김영호 정장은 북한의 등산곶 초계정이 참수리 고속정과 측면 마찰을
일으키며 반대 방향으로 빠져나가자 함교를 박준영에게 맡기고 재빨리
함교 밖을 나와 함교 위에 설치된 외부 조함대로 뛰어올라갔다. 상황을
보다 확실히 파악하면서 명령을 내리기 위해서다.

　함교 밖으로 나와 보니 등산곶 초계정에서도 정장인 듯한 장교가 상
갑판으로 나와 이쪽 참수리 고속정을 노려보고 있었다. 김영호 정장은
그와 눈이 마주치는 순간 허리에 찬 권총집에서 M1911A1 콜트 권총을
재빨리 꺼냈다. 등산곶 초계정의 정장이 T-68식 권총을 허리의 권총집에
서 빼내는 것을 보았기 때문이다. 등산곶 초계정 정장이 김영호 정장에
게 T-68식 권총을 겨누었을 때 김영호 정장도 이미 그에게 M1911A1 콜
트 권총을 겨누고 있었다. 그들의 거리는 불과 8m에 불과했다.

　"종간나 새끼! 죽이갓서!"

　등산곶 초계정 정장의 욕설이 김영호 정장의 귀에까지 분명하게 들려
왔다. 김영호 정장은 빙그레 웃으며 계속 그에게 M1911A1 콜트 권총을
겨눈 채 그렇게 그와 서로 엇갈려갔다.

　참수리 고속정과 등산곶 초계정은 상호 이탈되어 점차 멀어져 갔다.
김영호 정장은 몸을 돌려 자함의 뒤편으로 멀리 떨어져 가는 등산곶 초

계정을 계속해서 감시했다. 거리는 점점 멀어져 900m까지 벌어졌다. 하지만 등산곶 초계정의 함미 갑판에 있는 37mm 단연장포는 여전히 참수리 고속정의 함미를 겨냥하고 있었다. 마찬가지로 참수리 고속정의 함미 갑판과 중간 갑판에 있는 20mm 발칸포 역시 등산곶 초계정의 함미를 겨누고 있었다.

참수리 고속정과 등산곶 초계정 간의 거리는 계속해서 멀어져 1,200m에 이르고 있었다. 그런데 이상하게 등산곶 초계정이 갑자기 속력을 높여 직진하기 시작했다. 김영호 정장은 뭔가 수상하다는 생각이 들었다. 순간이었다.

"꽝! 꽝! 꽝! 꽝! 꽝! 꽝!"

등산곶 초계정의 함미 갑판에 있는 37mm 단연장포가 순식간에 불을 뿜어 댔다. 번쩍이는 불빛과 시커먼 포연 그리고 시뻘건 불기둥이 참수리 고속정을 향해 날아들었다. 이때 참수리 고속정의 중간 갑판과 후미 갑판에서도 거의 동시에 불을 뿜어대기 시작했다.

"뚜두두두둥! 뚜두두두둥!"

"뚜두두두둥! 뚜두두두둥!"

중간 갑판과 후미 갑판의 20mm 발칸포에서는 귀가 멍멍하다 못해 아플 정도의 격발음이 터져 나오기 시작했다. 각 발칸포는 6개의 포신이 돌아가면서 마치 우박이 쏟아지는 듯한 소리를 내며 등산곶 초계정을 향해 1분에 3000발의 포탄을 쏟아내기 시작했다. 등산곶 초계정에는 경장갑을 뚫는 20mm 고성능 방화탄인 HE1 포탄들이 정신없이 쏟아져 들어왔다. 곧바로 등산곶 초계정의 후미에서는 불기둥이 솟아올랐다.

한편, 참수리 고속정을 피격시킨 포탄은 모두 세 발이었다. 한 발은 참수리 고속정의 후미를 때렸고 또 한 발은 갑판 위의 선실 입구 수밀문을 맞혔다. 그리고 나머지 한 발은 중간 갑판의 모서리를 쳤다.

"꽝! 꽝! 꽝! 꽝! 꽝! 꽝!"

등산곶 초계정의 37mm 단연장포가 또 다시 불을 뿜었다.

"뚜두두두둥! 뚜두두두둥!"

"뚜두두두둥! 뚜두두두둥!"

참수리 고속정에서도 역시 20mm 발칸포가 계속해서 불을 뿜어 댔다. 그런데 후미 갑판의 20mm 발칸포가 좀 이상했다. 포신이 점점 하늘을 향해 치솟다가 다시 등산곶 초계정으로 향했다하면서 발포되고 있었다.

"권 하사! 권 하사!"

김영호 정장이 헤드셋으로 다급하게 함미의 20mm 발칸포 사수 권상락 하사를 불러 댔다. 그러나 대답이 없었다. 대신 김영호 정장은 함미의 20mm 발칸포 포대에서 검은 연기와 함께 불길이 치솟는 것을 보았다. 당한 것이다.

"권 하사! 권 하사!"

김영호 정장은 고함을 질러대며 권상락 하사를 불렀다.

"꽝! 꽝! 꽝! 꽝! 꽝! 꽝!"

또 다시 날아드는 등산곶 초계정의 37mm 포탄. 하지만 함미의 20mm 발칸포 역시 등산곶 초계정을 겨냥하여 20mm HE1 포탄들을 쏟아내었다.

"뚜두두두둥! 뚜두두두둥!"

함미의 20mm 발칸포 포신이 재차 움직이며 등산곶 초계정을 향해 계속 발포하는 것으로 봐서 아직 권상락 하사는 건재한 것 같았다. 그러나 곧 그의 20mm 발칸포 포신이 하늘로 치켜 올라가면서 헤드셋에서는 권상락 하사의 울부짖음이 처절하게 들려왔다.

"으허허어어아악!"

그의 포탑이 첫 번째 피격되었을 때는 포탑의 지지대를 맞아서 권상락 하사는 포탑 내로 들어오는 불길을 포탑 내에 설치된 소화기로 꺼대면서 계속 포를 쏠 수 있었다. 그러나 두 번째로 피탄되었을 때는 포탑의 하부가 직통으로 맞은 것이다. 순간 1000도가 넘는 불길이 그의 발을 타고 올라오기 시작했다. 그러나 소화기는 아까 다 써버려서 불을 끌 수도 없었다. 다리가 지글지글 소리를 내며 타들어갔다. 불길은 거칠게 그의 상체를 향해 돌진해 왔다. 그는 살기 위해서라도 지금 이 상황을 빨리 끝내야 한다. 그러기 위해서는 적함을 침몰시켜야 한다. 그래야 그가 산다. 그는 살고 싶었다. 꼭 살고 싶었다. 불쌍한 누나를 위해서라도 꼭 살고 싶었다. 권상락 하사는 등산곶 초계정을 향해 20mm 발칸포를 정신없이 쏘았다.

'제발! 제발! 좀 침몰되라!'

권상락 하사는 초조함으로 울고 싶은 심정으로 20mm 발칸포를 계속 쏘아 댔다.

"뚜두두두둥! 뚜두두두둥!"

'제발-!'

"뚜두두두둥! 뚜두두두둥!"

이제는 숨도 쉴 수가 없다. 불길이 이미 그의 가슴을 지나 양 팔로 번지고 있었다. 포탑 안은 그의 살이 타들어 가는 소리와 살이 익는 냄새 그리고 검은 연기로 가득 차 있었다. 이때 또 다시 울리는 등산곶 초계정의 37mm 단연장포 소리. 그를 향해 쏘는 것이었다.

"꽝! 꽝! 꽝! 꽝! 꽝! 꽝!"

그는 시커먼 연기 속에서 얼핏 보았다. 그것은 자신을 향해 날아드는 시뻘건 불덩어리들이었다.

"누나-! 누나-! 누나-! 누나-!"

대원들의 헤드셋에는 누나를 부르짖는 권상락 하사의 절규가 울려 퍼졌다.

"콰쾅!"

함미 20mm 발칸포는 형체도 알아볼 수 없게 날아가 버렸다.

"으아아아! 으아아아!"

미친 듯이 울부짖는 차기태 하사.

"뚜두두두두두두두두두둥!"

차기태 하사는 등산곶 초계정의 후미를 향해 20mm 발칸포를 마구 갈겼다. 멀리 등산곶 초계정의 후미에는 불꽃이 사방팔방으로 튀었다. 그리고 연기가 또 다시 솟아올랐다. 그러나 등산곶 초계정의 37mm 단연장포에서는 또 다시 포탄이 발사되고 있었다.

"꽝! 꽝! 꽝! 꽝!"

하지만 이번에는 포탄들이 영 엉뚱한 방향으로 날아들었다. 타격을 받은 것이 틀림없었다.

"뚜두두두두두두두두두둥!"

중간 갑판의 20mm 발칸포가 광란을 일으키듯 20mm HE1 포탄들을 쏟아내었다.

"뺑! 뻐벙!"

등산곶 초계정의 후미에서 큰 폭발이 일어났다. 그리고는 시커먼 연기가 하늘로 치솟아 올랐다.

"뚜두두두두두두두두둥!"

중간 갑판의 20mm 발칸포는 계속해서 20mm HE1 포탄을 쏘고 또 쏘았다. 그러나 등산곶 초계정의 후미에서는 더 이상 37mm 단연장포의 사격이 없었다. 마침내 파괴된 것이다. 등산곶 초계정은 후미가 대파되자 방향을 틀어 함수를 오른쪽으로 두었다. 이를 본 김영호 정장은 김인균 하사에게 헤드셋으로 다급하게 명령했다.

"조타장! 좌현 전타!"

"좌현 025도 완료!"

참수리 고속정은 김인균 하사의 보고와 동시에 급히 왼편으로 돌기 시작하였다. 이제 둘 다 누가 더 빨리 도느냐에 승패가 달렸다. 배를 먼저 돌린 쪽에서 함수의 주포로써 선제 공격을 할 수 있다. 참수리 고속정과 북한의 등산곶 초계정은 거의 엇비슷한 속도로 방향을 틀고 있었다. 그리고 그와 동시에 참수리 고속정의 보포스 40mm 단장포와 등산곶 초계정의 85㎜ 단연장포도 신속히 움직이기 시작했다. 이때 참수리 고속정에서는 중간 갑판에서 20mm 발칸포도 같이 움직이고 있었다. 아직 함정이 서로 완전히 평행이 되기 전에 함포들은 이미 불을 뿜어대기 시작했다. 참수리 고속정의 보포스 40mm 단장포가 조금 빨랐다.

"꽝! 꽝! 꽝! 꽝! 꽝! 꽝!"

그러나 등산곶 초계정의 85mm 단연장포도 곧바로 불을 뿜어대기 시작했다.

"쿵! 쿵! 쿵! 쿵! 쿵! 쿵!"

이때 이와 거의 동시에 참수리 고속정의 중간 갑판에 있는 20mm 발칸포도 불을 뿜어냈다.

"뚜두두두두두두두두둥!"

참수리 고속정과 등산곶 초계정 간에는 시뻘건 불기둥 들이 오고갔다. 1,800m 간격을 두고 서로 나란히 가면서 그렇게 두 함정에서는 상대에 대해 함포로 불을 뿜어대기 시작했다.

"뻥!"

참수리 고속정에서 터진 폭발음이다. 김영호 정장은 폭발 폭풍에 상갑판에서 위로 날려가 함교의 지붕 위로 떨어졌다. 그러나 그는 정신을 차리고 곧바로 기어서 다시 상갑판의 외부 조함대로 내려갔다. 그리고는 정신없이 차기태 하사를 불러 댔다.

"차 하사! 차 하사-!"

차기태 하사를 찾는 김영호 정장의 음성은 분노와 절규였다. 중간 갑판의 20mm 발칸포 포대가 완전히 사라진 것이다.

"꽝! 꽝! 꽝! 꽝! 꽝! 꽝!"

"쿵! 쿵! 쿵! 쿵! 쿵! 쿵!"

참수리 고속정에서는 보포스 40mm 단장포가 계속해서 불을 뿜어대고 있었다. 마찬가지로 등산곶 초계정에서도 85mm 단연장포가 연신 불을 뿜어 댔다. 피격은 등산곶 초계정이 훨씬 더 많이 되었으나 타격은 참수리 고속정이 더 컸다. 등산곶 초계정의 포탄이 더 크고 위력이 훨씬 강하기 때문이다.

"쿵! 쿵! 쿵! 쿵! 쿵! 쿵!"

등산곶 초계정에서 85mm 단연장포가 또 불을 뿜었다.

"꿍!"

무엇인가 크게 구멍이 뚫리는 소리가 들려왔다. 참수리 고속정에서 수면 아래에 위치한 기관부가 피격되었다. 순간 갑판 아래의 기관실로 바닷물이 물밀 듯이 쏟아져 들어오기 시작했다.

"배수펌프 작동해!"

기관실에 있는 기관사 정운 상사가 기관실 대원들에게 황급하게 소리 질렀다. 그는 김영호 정장이 참수리 고속정을 RPM 1790으로 유지시키자 언제 엔진에 이상이 올지 몰라 노심초사 걱정하며 갑판 아래의 기관실에서 한 시간이 넘도록 초조한 마음으로 엔진을 관리하고 있었다.

"뚫린 곳을 막아! 빨리!"

정운 상사는 쏟아져 들어오는 물살을 헤치며 뻥 뚫려 버린 기관부 함측 벽면으로 다가가서 온몸으로 구멍을 막아섰다. 구멍은 사람 머리가 들어가고도 남을 정도로 컸다.

"기관사님! 여기 물막이 나무 가져왔습니다!"

기관부 수병인 김종욱 상병이 침수 막이용 나무들을 들고 물살을 헤치며 정운 상사에게로 가까이 왔다.

"나는 엔진이 물에 침수되지 않도록 물을 뺄 테니 너는 여기를 책임지고 막아!"

"예!"

김종욱 상병은 정운 상사 대신 온몸으로 물살을 막으면서 침수 막이용 나무들을 그 구멍 안에다 틀어박기 시작했다. 김종욱 상병은 침착하면서도 노련하게 침수 막이용 나무들로써 구멍을 막았다. 마구 들어오던 물살이 점점 약해지면서 줄어들더니 마침내 완전히 멈추었다. 김종욱 상병이 구멍을 메우는데 성공한 것이다. 밖에서는 기관포 소리가 요란하게 들려오고 있었다.

"드드드드등! 드드드드등!"

그 기관포 소리는 참수리 고속정의 기관포 소리가 아니었다. 그것은 북한의 등산곶 초계정에 설치된 14.5mm 기관포 소리였다.

"종욱아! 수고했다! 이제 이리 와서 물을 빼내자!"

정운 상사는 배수펌프의 호수를 들고 소리쳤다.

"종욱아! 아! 빨리 이리 와!"

"종욱아!"

그러나 김종욱 상병은 정운 상사의 계속되는 재촉에도 불구하고 자신이 메워놓은 그 구멍에 등을 기댄 채 공포에 질린 듯한 얼굴을 하고는 여분의 구멍 막이용 나무를 끌어 앉고 꼼짝도 않았다.

"종욱아! 겁먹지 말고 이리 오라니까!"

정운 상사는 약간은 짜증 섞인 음성으로 김종욱 상병에게로 다가갔다.

"종욱아!"

정운 상사는 김종욱 상병을 잡았다.

"어? 종욱아! 너 왜 그래?"

김종욱 상병은 말없이 스르르 무너지듯이 쓰러졌다. 그의 등 뒤에 있던 침수 막이용 나무에는 피가 흥건히 묻어 있었다.

"종욱아! 종욱아!"

정운 상사는 김종욱 상병을 흔들면서 그가 서 있었던 곳을 보았다. 그곳에는 아까 없었던 구멍들이 뚫려 있었다. 등산곶 초계정의 14.5mm 포탄이 뚫고 들어온 자리였다. 기관실 내로 들어온 물을 퍼내느라고 14.5mm 포탄이 날아든 것을 전혀 몰랐던 것이다.

"종욱아! 어흐! 어흐! 종욱아!"

정운 상사는 울면서 김종욱 상병을 끌어안았다. 김종욱 상병은 가슴에서도 검붉은 피가 뭉글뭉글 계속 흘러나오고 있었다.

"드드드드등! 드드드드등!"

또 다시 들려오는 등산곶 초계정의 14.5mm 기관포 소리. 순간 기관실의 함측 벽면에는 무수히 많은 구멍들이 뚫려졌다.

"드드드드등! 드드드드등!"

등산곶 초계정의 14.5mm 기관포 포탄이 재차 기관실을 관통했다. 그러나 정운 상사는 피하지 않았다. 그는 아들 같은 김종욱 상병을 꼭 끌어안은 채 고개를 푹 숙이고 있을 뿐이었다. 기관실의 바닥은 14.5mm 포탄이 뚫어 놓은 구멍으로 새어들어 온 물로 인해 다시 흥건해지고 있었다. 그리고 그 물은 정운 상사와 김종욱의 상병의 몸에 이르러 붉게 물들어 갔다.

이때 참수리 고속정은 보포스 40mm 단장포를 쏘아대면서 전속력으로 등산곶 초계정에 접근해 갔다. 등산곶 초계정의 85mm 단연장포 위력이 워낙 강하기 때문에 그 포격을 견디기 어려워서이다. 자칫 한 발만 맞아도 그 피해가 엄청나다. 그렇다고 멀리 떨어질 수도 없다. 등산곶 초계정의 85mm 단연장포가 비록 명중률이 떨어지는 수동이기는 하나 사거리가 참수리 고속정의 보포스 40mm 단장포에 비해 훨씬 길다. 그리고 참수리 고속정의 보포스 40mm 단장포가 아무리 자동사격통제장치에 의해 표적을 잡는다고는 하지만 거리가 멀어지면 이 역시 명중률이 떨어진다.

이에 김영호 정장은 참수리 고속정을 등산곶 초계정으로부터 멀어지게 하는 것과는 반대로 더 가까이 근접시키는 것으로 하였다. 가까이 접근을 하게 되면 오히려 사정거리에서 벗어나게 되기 때문이다. 포의 구경이 클수록 근접 거리에서의 안전거리가 더 길게 나온다. 이는 그만큼 가까운 거리의 표적에 대해서는 쏠 수 없다는 말이 된다. 이것은 물체가 송곳의 끝에서 떨어져 있으면 송곳으로 이를 찌를 수 있지만 송곳의 길이 내에 있으면 송곳이 이를 전혀 찌를 수 없는 것과 같은 논리이다. 따라서 참수리 고속정이 등산곶 초계정에 가까이 가면 등산곶 초계정의 85mm 단연장포는 참수리 고속정에 대해 포를 쏠 수가 없지만 85mm 단연장포보다 구경이 훨씬 작은 참수리 고속정의 보포스 40mm 단장포로는 여전히 등산곶 초계정에 대해 공격을 할 수가 있다. 다만 등산곶 초계정에서는 참수리 고속정의 근접을 집중 포화로써 결사적으로 막겠지만 참수리 고속정에서도 마찬가지로 집중포화를 내뿜으면서 상대의 포격을 견제하면 충분히 근접시키는데 성공할 수 있을 것이다. 매우 위험한 작전이지만 등산곶 초계정을 놓아 보내지 않고 잡기 위해서는 대함미사일이나 어뢰가 없는 참수리 고속정으로서는 현재 이 방법 외에는 다른 방도가 없다.

역시 예상했던 대로 등산곶 초계정의 견제는 대단했다. 85mm 단연장포와 등산곶 초계정의 함미에 있는 14.5mm 기관포에서 참수리 고속정을 향해 집중적으로 포화를 퍼부었다.

"쿵! 쿵! 쿵! 쿵! 쿵! 쿵!"

"ㄷㄷㄷㄷㄷ등! ㄷㄷㄷㄷㄷ등!"

하지만 참수리 고속정에서의 보포스 40mm 단장포의 포탄도 등산곶 초계정을 향해 맹렬하게 날아가 작렬하고 있었다.

"꽝! 꽝! 꽝! 꽝! 꽝! 꽝!"

이때 함교에서 기관장인 배영남은 기관전령기 아래로 머리를 최대한 숙인 채 자리를 고수하고 있었다. 그리고 조타장 김인균 중사 역시 제자리에서 몸을 최대한 낮춰 키를 꼭 잡고 있었다. 전탐사 구연호 하사도 마찬가지로 자기 자리에서 레이더 스크린 계기 아래쪽으로 몸을 최대한 웅크린 채 계속해서 레이더 스크린을 들여다보고 있었다. 이들은 함교로 포탄이 넘나들어도 자리를 전혀 뜨지 않고 지키고 있었다. 만일 이들 중 누구 한 명이라도 자리를 뜨게 된다면 이 배는 기동 항해 불능 상태에 빠지게 된다. 배영남이 빠지면 배가 기동을 못하게 되고, 김인균 중사가 빠지면 배가 방향을 못 잡는다. 그리고 구연호 하사가 빠지면 촉각을 다투는 위급한 상황에서 어디로 얼마큼 가야 하는지 정확히 알 수가 없다.

배의 키를 꼭 잡고 있는 김인균 중사의 오른손이 덜덜덜 떨리고 있었다. 키에서 그의 왼손은 보이지 않았다. 아니 없어졌다. 그가 잡고 있던 키의 절반과 함께 형체도 알아볼 수 없게 끊어져 나간 것이다. 지혈을 한 그의 왼쪽 손목에서는 하얀 뼈가 그대로 드러나 보였다. 절반이나 부서져 나간 키를 움켜잡고 있는 그의 오른손은 계속 떨고 있었다. 고통을 참고 있는 것이다. 그는 배의 키가 절반이나 부서져 있는 상태였지만 그래도 나머지 남아 있는 키로써 자신의 임무를 계속 수행해내고 있었다.

함교의 유리창은 이미 다 깨진 상태였다. 그런데 또 다시 함교로 불기둥들이 쏟아져 들어왔다.

"드드드드둥!"

"드드드드둥!"

"드드드드둥!"

등산곶 초계정의 14.5mm 기관포였다.

"김 이병! 야, 임마! 김 이병!"

정장 자리 근처에서 낮은 자세로 포탄을 피하고 있던 박준영이 등산곶 초계정 기관포의 포화가 멈추기도 전에 갑자기 김영우 이병을 불러댔다.

"야! 야! 김 이병!"

박준영은 얼른 함교 바닥에 주저앉으며 김영우 이병의 머리를 안았다. 김영우 이병은 눈만 껌벅껌벅 뜨며 박준영을 바라보았다.

"영우야! 영우야 임마!"

김영우 이병은 박준영이 그렇게 애타게 불러대도 한마디도 못했다. 그의 입에서 피가 울컥대며 계속 쏟아져 나오고 있었기 때문이다. 그는 폐와 간이 14.5mm 포탄에 관통된 것이다.

"임마! 임마!"

박준영은 폐와 간에서 솟아나오는 피를 손으로 틀어막으며 김영우 이병을 불렀다. 김영우 이병의 눈은 이미 초점을 잃어 가고 있었다. 하지만 그 와중에서도 김영우 이병은 피를 입으로 굴럭굴럭 내뱉어가면서 마치 뭐라고 말을 하는 듯 했다. 그러나 그의 입에서는 피만 연신 쏟아지고 있었다. 그렇지만 박준영은 그의 입에서 분명히 말을 들었다.

"엄마! 아파!"

얼마 안 있어 김영우의 눈은 초점을 급속히 잃기 시작하더니 곧이어 동공이 활짝 열렸다. 박준영은 김영우 이병의 머리를 아무 말 없이 감싸 안았다.

밖에서는 더 이상 등산곶 초계정의 85mm 단연장포 소리가 들리지 않았다. 김영호 정장의 작전이 성공한 것이다. 참수리 고속정을 등산곶 초계정에 대해 거의 30m 거리에까지 갖다 붙인 것이다. 그리고 이 거리는 계속 좁혀져 갔다. 이때 후미 갑판에서 채병근 원사가 다급하게 소리쳤다.

"윤지수 후퇴해! 윤지수!"

채병근 원사는 후미 갑판에 있는 기관실 환풍기 옆에 바짝 붙은 채 윤지수 병장을 불러 댔다. 그러나 윤지수는 후미 함교에 사려놓은 홋줄 가운데에 들어가서는 쏟아지는 북한 수병의 88식 보총 사격에 꼼짝 못하고 있었다. 참수리 고속정의 좌현 중간 갑판의 가운데 부분에서는 이재문 하사가 M-60 기관총을 쏘고 있었지만 등산곶 초계정에서는 후미에서 북한 수병들이 몸을 숨긴 채 참수리 고속정의 후미에 있는 윤지수 병장을 집중적으로 공격하고 있었다. 때문에 이재문 하사는 효과적으로 윤지수 병장을 엄호해줄 수 없었다. 그러나 M-60 기관총의 사격으로 인해 등산곶 초계정에서의 88식 보총 사격을 어느 정도 저지할 수는 있었다. 따라서 등산곶 초계정의 입장에서는 이재문 하사가 여간 장애가 되는 존재가 아니다. 그들이 이재문 하사를 먼저 제거하려고 하였는지 후미에서 북한 수병들이 88식 보총으로 이재문 하사에 대해 집중사격을 해왔다. 이에 이재문 하사는 기관총 거치대에서 M-60 기관총을 최대한 후미 쪽으로 틀어 사격을 해대기 시작했다.

"타타타타타타타탕!"

그런데 이때 이재문 하사가 미처 보지 못한 것이 있었다. 그것은 등산곶 초계정의 함미에 있는 14.5mm 기관포의 그를 향한 조준이었다.

"드드드드드등!"

"흐으으으윽!"

순식간에 이재문 하사의 왼쪽 다리가 떨어져 나갔다. 그리고 이어서 오른쪽 발목이 끊어졌다. 이재문 하사는 그대로 갑판에 주저앉듯이 상체가 갑판에 떨어졌다. 순간 이재문 하사의 왼팔이 잘려나가면서 그의 머리가 뒤로 젖혀졌다. 그대로 절명이었다.

이재문 하사의 죽음을 본 순간 윤지수 병장은 홋줄을 사려놓은 가운데에서 벌떡 일어섰다.

"이야아아아아아!"

그는 K-2 소총으로 등산곶 초계정의 함미를 향해 마구 갈겨 댔다. 그러나 그는 탄창을 새 탄창으로 다시 갈지 못했다. 탄창을 마저 비우기도 전에 그는 눈을 부릅뜬 채 앞으로 고꾸라지고 있었다.

윤지수 병장을 K-2 소총으로 엄호 사격하던 갑판장 채병근 원사는 이재문 하사와 윤지수 병장이 연달아 전사하자 재빨리 몸을 굴려가며 갑판 층 선실 입구까지 갔다. 그리고는 갑판 층의 선실 복도로 뛰어 들어가서는 선실 내부에 나있는 중간 갑판 위로 올라가는 사다리를 타고 올라갔다. 그러다 그는 잠깐 올라가기를 멈추었다. 그는 윗옷 호주머니에서 핸드폰을 꺼내 핸드폰의 뚜껑을 열었다. 핸드폰 안쪽은 깨져있었다. 언제 깨졌는지도 모른다. 오늘 아침까지만 해도 멀쩡했었던 핸드폰이다. 그런데 핸드폰은 다행히 액정마저 깨지지는 않아서 화면이 떴다. 채병근 원사는 핸드폰에다 깊은 입맞춤을 했다. 핸드폰을 들고 있는 그의 손이 떨렸다. 그는 핸드폰 뚜껑을 닫기 전에 다시 한번 더 핸드폰을 들여다보았다. 핸드폰 안에는 두 여인이 있었다. 젊은 여인이었다. 좀 큰 여인은 손가락으로 하트 모양을 만들어 보이고 있었고 좀 작은 여인은 손가락으로 V자를 그리고 있었다. 그리고 그 사진 아래에는 한 줄 글이 쓰여 있었다.

'아빠! 사랑해! 알지!'

채병근 원사는 마치 무엇인가 간절히 기원하듯이 눈을 꼭 감았다. 꼭 감은 그의 두 눈은 가늘게 떨리고 있었다. 잠깐 눈을 감았던 그는 곧 눈을 뜨고 핸드폰 뚜껑을 닫았다. 그는 핸드폰을 윗옷 호주머니에 다시 집어넣고는 사다리를 마저 올랐다.

"재영아!"

채병근 원사가 중간 갑판에 올라오자마자 다급하게 외쳤다. 그는 열어놓은 수밀문 뒤로 몸을 숨기고 있었다.

"재영아! 니 M-60 기관총을 나에게 가져와라! 어서!"

"예? 예!"

류재영 병장은 함정 우현의 기관총 거치대에 설치된 M-60 기관총 때문에 그동안 함정의 좌현에서 일어나고 있는 격전에 참여하지 못하고 함교 외벽에 몸을 숨긴 채 공격할 기회를 계속 엿보고 있었다. 류재영 병장은 그동안 몇 차례 M-60 기관총을 기관총 거치대에서 들어내어 함정 우현으로 들고 가려고 하였다. 그러나 그를 엄호해주는 사람이 없어서 그는 쏟아지는 총탄 때문에 번번이 실패하곤 하였다. 그런데 채병근 원사가 나타난 것이다. 채병근 원사는 류재영 병장이 기관총 거치대에서 M-60 기관총을 빼낼 수 있도록 등산곶 초계정을 향해 K-2 소총을 맹렬히 쏘아대면서 류재영 병장을 엄호하였다.

"갑판장님! 들어냈습니다!"

드디어 M-60 기관총을 기관총 거치대에서 빼낸 류재영 병장이 M-60 기관총을 어깨에 둘러메면서 채병근 원사에게 소리쳤다.

“그래? 그럼 빨리 이리 가자!”

채병근 원사는 류재영 병장의 왼손을 꼭 잡고는 중간 갑판에 나 있는 하갑판으로 내려가는 입구로 그를 끌었다.

“드드드드드등!”

순식간이었다. 참수리 고속정의 중간 갑판에 등산곶 초계정의 14.5mm 기관포 포탄이 쏟아졌다. 류재영 병장은 M-60 기관총을 어깨에 멘 채 중간 갑판에 나 있는 입구를 통해 그대로 하갑판 아래로 굴러 떨어졌다. 류재영 병장은 반사적으로 일어났다. 채병근 원사는 여전히 그의 왼손을 꼭 붙잡고 있었다. 그러나 손뿐이었다. 손목 위로 채병근 원사가 보이지 않았다. 손목이 끊어진 것이다. 채병근 원사는 중간 갑판에서 14.5mm 기관포 포탄의 세례를 받았다. 사지가 다 끊어지고 머리도 사라져버렸다.

류재영 병장은 M-60 기관총을 어깨에 메고 선실 밖으로 나가려고 하였다. 그러나 그는 힘없이 쓰러졌다. 하지만 그는 다시 일어섰다. 역시 그대로 또 쓰러졌다. 오른쪽 대퇴부가 부러진 것이다. 그렇지만 류재영 병장은 전혀 아픔을 몰랐다. 그저 건들거리며 달려있는 오른쪽 다리에 화가 날 뿐이다. 류재영 병장은 선실 복도를 기어서 함정 좌현에 나 있는 수밀문 쪽으로 갔다. 굳게 닫혀 있는 그 수밀문은 하갑판 위에 있는 선실의 문이다. 그는 수밀문에 도착하자 잠시 멈추어 서고는 바지주머니에다 손을 집어넣고 무엇인가를 잠깐 만지작거렸다. 그것은 구연호 하사가 그에게 써서 그의 예비군 군복 윗도리 호주머니에 넣어두었던 편지였다.

‘미안해! 내가 먼저 나가서 재영이 것은 멋진 걸로 준비해 놓을게!’

류재영 병장은 그 편지를 만지작거렸다. 그러다가 무엇인가 단념한 듯한 표정을 지으며 고개를 숙였다. 그러나 그는 이내 고개를 다시 들어 바지주머니에서 손을 빼고는 입을 굳게 다물었다. 그는 일말의 주저함도 없이 그 수밀문을 열어 제치고 하갑판 위에다 M-60 기관총을 신속하게 설치했다. 그리고는 갈겨대기 시작했다.

"으아아아아!"

"타타타타타타타탕!"

순간 등산곶 초계정에서 몇 명이 나가떨어지는 것이 눈에 들어왔다. 류재영 병장은 계속해서 미친 듯이 M-60 기관총을 쏘았다.

"타타타타타타타탕!"

또 몇 명이 등산곶 초계정에서 나자빠졌다. 류재영 병장은 연속해서 쏘았다.

"타타타타타타타탕!"

그런데 이때 그의 위로 무엇인가 툭 던져지며 선실 복도 안으로 굴러 들어왔다. 북한제 세열 수류탄 RG-42였다. 수초 뒤에 류재영 병장이 있는 선실 복도는 번쩍이는 섬광과 함께 폭음 및 폭염에 휩싸였다.

등산곶 초계정은 속도가 현저히 느려져 있었다. 등산곶 초계정도 참수리 고속정처럼 기관부에 타격이 심한 모양이었다. 등산곶 초계정은 이제껏 참수리 고속정과 평행을 이루면서 포격을 해오다가 방향을 북쪽으로 틀어 북상하기 시작했다. 그러자 김인균 중사의 헤드셋을 통해 김영호 정장의 음성이 다급하게 들려왔다.

"조타장! 놈들이 도망간다! 좌현 전타!"

"좌현 전타 완료!"

참수리 고속정도 신속히 함수를 북쪽으로 돌렸다.

“전탐사! NLL까지 얼마나 남았나?”

헤드셋에서는 다시 김영호 정장의 음성이 들려왔다.

“예! 현 침로 048도! 나침로 120도! 이대로 가면 NLL까지 10분도 안 남았습니다!”

구연호 하사가 레이더 스크린을 들여다보며 헤드셋에 대고 외쳤다.

“놈들을 잡아야 한다! 결코 돌려보내서는 안 된다!”

전 대원들의 헤드셋에는 김영호 정장의 분노에 찬 음성이 울려 퍼지고 있었다.

“병기장!”

“옛! 정장님!”

“놈들의 함교부터 날려버렷!”

“수신완료!”

순간 참수리 고속정의 보포스 40mm 단장포가 등산곶 초계정의 함교를 향해 무차별적인 포격을 가하기 시작했다.

“꽝! 꽝! 꽝! 꽝! 꽝! 꽝!”

그동안 참수리 고속정의 보포스 40mm 단장포는 등산곶 초계정 전체에 대해 고루 포격을 하고 있었다. 그러나 지금부터는 오직 함교만을 상대로 불을 뿜어 댔다.

참수리 고속정보다 60m 전방에서 앞서 가던 등산곶 초계정의 함교가 참수리 고속정에서 우박처럼 쏘아 보낸 40mm 포탄에 무너져 내리듯이 쓰러져 내렸다. 등산곶 초계정은 그동안의 포탄 피격에 의해 시커먼 연기 속에 파묻혀 버렸다. 그러한 등산곶 초계정을 쫓아가던 김영호 정장은 뭔가 이상함을 느꼈다.

"전탐사!"

"전탐사 이상!"

"적함이 정지한 것 같다! 확인 해봐!"

"옛!"

"어때?"

"정장님! 정지한 것 맞습니다! 스크루를 역회전시켜서 정지시킨 것 같습니다!"

"정지 맞지?"

"옛! 앗? 정장님! 적함이 그대로 후진하고 있습니다!"

"뭐? 이거 무슨 계교가 있는 것 같다! 기관장!"

"기관장 이상!"

"우리도 역회전으로 정지시킨다!"

"수신 완료!"

배영남은 곧 참수리 고속정의 스크루를 역회전시키기 시작했다. 이럴 경우 자칫 샤프트가 나갈 수 있으나 지금 상황에서는 어쩔 수 없는 일이다. 참수리 고속정의 스크루가 역회전하기 시작했으나 배는 그동안의 타력으로 인해 계속 앞으로 쭉 미끄러져 나아갔다. 이에 참수리 고속정은 시커먼 연기에 휩싸인 등산곶 초계함의 옆을 지나쳐 갔다. 등산곶 초계함에서는 연기 때문에 시야가 가려서인지 참수리 고속정이 옆을 지나가도 전혀 공격이 없었다. 그런 상태에서 참수리 고속정이 등산곶 초계정 앞으로 70m쯤 지나쳤다. 마침내 참수리 고속정이 멈추기 시작했다.

"조타장! 우현 025도!"

"우현 전타 완료!"

"좋아!"

참수리 고속정은 등산곶 초계정의 80m 전방에서 선회를 하며 함수를 등산곶 초계정 앞으로 돌리기 시작했다. 이때 차형권 중사는 분명히 보았다. 검은 연기 속에 휩싸인 등산곶 초계정의 함수에서 85mm 단연장포가 자신을 향해 포구를 겨누고 있는 것을 보았다. 등산곶 초계정의 85mm 단연장포는 시커먼 연기 속에서 그 일부가 잠깐잠깐 드러나고 있었다.

"아-!"

"쿵! 쿵! 쿵! 쿵! 쿵! 쿵!"

등산곶 초계정의 85mm 단연장포가 불을 뿜어 댔다. 포탄 두 발이 참수리 고속정의 함수에 있는 보포스 40mm 단장포 포탑에 명중하고 있었다. 함교의 아래에도 85mm 포탄 한 발이 강타했다. 그리고 등산곶 초계정의 85mm 포탄은 참수리 고속정의 하갑판 위에 있는 통신실도 꿰뚫고 들어가 터졌다.

포격이 처절하게 지나간 참수리 고속정의 함수는 끔찍하게 일그러져 있었다. 희뿌연 화약 연기가 일그러지고 찢겨지고 녹아내린 함수 곳곳에서 피어나고 있었다. 그런데 희뿌옇고 매캐한 화약 연기가 가득한 함수에 보포스 40mm 단장포는 더 이상 없었다. 그리고 차형권 중사도 더 이상 참수리 고속정의 함수에 없었다.

"흐아아아아아악!"

처절한 비명 소리가 함교 아래 하갑판의 선실 복도에서 울려왔다. 통신실 바로 밖이다. 통신실 밖의 선실 복도에 커다란 불덩어리가 마구 뛰어다니고 있었다. 작전관 조중원이었다. 통신실에 있다가 당한 것이다. 통신실에서 2함대 사령부 작전 지휘부와 긴박하게 무전 연락을 하고 있던 그는 순식간에 85mm 포탄에 의한 화염에 휩싸였다. 불길은 한꺼번에 통째로 그를 덮쳤다. 1200도에 가까운 화염이었다. 몸 전체가 불덩어리가 된 그는 반사적으로 통신실 문을 박차고 복도로 뛰어나왔으나 숨을 쉴 수가 없었다. 숨을 쉴 적마다 공기가 아닌 뜨거운 불길만 들어왔다. 그의 귀에는 자신의 살이 타면서 내는 지글거리는 소리가 들려왔다. 안구는 익어버려 아무 것도 보이지 않았다. 그는 본능적으로 살고자 뛰어다녔다. 그러다 쓰러졌다. 불길은 더 이상 움직이지 않는 그를 마저 태우고 있었다.

통신실에서는 시뻘건 불길과 함께 시커먼 연기가 쏟아져 나왔다. 그 불길과 연기는 통신실 건너 바로 위층에 있는 함교에까지 그대로 타고 올라왔다. 함교가 통신실 불길의 굴뚝 역할을 한 것이다. 함교는 순식간에 검은 연기로 뒤덮였고 1000도가 넘는 불길이 붉은 혀를 날름거리며 함교를 맹렬히 침범하기 시작했다. 박준영은 조중원의 비명 소리를 들었으나 그를 구하러 갈 수가 없었다. 통신실로 내려가는 함교의 입구는 온통 붉은 불구덩이였다. 치솟아 올라오는 불길과 앞을 전혀 분간할 수 없는 연기가 함교 입구를 통해 끊임없이 들어왔다. 그 사이 조중원의 처절한 비명소리는 더 이상 들리지 않았다. 박준영은 함교를 보호하기 위해 부득이 함교의 입구를 수밀문으로 닫았다. 함교 입구를 수밀문으로 닫자 불길과 연기는 더 이상 올라오지 않았다. 그러나 비명 소리는 함교에 여전했다. 조타장 김인균 중사의 비명 소리였다. 하지만 칠흑 같이 시커먼 연기 속에 조타장이 어떤 부상을 입었는지 그리고 어디에 있는지 전혀 분간이 가기 않았다. 더구나 참수리 고속정은 이 여파로 일시 정전이 된 상태이다. 그러나 비상 동력이 가동되며 전원은 다시 복구되었다. 그리고 함교의 깨진 유리창을 통해 검은 연기는 신속히 배출되었다. 함교의 좌측과 우측 그리고 전방의 유리는 모조리 깨져 있었다. 때문에 연기는 빨리 배출되고 있었다. 연기가 어느 정도 배출되자 김인균 중사가 비명에 가까운 신음 소리와 함께 조타석 바로 아래의 바닥에서 나뒹굴고 있는 것이 눈에 들어왔다.

"아으으윽! 아윽!"

함교가 피폭되면서 파편을 맞은 것이다.

"아아악! 아악!"

김인균 중사는 어떻게 고통을 못 참겠는지 비명을 질러대며 몸부림쳤다.

"괜찮아! 괜찮아! 조금만 참아!"

박준영은 몸을 굴러대는 김인균 중사를 꽉 붙잡고는 지혈을 하기 시작했다. 의무병을 겸하고 있던 윤지수 병장이 이미 전사했기 때문에 지금 김인균 중사에 대해 응급처치를 전담할 사람은 아무도 없었다. 박준영은 김인균 중사의 몸을 뒤져 그의 모르핀 주사기를 꺼냈다. 박준영은 모르핀 주사기를 김인균 중사의 몸에다 그대로 갖다 꽂았다.

조타장 김인균 중사가 바닥에 쓰러지자 조타장의 바로 옆 자리에 있던 전탐사 구연호 하사가 재빨리 김인균 중사 자리로 옮겨가 그 대신 키를 잡아 김영호 정장의 명령을 수행했다. 구연호 하사는 김영호 정장의 명령에 따라 참수리 고속정을 지금 있는 장소에서 벗어나게 하였다. 그리고는 우현으로 틀기 전인 아까 위치에서 등산곶 초계정을 가로지른 반대편 방향으로 긴급히 배를 몰았다. 그쪽 방향은 등산곶 초계정에서 뿜어져 나오는 검은 연기가 워낙 심하게 나오고 있는 곳이기 때문에 등산곶 초계정에서는 전혀 시야를 확보할 수 없는 곳이었다.

참수리 고속정이 연기 속으로 들어서자 등산곶 초계정에서의 공격도 뚝 멈추었다. 그리고 그들은 더 이상 후진도 하지 않았다. 아무래도 등산곶 초계정의 기관에 큰 문제가 생긴 것 같았다. 참수리 고속정은 이틈에 검은 연기 속에 몸을 감춘 채 정지하고는 지원 세력이 올 때까지 버티기로 하였다. 참수리 고속정과 등산곶 초계정 간의 거리는 1마일이 채 안 되었다. 그런데 둘 다 해상 표류라서 서로 간에 거리가 점점 멀어지고 있었다. 이제는 1.2마일 가까이 벌어졌다. 이 거리라면 등산곶 초계정의 85mm 단연장포의 사정거리 안에 든다. 따라서 재차 등산곶 초계정의 85mm 단연장포 공격을 받을 수 있다. 하지만 등산곶 초계정을 휘감고 있는 검은 연기 때문에 등산곶 초계정에서는 참수리 초계정을 향해 어떤 함포든지 쏘지 못하고 있었다.

이틈을 놓칠 새라 박준영은 함교에서 김인균 중사의 몸에 모르핀을 놓았다. 그리고 그 사이 통신실의 화재가 다른 대원들에 의해 신속히 진압되고 있었다. 대원들은 전원도 복구시켰다. 그러나 그들은 작전관 조중원과 통신실 대원들은 복구시킬 수 없었다.

박준영은 등산곶 초계정으로부터의 포격이 잠시 소강상태에 들어가자 김인균 중사를 본격적으로 돌보기 시작했다. 구연호 하사도 일단 배를 등산곶 초계정의 연기 속에 숨겨놓자 조타석에서 얼른 내려와 박준영을 도와 김인균 중사를 돌보았다.

"부장님! 저 틀렸지요?"

김인균 중사는 힘없이 웃어보였다.

"임마! 틀리기는 도대체 뭐가 틀렸다는 거야!"

박준영은 고함을 지르며 그의 오른쪽 대퇴부를 단화 끈으로 꽉 잡아
맸다.

"으으윽!"

김인균 중사는 신음 소리를 내며 박준영의 팔을 꽉 잡았다.

"으으으! 부장님! 모르핀을! 모르핀을 좀 더 주세요!"

"안 돼! 모르핀을 너무 많이 맞으면 나중에 그것 때문에 갈 수 있어!"

"하하! 부장님! 지금 가야 하는데 나중을 생각합니까?"

김인균 중사는 씁쓸하게 웃었다. 사실 그의 말이 맞았다. 그의 오른쪽
다리는 무릎 이상이 이미 잘려나갔다. 그리고 칼날처럼 예리한 파편에
베인 복부에서는 이미 내장이 쏟아져 나온 상태였다. 박준영은 피투성이
인 그 내장들을 계속해서 김인균 중사의 배 안으로 도로 쓸어 담고 있었
지만 역부족이었다. 내장은 다시 여기저기서 삐져나오고 있었다. 박준영
의 옆에서 구연호 하사가 피가 잔뜩 엉겨 붙은 손으로 그를 돕고 있지만
역시 김인균 중사를 회생시키는데 있어서는 별 도움이 되지 못했다.

"으윽! 으으윽!"

김인균 중사는 경련을 일으키기 시작했다.

"모르핀! 모르핀!"

김인균 중사는 눈을 허옇게 뜨며 박준영에게 모르핀을 주사해달라고
애원했다.

"임마! 넌 안 죽어! 안 죽어!"

박준영은 그의 머리를 잡고 흔들면서 소리쳤다. 그러나 박준영은 곧
그의 머리를 내려놓고 자신에게 지급된 모르핀 주사기를 꺼내들었다. 그
리고는 곧바로 김인균 중사에게 주사했다. 김인균 중사가 재차 몸을 비

틀며 비명을 질러댔기 때문이다. 주사를 놓자 김인균 중사는 다시 조용해졌다. 그리고 다시는 비명을 지르지도 고통스러워하지도 않았다.

"임마! 임마! 네 애기! 네 애기!

박준영은 눈물을 흘리면서 김인균 중사를 마구 흔들었다.

"애기가 이름이 없잖니! 이름은 지어줘야지!"

박준영은 울면서 그의 머리를 쓰다듬고 또 쓰다듬었다.

얼마간 그렇게 김인균 중사의 머리를 쓰다듬으며 울던 박준영은 고개를 돌려 구연호 하사를 불렀다.

"구 하사!"

박준영은 피가 없는 바닥을 찾아 김인균 중사를 잘 뉘어놓고는 자기 옆에 반 무릎으로 앉아있는 구연호 하사를 보았다.

"예!"

"구 하사가 조타를 맡아야 하겠다!"

"예!"

구연호 하사는 고개를 끄덕이며 대답을 하고는 곧 바닥에서 일어나 김인균 중사가 앉던 자리에 다시 앉았다. 박준영은 구연호 하사를 조타석에 앉히고는 헤드셋으로 김영호 정장을 불렀다.

"정장님!"

대답이 없었다.

"정장님!"

역시 아무런 대답도 헤드셋에서는 들려오지 않았다. 순간 박준영은 헤드셋을 벗어던지고 함교 밖의 상갑판으로 뛰어올라갔다.

"정장님!"

박준영은 엎어지듯이 김영호 정장에게 달려갔다. 김영호 정장은 상갑판에서 하늘을 바라본 상태로 누워 있었다.

"정장님!"

김영호 정장은 아무 대답도 없었다. 박준영은 말없이 김영호 정장의 머리를 들어 가슴에 안았다. 김영호 정장의 목 아래로 피가 흘러내렸다. 저격당한 것이다. 그의 목은 88식 보총 탄환에 의해 관통되어 있었다.

아까 구연호 하사에게 적함의 검은 연기 속으로 배를 숨기라고 명령을 내린 것이 김영호 정장의 마지막 명령이었던 것이다. 박준영은 김영호 정장의 시신을 안고 상갑판에서 함교로 내려왔다. 함교는 바닥이 온통 붉은색으로 끈적끈적하면서 미끄러웠다. 피 때문이다. 발을 뗄 적마다 핏덩어리가 신발 밑창에 들러붙어 쩍쩍 소리를 내며 떨어졌다. 그럴 때마다 비릿하고 역겨운 피 냄새가 바닥에서 더욱 강하게 풍겨 올라왔다. 그런데 함교에는 피 냄새만 존재하지 않았다. 매캐한 화약 냄새와 탄내가 숨을 쉬기조차 어렵게 하고 있었다. 박준영은 함교 바닥에서 그나마 핏물이 적은 곳을 찾아 김영호 정장을 반듯이 뉘었다. 그리고는 채 감지 못한 그의 두 눈을 감기고 일어섰다. 기계 인간의 얼굴처럼 표정이 굳은 그는 함내 마이크를 쥐었다.

"정장이 전사했다! 이제부터 부장이 지휘한다!"

박준영은 함내 방송으로 이 사실을 알렸다.

"부장이 지휘한다!"

"부장이 지휘한다!"

"부장이 지휘한다!"

참수리 고속정에서는 함교를 비롯하여 배의 여기저기에서 복창소리가 들려왔다. 박준영은 눈물을 흘리지 않았다. 그렇다고 흥분하지도 않았다. 다만 이글거리는 눈으로 등산곶 초계정만을 바라볼 뿐이다. 이때 화재가 어느 정도 진화되었는지 등산곶 초계정에서는 검은 연기가 제법 많이 수그러들었다. 그러자 등산곶 초계정에서는 다시 앞으로 기동하기 시작했다. 고장 났던 기관도 정비된 모양이었다.

"적함이 도망간다!"

박준영은 눈을 부릅떴다.

"절대로! 절대로! 돌려보내지 않겠다!"

박준영은 몸을 부들부들 떨면서 등산곶 초계정을 바라보았다.

"영남아! 우리 가자! 저놈들을 보내러 가자!"

박준영은 기관장 자리에 앉아 있는 배영남을 바라보았다. 배영남은 말 없이 고개를 끄덕였다. 그리고는 한마디 던졌다.

"명령만 내려라!"

배영남은 씩 웃었다. 배영남은 박준영의 말이 무엇을 의미하는지 잘 알고 있었다. 지금 참수리 고속정에서는 적을 침몰시킬 수 있는 화력이 전혀 없는 상태이다. 그러나 전혀 없는 것도 아니었다. 배가 침몰하기 전까지는 언제든지 적함을 침몰시킬 수 있는 무기가 있었기 때문이다. 이 무기는 결코 탄환이 떨어지지 않는 무기이다. 바로 충돌을 위해 만들어진 참수리 고속정의 함수이다. 따라서 참수리 고속정의 함수 자체가 하나의 무기인 것이다.

"영남아! 우리에게는 무기가 하나 남아 있잖니? 그거 써야지! 안 그래?"

박준영은 배영남을 보고 미소를 지었다.

"암! 써야지! 난 네가 언제 이 무기를 쓰자고 하려나 하고 기다렸다!"

배영남은 고개를 끄덕이며 박준영을 보았다. 이때 조타장 자리에 앉아 있는 구연호 하사가 입을 열었다.

"부장님! 기관장님! 그럼 전 오늘 확실히 전역하는 거네요!"

박준영과 배영남은 구연호 하사의 말에 아무 대답도 하지 않았다. 대신 말없이 고개를 끄덕여줄 뿐이었다.

"자! 그럼 전역 준비나 해볼까?"

구연호 하사는 바지 왼쪽 호주머니에 손을 쑥 집어넣었다. 그리고는 곧 무엇인가 꺼냈다. 예비군 마크가 조각된 자그마한 나무판이었다. 류재영 병장이 만들어준 바로 그 나무판이었다.

"재영아! 니 하늘로 전역하니까 좋나? 나도 곧 거기로 전역한다! 기다려라! 짜슥아!"

구연호 하사는 류재영이 만들어준 목제 예비군 마크를 왼손에 꽉 쥐었다.

"부장님! 전 준비 됐습니다!"

구연호 하사가 밝은 표정으로 박준영을 바라보았다.

"난 진작 끝났다! 어서 가자!"

배영남은 박준영을 보고 씨익 미소를 지어 보인다.

박준영은 이들에게 고개를 끄덕여 보였다. 그리고는 함내 방송으로 이제 올라타기 공격을 감행할 것이니 모두들 꽉 붙잡으라는 말을 내보냈다. 함내 방송을 마친 박준영은 함교 밖으로 나가 김영호 정장이 섰던 상갑판의 외부 조함대 위로 올라섰다.

지금 등산곶 초계정의 상태로 보아 올라타기 공격을 하게 되면 적함은 분명 침몰이었다. 그러나 아직 저들의 화력이 남아 있으므로 참수리 고속정의 올라타기 공격에 대해 저들은 결사적으로 저지해 올 것이다. 이 상황에서 참수리 고속정에게 받히기라도 하면 꼼짝 없이 침몰이라는 것을 그들도 잘 알고 있었다. 그러므로 이때 배를 조함하는 곳이 함교이 므로 그들은 함교에 필사적으로 공격을 집중시킬 것이다. 이는 곧 참수 리 고속정의 함교에 있는 사람들은 모두 죽는다는 것을 위미한다. 그러 나 나머지 생존해 있는 참수리 고속정 대원들은 모두 무사할 것이다. 그 리고 이들이 그들을 기억해줄 것이다.

구연호 하사는 북쪽으로 바삐 북상하고 있는 등산곶 초계정의 측면으 로 참수리 고속정의 함수가 향하도록 배의 방향을 재빨리 잡았다. 시간 은 얼마 걸리지 않았다. 마침내 참수리 고속정의 함수가 등산곶 초계정 의 왼쪽 측면을 정확히 향하였다.

"RPM 1790!"

드디어 헤드셋을 통해 박준영이 명령을 내렸다.

"RPM 1790 완료!"

배영남이 박준영의 명령을 복창했다.

"재영아! 나 전역한다!"

구연호 하사는 악을 쓰며 소리를 질렀다. 잠시 후 참수리 고속정은 엄 청난 속도로 등산곶 초계정의 왼쪽 측면을 향해 내달렸다.

"쿵! 쿵! 쿵! 쿵! 쿵! 쿵!"

"드드드드드등!"

등산곶 초계정에서 참수리 고속정의 돌진을 보자 85mm 단연장포와 14.5mm 기관포를 정신없이 쏘아 댔다.

그러나 참수리 고속정이 고속으로 발진한 후에 뒤늦게 쏘기 시작한 85mm 단연장포의 포탄은 어느덧 참수리 고속정을 넘어가고 있었다. 지금 참수리 고속정의 위치가 85mm 단연장포의 내측 사정거리 밖으로 들어선 것이다. 하지만 14.5mm 기관포의 포탄은 함교를 강타해대고 있었다.

박준영은 어느 순간 고막을 찢는 듯한 엄청난 폭음을 들었다. 순식간에 그의 몸은 상갑판의 외부 조함대에서 공중으로 높이 솟아올라 중간 갑판으로 떨어졌다. 그리고 얼마 안 있어 참수리 고속정의 대원들은 모두 들었다.

"꽈과과강!"

그것은 참수리 고속정이 등산곶 초계정을 올라타는 소리가 아니라 등산곶 초계정을 반 토막 내는 소리였다. 등산곶 초계정은 NLL 선을 불과 200m도 채 남겨놓지 않은 상태에서 두 토막이 되어 서해 바다 깊숙이 수장되어갔다. 45분간에 걸친 해전이 끝나는 순간이었다.

참수리 고속정은 등산곶 초계정을 침몰시키고도 20분이 넘게 현장에 남아 있었다. NLL선 거의 전방에 걸쳐 북한의 함대가 내려와 있었기 때문이다. 그리고 북한에서는 미그-29기를 평안도 공군기지에서 급발진시켜 5대나 띄웠다. 한국 해군도 이에 맞대응하여 NLL 전 해상에 걸쳐 함정을 급파했다. 그리고 한국의 공군도 서산 해미에 있는 20전투비행단기지에서 즉각 KF-16기를 8대나 띄워 보냈다.

박준영이 다시 눈을 뜬 것은 등산곶 초계정이 침몰하고 난 지 3일 만이었다. 그는 온몸에 붕대가 감겨져 있었다. 정신이 들자 그는 고개를 돌려대며 사방을 휘둘러보았다. 병원 입원실이었다. 분당에 있는 국군수도통합병원이었다. 그런데 그의 옆에 배영남은 없었다. 전사였다. 마찬가지로 구연호 하사 역시 입원실에 들어오지 못했다.

나중에 지원 나와 박준영의 참수리 고속정에 오른 초계함 대원의 말에 의하면 배영남은 기관전령기의 손잡이를 움켜잡은 채 절명해 있었다고 한다. 그는 눈을 부릅뜬 상태로 정면을 노려보고 있었는데 그의 하체 부분은 찾지 못했다고 한다. 그리고 구연호 하사는 조타석에 앉아있었는데 양팔이 없어졌다고 한다. 그리고 그의 머리 절반도 없었다고 한다.

박준영은 뼈가 8군데나 부러지고 크고 작은 파편이 124개나 전신에 박혔다. 그러나 그는 죽지 않고 살았다. 박준영은 국군통합병원에 입원한지 3개월이 지나가고 있지만 단 한마디 말도 하지 않고 있었다. 해전에 대한 보고는 서면으로 대신하였다. 벌써 해가 바뀌어 1월 1일이 되었다. 밖에는 소담스런 눈이 함빡 쏟아지고 있었다. 그는 묵묵히 창밖의 눈을 바라보고 있었다.

제3장

미지의 망명자

　박준영은 등산곶 초계정과의 해전 이후에 일계급 특진하여 중위가 되었다. 그리고 정부로부터 태극무공훈장을 받았다. 그러나 그는 마치 자기 때문에 사랑하는 정장과 동기 그리고 대원들이 죽음으로 내몰린 것 같은 죄책감에 훈장과 훈장기장을 언제나 그의 서류 가방 속에만 넣어 둔 채 한 번도 꺼내보지 않고 지냈다.

　그는 자신이 돌격 공격만 감행하지 않았어도 배영남과 구연호 하사는 죽지 않았을 것이라는 생각에 항상 괴로웠다. 박준영은 그 명령을 내린 자신도 당연히 그때 동기와 대원들을 따라 전사하리라 믿었다. 그리고 그렇게 되었어야 했다고 생각했다. 그러나 정작 명령을 내린 자신은 살아있고 명령을 충실히 수행한 동기와 대원만 전사했다. 그러기에 그는 자신이 살아있다는 사실에 전사한 동기와 대원들에게 미안하고 괴로웠다. 모든 것이 다 자기 때문에 잘못된 것 같았다. 그는 매일 죄책감에 시달리며 속으로 울부짖으며 지냈다.

이러한 그의 상태를 파악한 해군본부에서는 그를 정신적 외상에 대한 요양 차원에서 함정 근무가 아닌 육상 근무로 발령을 내렸다. 그는 언어학 석사학위 소유자인 관계로 목포에 있는 해양대학교 NROTC 교관으로 발령을 받았다. 그곳에서 그에게 주어진 직책은 교무부장이었다.

그는 매일 근무가 끝나면 목포 해양대 뒤에 있는 유달산에 올라 목포 시가지를 내려다보는 것으로 소일을 했다. 그리고 유달산을 내려갈 때는 꼭 조각 공원에 들려 하염없이 조각들 사이를 거닐었다. 목포는 남쪽 끝이지만 눈이 내릴 때는 많이 내렸다. 때문에 그는 요즘 눈이 수북하게 쌓인 유달산을 오르내리고 있었다. 그가 목포 해양대학교에 발령 받은 것은 1월 4일 금요일이었다. 그리고 지금은 1월 23일로 이달 들어 네 번째 수요일이다. 회색빛 하늘에서는 또 눈이 내리고 있었다. 함박눈이다.

그는 전라남도 무안군 청계면 도림리에 있는 목포대학교 앞에 자취를 하며 지냈다. 번잡하지 않으면서도 조용한 곳으로는 바로 그 지역이 제일 좋았기 때문이다. 그는 정신적으로 휴양을 하기 위해 될 수 있는 한 사람들이 많지 않은 곳을 원했다. 그래서 번잡한 목포 시내를 벗어나 조용한 무안군 청계면까지 간 것이다. 그는 시간이 나면 자신과 같은 집에서 자취를 하는 두 명의 목포대학교 학생과 대화를 나누면서 속으로 참수리 고속정에서의 아픔을 치료하였다.

1월 23일에 박준영은 30분 정도 더 일찍 나왔다. 눈이 많이 쏟아지고 있었기 때문이다. 그는 천천히 자신의 차를 몰아 목포 해양대학교 학군단으로 출근을 하니 학군단 행정병이 전문을 하나 보여주었다. 그것은 익일 오전 10시까지 해군본부 정보부로 오라는 명령이었다. 해군본부 정보부에서의 호출 사유에 대해서는 아무도 몰랐다.

다음날 아침 10시. 박준영은 명령대로 서울에 있는 해군본부 내의 정보부실에 들어가 있었다. 그를 면담하고 있는 자는 류경원 대령으로서 해군 정보부장이었다.

"필승! 중위 박준영 호출 명받고 왔습니다!"

"필승! 박 중위! 오느라고 수고 많았네!"

류경원 정보부장은 경례를 부치는 박준영의 경례를 받으며 온화한 얼굴로 맞아들였다.

"그래 목포에서의 생활은 어떤가? 지낼만한가?"

류경원 정보부장은 빙긋이 웃으며 물었다.

"예! 잘 지내고 있습니다!"

박준영은 서 있는 자세에서 부동자세로 대답했다.

"아! 그 앞 소파에 앉게! 편히 앉아!"

류경원 정보부장은 책상 건너편에 있는 푹신한 소파를 박준영에게 권했다. 그는 박준영이 소파에 편히 앉는 것을 잠시 지켜본 후 자기 책상 옆에 있는 커피 메이커로 몸을 옮기면서 박준영에게 물었다.

"귀관! 먼 길 오느라고 수고 많았는데 커피 좀 마시려나?"

"아-! 예!"

박준영은 잠깐 머뭇거리다가 대답을 했다.

"이 원두커피는 내가 아껴먹는 것인데 귀관도 한번 맛을 보게나!"

류경원 정보부장은 박준영의 대답을 듣자 미리 준비된 커피잔을 들고 커피 메이커에서 원두커피를 조심스럽게 받았다. 그는 커피를 다 받자 잔 받침대와 함께 하여 커피잔을 박준영에게 건넸다.

"감사합니다."

박준영은 얼른 자리에서 일어나 커피잔을 받침대와 함께 하여 받았다. 류경원 정보부장은 박준영이 커피를 마시는 것을 잠시 지켜보다가 커피에 대한 박준영의 평가가 궁금하다는 듯이 물어왔다.

"어떤가? 향과 맛이 일품이지? 귀관이 느끼기에도 그러한가?"

박준영은 커피와 향과 맛을 잠시 음미하는 듯하다가 류경원 정보부장을 바라보며 입을 열었다.

"저-! 이 커피는 인도네시아산 루왁 커피 아닙니까? 이 귀한 것을 주시니 감사합니다!"

"오! 귀관 어떻게 이 커피가 루왁 커피라는 것을 아는가? 허허허!"

류경원 정보부장은 박준영이 단 한 모금에 커피의 정체를 알아내자 감탄했다.

"아, 예! 일전에 몇 번 마셔본 적이 있습니다."

"그런가? 귀관도 루왁 커피를 즐기는가?"

"즐기는 정도는 아니었고 좀 마셨었습니다. 그런데 저는 베트남산 콘삭 커피를 보다 더 자주 마셔서 콘삭 커피가 루왁 커피보다 조금 더 제게 입맛이 익숙합니다."

"그런가? 나는 아직 다람쥐가 숙성시켜낸다는 그 콘삭 커피를 마셔보지 못했네! 그럼 나도 한번 콘삭 커피를 구해서 마셔봐야겠네! 허허허!"

류경원 정보부장은 너털웃음을 웃으며 박준영을 보았다. 그러나 그의 얼굴은 웃고 있었으나 박준영을 살펴보는 눈매는 매우 매서웠다.

"내가 일전에 인도네시아에 파견 근무 나갔을 때 그곳 대령에게서 선물 받은 것인데 루왁이라는 커피라더군. 그런데 마셔보니 맛과 향이 정말 환상적이야!"

류경원 정보부장은 자신의 책상 서랍에서 잘 밀봉된 원두커피 봉지 하나를 꺼내보았다. 그 원두커피 봉지에는 너구리도 아니고 족제비도 아닌 이상하게 생긴 동물의 그림이 그려져 있었다. 그 그림은 바로 루왁 커피를 만들어 낸다는 긴꼬리 사향고양이였다. 그 그림을 잠시 보던 박준영은 고개를 가볍게 끄덕이며 말했다.

"그렇습니까? 저는 친구를 통해서 베트남산 콘삭 커피를 몇 봉지 선물 받아서 오랫동안 마셔본 적이 있습니다."

박준영은 류경원 정보부장이 보여주는 루왁 원두커피 봉지를 계속 바라보며 말했다.

"음-! 귀관이 그렇게 말하니 은근히 콘삭 커피 맛이 궁금해지는구먼! 허허허!"

류경원 정보부장은 또 다시 너털웃음을 웃었다. 박준영은 그의 웃음에 그저 멋쩍게 같이 웃으며 류경원 정보부장을 바라보았다.

"음-! 그건 그렇고 귀관은 왜 갑자기 정보부에서 호출했는지 이유를 모르지?"

류경원 정보부장은 웃음을 뚝 멈추고 진지한 얼굴로 박준영에게 물어왔다.

"예! 전혀 모릅니다."

"그래! 모르는 것이 당연하지. 이건 일급비밀 사항이라서 만일 귀관이 알았다면 무엇인가 잘못된 거지."

류경원 정보부장은 고개를 끄덕이며 박준영을 보았다. 그리고는 그 상태로 잠시 동안 아무 말도 없었다. 박준영 역시 가만히 앉은 채 류경원 정보부장을 바라보고만 있었다.

사실 박준영은 류경원 정보부장이 구면이다. 그는 임관되고 나서 얼마 후 아직 진해의 초등 군사 교육반에서 교육을 받고 있을 때인 9월 10일 월요일 오후에 서울의 해군본부 정보부로부터 호출을 받은 적이 있었다. 그때는 아직 해군본부가 대전 계룡대로 완전히 이전하기 전이었다. 때문에 해군본부 내의 부서에 따라 아직 대전으로 이전하지 않은 부서가 있었다. 정보부 역시 아직 대전으로 이전되지 않은 상태였다. 서울에 아직 부서가 남아 있는 옛 해군본부는 이들 부서가 완전히 대전 계룡대로 옮겨지기 전까지는 그래도 여전히 편의상 서울 해군본부로 지칭되었다. 그는 이러한 서울의 해군본부로 올라가서 류경원 정보부장을 처음 만났었다.

"귀관! 우선 임관을 축하하네!"

박준영에 있어서 류경원 정보부장의 첫인상은 매우 차고 싸늘했다. 류경원 정보부장은 박준영에게 호출 사유를 단도직입적으로 말했다.

"귀관에 대해 알아보니 귀관은 언어학 석사에 영어, 독일어, 러시아어, 우크라이나어, 이탈리아어, 덴마크어, 중국어(광동어, 베이징어), 일본어, 타갈로그어 등 총 8개 국어 10개 언어에 능통하더군. 프랑스어도 수준급인 것인 것으로 알고 있어. 그리고 사격 솜씨도 대단하다고 보고가 올라와 있네."

류경원 정보부장은 손에 들고 있는 서류를 들여다보면서 박준영에게 말했다. 그리고는 그의 얼굴을 뚫어지게 쳐다보며 말했다.

"우리 해군 정보부는 귀관과 같은 인재를 여태 찾고 있었네. 어때 나하고 같이 여기서 근무해보지 않겠나?"

하지만 류경원 정보부장은 박준영을 정보부원으로 받아들이지 못했다. 박준영이 거절해서였다. 류경원 정보부장의 박준영에 대한 말은 상부로서의 명령이 아니라 권유였기 때문이다. 박준영은 자신이 해군이므로 당연히 배를 타겠다고 대답을 했다. 이에 류경원 정보부장은 상당히 아쉬워하면서 박준영을 진해의 초등 군사 교육반으로 도로 돌려보냈다. 그때 류경원 정보부장은 언젠가 자신을 다시 볼 날이 반드시 있을 것이라며 박준영에게 말하고 돌려보냈었다. 그런데 그때 류경원 정보부장이 말했던 대로 박준영은 지금 류경원 정보부장과 재차 마주하고 앉아있다.

"여기 본부가 좀 어수선하지? 대전 계룡대로 이사 갈 준비하느라고 그렇네!"

류경원 정보부장은 빙긋 웃으며 말했다.

"예! 얘기 들었습니다."

박준영은 별다른 표정 없이 고개를 끄덕이며 대답했다.

"박 중위!"

"예?"

류경원 정보부장은 박준영을 부른 후 잠깐 그의 얼굴만 가만히 쳐다보았다. 그리고는 조용한 음성으로 말했다.

"귀관의 참수리 고속정이 침몰시킨 등산곶 초계정이 그날 왜 대명 2호 어선을 나포하려 했는지 아나?"

"예?"

순간 박준영은 자신도 모르게 얼굴이 굳어졌다. 류경원 정보부장으로부터 등산곶 초계정이란 말을 듣는 순간 그는 주먹이 꽉 쥐어졌다. 그러나 그 이상의 행동은 보이지 않았다. 그는 냉정하게 자신의 감정을 잘 억제시키고 있었다.

"모릅니다."

박준영은 짤막하게 대답했다. 류경원 정보부장은 그의 대답을 듣자 또다시 잠시 말이 없었다. 그러다 다소 낮은 음성으로 말하기 시작했다.

"북한에 제3공병국 43여단에 파견 나갔었던 자가 있었네."

"제3공병국이요? 그런데 그게……왜?"

박준영은 류경원 정보부장이 갑자기 뜬금없이 북한의 부대 이야기를 꺼내자 무슨 말인지 잘 이해가 안 가는 듯한 음성으로 물었다.

"북한의 제3공병국은 핵개발 부대일세."

"예?"

박준영은 그의 말을 듣자 깜짝 놀랐다. 전혀 예상치 못한 대답이었다.

"그 부대에 파견 나갔던 자는 현재 501 원자력 연구소에서 근무하고 있는 북한의 핵물리학 박사 최학겸이 예전에 원자력 공업부 부장으로 있을 때 데리고 있던 수행 비서로서 지금은 북한의 사회안전부 97국 요원에게 쫓기고 있네."

"사회안전부 97국은 또 뭡니까?"

박준영은 더욱 의아해진 음성으로 물었다.

"북한의 핵개발에 대한 안보를 담당하고 있는 곳일세."

"예? 그럼?"

"그렇네! 사회안전부 97국에서 그자를 쫓고 있었다면 무엇을 의미하겠나?"

"그렇다면 그자가 북한의 핵개발에 대해 무엇인가 중대한 것을 다루었던 자라는 말입니까?"

박준영은 놀라는 기색이 되어 류경원 정보부장을 바라보았다.

"맞았네. 그자는 바로 북한의 핵개발에 대한 핵심 정보를 알고 있는 자일세."

"그런데 왜?"

"최학겸이 원자력 공업부 부장으로 있을 때 그자를 제3공병국 43여단
으로 파견했었네. 그런데 그자가 그곳에 파견되어 가 있는 동안에 무슨
일이 있었나 보네. 그일 이후로 그자는 북한을 탈출했고 최학겸은 원자
력 공업부 부장에서 해임되었지."

"그럼 그자가 우리와 접촉을 했습니까?"

박준영은 점점 더 궁금해졌다.

"그자는 북한을 탈출한 후 1년 정도 행방이 묘연했었네. 그런데 어느
날 갑자기 8월 17일 월요일 우리 측에 연락이 왔네."

"망명하겠다는 겁니까?"

"그렇지! 그런데 이상하게도 그자가 귀관을 지목하면서 꼭 귀관이 와
서 자신의 신병을 인도해가게 해달라는 것이었네."

"예에? 왜 접니까?"

박준영은 눈이 휘둥그레지며 자기도 모르게 음성을 높였다.

"그건 우리도 궁금한 사항이었네. 그래서 그 이유를 묻고 접선 장소를
정하려고 했는데 그 이후로는 전혀 접촉이 이루어지지 않았네. 홀연히
사라진 거야."

"예?"

박준영은 도대체 무슨 말인지 이해가 가지 않는다는 표정이 되었다.

"우리 정보부에서는 이유야 전혀 알 수 없지만 그자가 일단 귀관을
지목했기에 귀관을 우리 정보부로 들인 다음 그자를 추적하기로 했었네.
그런데 그자가 도중에 사라져버렸고 또 우리 역시 상황을 아직 제대로

알지도 못한 상태였기에 귀관에게 무턱대고 발령부터 내릴 수는 없어서
일단은 아직 초군반에 있는 귀관을 불러 의향만 떠보았던 것일세.”

“아! 그래서 저를……”

박준영은 자신이 초등 군사 교육반에 있을 때 해군본부 정보부에서
호출하여 정보부에서 근무하겠냐고 물었던 이유를 이제야 알겠다는 듯
이 고개를 끄덕였다.

“맞았네. 그래서 그때 귀관을 불렀고, 또 내가 언젠가 또 귀관을 볼
날이 있을 것이라고 얘기했던 것일세.”

류경원 정보부장이 빙긋이 웃으며 대답했다.

“그런데 그자가 하필이면 왜 저를 지목했습니까?”

박준영은 도무지 이해가 가지 않는다는 듯이 다시 물었다.

“글쎄, 아까도 말했듯이 그 점에 대해서 우리도 전혀 아는 바가 없네.
그런데 이상하게도 그자는 귀관에 대해서 대단히 잘 알고 있더구만.”

“예? 저를 말입니까?”

“그렇네!”

박준영은 또 다시 눈이 휘둥그레지고 류경원 정보부장도 그자가 어떻
게 박준영을 잘 알고 있는지 모르겠다는 표정을 지었다.

“그런데 귀순이나 망명이라면 국정원에서 담당하는 것 아닙니까?”

박준영은 뭔가 이해가 가지 않는다는 듯이 류경원 정보부장을 보았다.

“음-! 일단 국정원에서 담당하는 것이 맞지. 그런데 그자가 국정원이
아닌 우리 해군 정보부를 지목했네. 반드시 해군 정보부를 통해서 망명
하겠다는 거야.”

“그건 왜 또?”

“그 이유 역시 그자가 사라진 이상 우리로서는 알 수가 없지. 다만 한 가지 추측하는 것은 그자가 망명하려는 루트가 해상이어서 그런 것이 아니었나 하는 것일세.”

“그럼 왜 하필이면 해상으로?”

“그것 또한 전혀 알 수가 없네. 도대체 그자가 있어야 물어나 보지 안 그런가?”

류경원 정보부장은 자신도 진정 궁금하다는 표정이다.

“부장님!”

박준영은 혼자서 가만히 생각하다가 무엇인가 자신도 궁금한 것이 있는 듯 류경원 정보부장을 불렀다.

“그자가 해상으로 망명하려는 루트가 해상이라는 것은 어떻게 알았습니까?”

“음-! 아까 내가 귀관에게 등산곶 초계정이 왜 대명 2호 어선을 나포하려 했는지 아느냐고 물었지?”

류경원 정보부장은 다소 조심스런 음성으로 말하며 박준영을 가만히 쳐다보았다.

“예!”

박준영은 별다른 감정을 보이지 않으며 대답했다. 그 사이 자신의 감정을 냉정하게 잘 조절해낸 것이다. 지금 등산곶 초계정과 자신의 참수리 고속정에 대한 이야기는 공적인 이야기이므로 여기에 자신의 사적인 감정을 이입시키면 안 되기 때문이다.

류경원 정보부장은 말을 잠시 끊고 박준영을 예리하게 바라보다가 조용히 고개를 끄덕이면서 다시 입을 열었다. 박준영의 놀라운 감정 조절

능력을 확인한 것이다. 이에 류경원 정보부장은 더 이상 망설이는 것 없이 말을 하기 시작했다.

"그자가 귀관을 언급하고는 홀연히 자취를 감췄다가 한 달이 훨씬 지난 10월 7일 일요일에 다시 연락이 왔었네."

"예?"

10월 7일이라면 자신의 참수리 고속정이 긴급 출동했던 날이다. 그리고 사랑하는 정장과 동기 그리고 대원들을 잃은 날이기도 하다. 박준영은 그자가 망명을 요청한 날이 바로 10월 7일이었다는 말에 깜짝 놀라고 있었다.

"우리로서는 막연히 기다리고 있었던 연락이었지."

"예! 그렇겠습니다."

박준영은 속으로는 놀랐지만 겉으로는 드러내지 않고 차분히 대답했다.

"그래! 그랬지. 그런데 서해 해상에서 어선으로써 우리에게로 넘어오겠다는 것이야."

"예?"

박준영은 눈을 크게 뜨며 물었다. 역시 박준영이 생각했던 대로 그날 참수리 고속정의 긴급 출항은 바로 그자의 망명 요청에 의한 것이었다.

"그럼 그 장소로 우리가 미리 가 있었으면 됐을 것 아닙니까? 북한과 무력 충돌이 일어나기 전에 얼른 그자의 신병을 인수하면 아무 일 없이 끝났었을 것 같습니다. 그런데 왜……?"

마치 따지듯이 묻는 박준영은 왜 그렇게 하지 않았는지 이해가 되지 않았다. 그는 일처리를 그렇게 하지 않아서 결국 정장과 동기 그리고 대원들을 잃었다는 생각이 들었다.

"음-! 지금도 그 생각을 하면 아쉬운 일이야. 하지만 그 당시로서는 우리도 어쩔 수 없었네. 그자가 서해 해상을 통한 망명에 대해 어선이라는 수단과 날짜만 가르쳐줬을 뿐 그 외 정확한 해역과 시각은 알려주지 못했네."

"예? 그건 또 무슨 말입니까?"

류경원 정보부장의 말은 박준영이 전혀 예상치 못했던 말이었다.

"그자는 그동안 탈북자를 통해서 우리에게 간접적으로 접촉을 해오고 있었는데 이 말을 우리 정보원에게 전하던 사람이 말하는 도중에 살해되었네."

"예?"

박준영은 깜짝 놀랐다. 마치 영화와 같은 이야기이다. 그런데 그러한 이야기가 지금 류경원 정보부장의 입에서 나오고 있는 것이다.

"그러니 어쩌겠나? 그렇다고 그날 서해 전 해상의 어선을 상대로 검색하기는 어려운 일 아닌가? 게다가 또 그 어선이 반드시 우리 한국 어선일 것이라는 보장도 없고, 그럼 우리가 상대할 대상으로 중국 어선까지 포함해야 된다는 말이 되는데 이는 한마디로 검색이 불가능한 일이야."

"그래서 그날 어선 검색에 대한 명령이 없었던 것입니까?"

"그렇지. 우리가 어떻게 명령을 내릴 수 없었네."

"그럼 탈북자가 비록 살해되었다하더라도 그 탈북자의 행방을 역추적하면 그자를 찾을 수 있지 않겠습니까? 그럼 그자를 직접 만나 우리가 데려오면 되지 않습니까?"

"그것을 왜 생각 못 했겠나? 우리 정보부뿐만 아니라 국정원에서도 시도를 해보았는데 그 탈북자들은 신원을 알 수 없었네. 그때 탈북자 두 사람이 죽었는데 둘 다 신분증이나 다른 물증이 전혀 없어서 중국 당국에서도 신원미상으로 처리하였다는군. 결국 탈북자를 통해서는 역추적이 불가능했네.”

“그럼 여태까지 그자와의 접촉은 탈북자들이 국정원에 하는 말을 통해 이루어진 것입니까?”

“그렇네. 때문에 우리는 그자의 얼굴은커녕 남자인지 여자인지 연령대가 어디에 속하는지조차도 알지 못하고 있는 상태이네.”

“예?”

“우리로서도 답답한 일이지.”

류경원 정보부장은 다 식어버린 루왁 커피를 죽 들이켰다. 식어버려서 맛이 없어졌는지 류경원 정보부장은 얼굴을 잠깐 찡그렸다. 그리고는 박준영을 바라보며 커피를 다시 뜨거운 것으로 따라주겠다고 말해왔다. 박준영 역시 커피를 채 절반도 마시지 않은 상태였다.

“귀관! 커피 다 식었지? 내가 다시 뜨거운 것으로 따라줌세! 이리 주게!”

“예? 아-, 아닙니다. 괜찮습니다.”

박준영은 손사래를 쳤다. 그리고는 이야기나 더 들었으면 하는 표정을 지었다.

“음, 그럼 마시고 싶으면 언제든지 말하게.”

류경원 정보부장은 박준영이 마시지 않겠다고 하자 자신도 커피 메이커에서 새로 뜨거운 커피를 따르려던 것을 멈추고 이야기를 다시 시작했다.

“그날 우리는 어떻게 할 방도가 없어서 일단은 지켜보기로 했네. 그런데 반응이 왔어. 북한의 고속정 1개 편대가 연평도 부근의 NLL을 침범한 걸세. 그리고 귀관의 고속정과 해전을 벌인 등산곶 초계정이 백령도 부근의 NLL을 침범했고. 그런데 연평도 부근의 NLL을 침범한 북한 함정은 우리의 시선을 돌리기 위한 미끼였던 것 같고, 임무를 수행하는 진짜 함정은 귀관과 맞붙었던 등산곶 초계정이었던 것으로 보고 있네."

류경원 정보부장은 잠시 말을 끊었다. 그리고는 다 식어버린 루왁 커피를 재차 한 모금 마시고는 다시 말을 하기 시작했다.

"이후에도 북한은 함대를 계속 내려 보내 거의 전 NLL 선상에 늘어서게 하였지만 정작 우리 어선을 나포하려 했던 함정은 귀관 함정과 해전을 치룬 등산곶 초계정 한 척뿐이었지 않나? 그래서 그 등산곶 초계정이 바로 임무를 띤 함정이었던 것으로 판단하고 있네."

"그럼 그자가 우리에게 망명하려던 것은 진실이었던 것이네요."

"그렇지. 만일 그렇지 않았다면 북한이 NLL 전역 침범이라는 연막전술을 써가며 그렇게까지 결사적으로 막으려 하지 않았겠지. 더구나 북한은 미그-29기를 5대나 띄우지 않았나? 가득이나 유류가 부족한 상태에서 그렇게 많은 함정과 전투기를 띄운다는 것은 그만큼 북한으로서는 그자의 한국행을 막아야할 일급비밀이 있었다는 것을 의미하지."

"그렇다면 우리가 보호해줬던 대명 2호 어선이 바로 그 어선이었습니까?"

박준영은 미처 몰랐다는 듯이 류경원 정보부장을 보았다.

"음-!"

하지만 류경원 정보부장은 얼른 대답을 하지 않았다.

"그런데 말일세. 대명 2호는 그자의 망명과는 아무런 상관이 없는 어선이었네.”

“예?”

박준영의 눈이 커다래졌다.

“그자는 오지 않았네. 우리가 혹시나 해서 대명 2호의 선원을 모두 확인해보았지만 선원 전원 신분이 확실하였네. 결국 그자는 오지 않았던 것이지.”

“아니 오지 않았다니? 그럼 농락을 한 겁니까?”

“그렇게 생각을 할 수도 있지. 그런데 만일 순전히 우리를 농락하기 위한 저쪽의 장난이었다면 등산곶 초계정이 그렇게 결사적으로 대명 2호를 나포하려고 했겠는가? 그리고 NLL 전역에 걸쳐 함정을 파견하고 평안도 공군기지에서 미그-29기를 5대나 띄웠겠나?”

“아니-, 그럴 것 같지는 않습니다.”

박준영도 그자가 적어도 해군 정보부를 농락한 것은 아니었다는 생각이 들었다. 그러면서도 다른 한편으로는 등산곶 초계정의 대명 2호의 나포 시도에 대해서는 여전히 궁금했다.

“부장님! 그렇지만 대명 2호는 그냥 우리 어선이었잖습니까? 그런데 왜 등산곶 초계정에서는 그 배를 나포하려고 했습니까?”

박준영은 고개를 갸웃거렸다.

“음, 맞아 그 대명 2호는 우리 어선이었고 선원도 다 한국 사람이었네. 그래서 우리 측에서는 북한이 오판을 한 것으로 보고 있네.”

“예? 오판이라니요?”

“우리가 그날 그자가 해상을 통해 망명해올 것으로 생각했듯이 북한도 그날 그자가 서해 해상을 통해 한국으로 망명할 것으로 보았던 것이지. 즉, 북한도 우리가 가진 정보를 동시에 똑같이 가졌던 셈이야. 그렇게 생각하면 왜 등산곶 초계정이 한국 사람만 탄 우리 어선인데도 그토록 나포하려고 애썼는지 이해가 갈 걸세.”

“아! 그럴 수 있겠군요. 그자가 정말로 한국으로 망명하려고 하는 자이고 북한에서도 그 정보를 알고 있었다면 충분히 그렇게 하겠습니다.”

박준영은 고개를 끄덕였다.

“그렇지? 그런데 북한에서는 우리가 모르고 있었던 정보를 더 가지고 있었네. 그것은 바로 정확한 해역과 시간이었네.”

“그럼 등산곶 초계정이 NLL을 침범한 해역이 그 해역이었고 대명 2호를 나포하려던 시각이 바로 그 시각이었던 것입니까?”

박준영은 지금에서야 무엇인가 퍼즐이 맞아들어 간다는 듯한 표정으로 류경원 정보부장을 보았다.

“맞아. 그런데 그 시각 그 해역에는 그자가 말한 어선은 없었고 대신 아무 것도 모르는 대명 2호가 그 시각 훨씬 이전부터 조업을 하고 있었네. 결국, 등산곶 초계정은 대명 2호가 그자의 어선인 줄 알고 나포하려고 했고 이를 귀관의 참수리 고속정이 막은 것일세.”

“음-!”

박준영은 낮은 신음 소리를 내며 눈을 감았다. 그는 이제야 그날 해전의 원인을 알 수 있었다. 대명 2호의 나포 저지로부터 빚어지게 된 해전이 그자의 망명 시도에 의한 것이었던 것이다. 박준영은 심정이 복잡한 듯 잠시 그렇게 눈을 감고 있다가 얼마 후 눈을 뜨면서 류경원 정보부장에게 물었다.

“부장님! 그럼 그자는 또 다시 아무런 접촉도 없이 사라진 것입니까?”

류경원 정보부장은 대답대신 고개만 끄덕였다. 박준영은 고개를 끄덕이는 류경원 정보부장을 말없이 바라만 보고 있었다. 둘 사이에는 잠깐동안 깊은 침묵이 가로놓였다. 그러다 마침내 류경원 정보부장이 먼저 그 침묵을 걷어내며 입을 열었다.

"그런데 또 다시 연락이 왔네. 오늘로부터 이틀 전 1월 22일 화요일이네."

"……."

박준영은 아무 말도 않고 류경원 정보부장만 바라보았다.

"중국 어선으로 다시 망명을 시도할 것인데 해역은 서해상의 공해라고 전해왔네."

"음-! 그럼 이번에는 날짜와 시간 그리고 장소를 명확히 전했습니까?"

"그게 말일세……."

류경원 정보부장은 잠시 말을 잇지 못했다.

"그럼? 또?"

박준영은 설마 하는 표정으로 그를 보았다. 그런데 박준영이 우려하는바 그대로 류경원 정보부장은 고개를 끄덕였다.

"북한이 자신을 잡으려고 워낙 설치고 있어서 언제 시간이 날지 모른다고 말했네."

"그럼 어떻게 해달라는 말입니까?"

"공해상을 선회하며 계속 자신을 기다려 달라고 해왔네."

"예? 공해상에서 계속 기다려 달라고요?"

박준영은 어이없어 하는 표정으로 반문하였다.

"음-! 하지만 못할 것도 없지. 그런데 참수리 고속정으로는 공해상에서 계속 대기하는 것은 어려운 일이고, 그렇다고 프리깃함 이상으로 대기시켜 놓으면 어선과 배 높이가 맞지 않아 그자를 이함시키다가 자칫 위험해질 수도 있고, 결국 어선과 배 높이가 엇비슷한 초계함을 공해상에서 계속 선회 대기시키는 것으로 하였네.”

박준영은 대답 없이 고개만 끄덕이며 류경원 정보부장을 보았다.

“그런데…….”

류경원 정보부장은 무엇인가 말하기 곤란한 듯 얼른 말하지 못하고 한참 동안 말에 뜸을 들였다.

“그자가 이번에도 귀관을 지목했네.”

“예?”

박준영은 너무 놀라 하마터면 벌떡 일어서뻔 했다.

“이번에도 반드시 귀관이 우리 함선에 승선해 있어야만 어선에서 건너오겠다고 했네.”

말을 끝낸 류경원 정보부장은 어느덧 루왁 커피가 다 비어버린 빈 커피잔만 만지작거렸다. 또 다시 박준영과 류경원 정보부장의 사이에는 깊은 침묵이 가로놓이고 있었다. 하지만 이번 침묵은 박준영이 먼저 입을 열면서 걷어냈다.

“그럼 제가 어떻게 해야 합니까?”

박준영은 조용하면서 침착한 음성으로 물었다.

“초계함에 승선하게. 그리고 그자를 만나 망명시키게.”

류경원 정보부장은 단호하게 대답했다. 박준영은 대답을 들으며 그의 얼굴을 똑바로 바라보고 있었다.

“귀관은 명일에 해군본부 정보부로 정식 발령이 날걸세. 귀관에게는 미안하고 어려운 일이지만 사안이 사안인지라 어쩔 수 없이 내리는 명령일세. 나도 휴양이 절대적으로 필요한 귀관에게 이런 명령을 내리는 것이 쉽지 않은 일이라는 것을 알아주었으면 하네. 오늘 목포 해양대로 복귀하고 명일 명령을 받도록 하게!"

류경원 정보부장은 침통한 음성으로 말했다.

"알겠습니다. 군인이 명령을 골라가며 받을 수 없지 않습니까! 걱정 마시고 명령을 내려주십시오. 명령 대기하겠습니다."

"필승!"

박준영은 자리에서 일어나 류경원 정보부장에게 큰소리로 경례를 부치고는 정보부 부장실을 나왔다. 그리고 천천히 걸으며 해군본부를 나섰다. 한낮의 겨울 햇살은 눈부시도록 화창했다.

박준영은 그 다음날 해군본부로부터 새로이 발령을 명받았다. 소속은 해군본부 정보부로 바뀌었다. 그러나 근무에 있어서는 제2함대 소속의 초계함으로 1월 27일부터 파견 나가는 것으로 되었다. 그리고 위장 직책이지만 그 초계함에서의 신분은 갑판사관이었다. 초계함에서 그가 해군 정보원이라는 본래의 신분을 아는 사람은 그 함정의 장교들 외에는 아무도 없었다.

(3권에 계속)